宋威 《冠斑犀鸟》 黑白木刻 2021 年

犀鸟启示录

张庆国◎著
宋威　汤贺然◎绘图

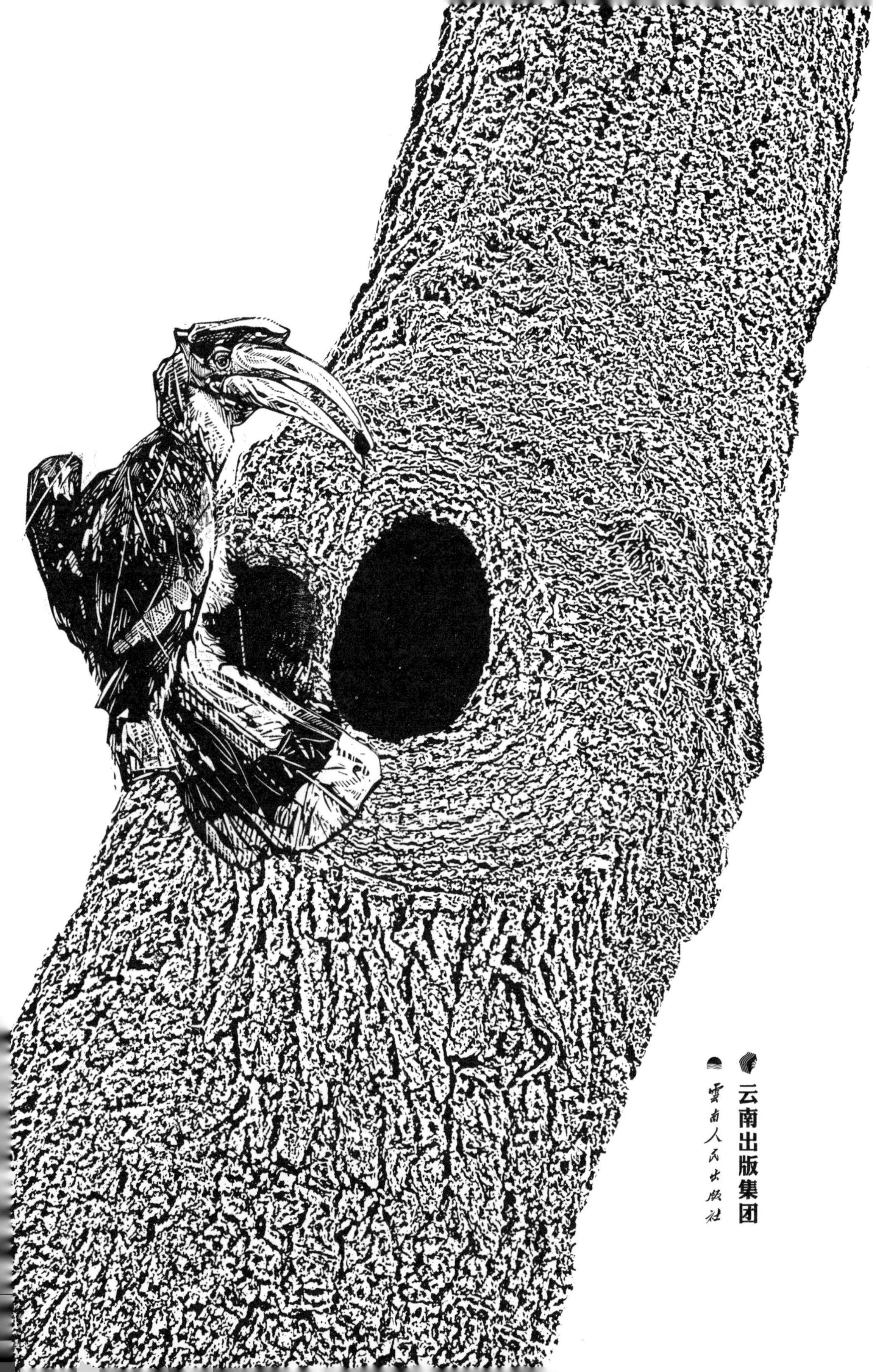

云南出版集团
云南人民出版社

图书在版编目（CIP）数据

犀鸟启示录 / 张庆国著 ; 宋威, 汤贺然绘图. --
昆明 : 云南人民出版社, 2021.1
ISBN 978-7-222-19936-1

Ⅰ. ①犀… Ⅱ. ①张… ②宋… ③汤… Ⅲ. ①报告文学—中国—当代 Ⅳ. ①I25

中国版本图书馆CIP数据核字(2021)第003853号

出 品 人：赵石定
项目策划：周　祥
项目统筹：殷筱钊　朱海涛
责任编辑：王绍来
装帧设计：马　滨
责任校对：解彩群　周　彦
责任印制：代隆参

犀鸟启示录
XINIAO QISHI LU

张庆国　著
宋　威　汤贺然　绘图

出版　云南出版集团　云南人民出版社
发行　云南人民出版社
社址　昆明市环城西路609号
邮编　650034
网址　www.ynpph.com.cn
E-mail　ynrms@sina.com
开本　720mm×1010mm　1/16
印张　15.25
字数　190千
版次　2021年1月第1版第1次印刷
印刷　重庆新金雅迪艺术印刷有限公司
书号　ISBN 978-7-222-19936-1
定价　68.00元

如需购买图书、反馈意见，请与我社联系
总编室：0871-64109126　发行部：0871-64108507
审校部：0871-64164626　印制部：0871-64191534

云南人民出版社微信公众号

目录

卷一

出閣

一、暴雨之夜

那是独特的雨声，密集，猛烈，响亮，宽阔，像上帝倒沙子，数小时不停。我从沉睡中惊醒，两眼漆黑，费力回忆，想起是留宿在中缅边境的偏远山村，有些慌张。房间里只有我一人，出版社的小王住在隔壁，空旷的雷声敲击着黑夜，隆隆滚过苍茫群山，感觉我正被人围住击鼓，集体抬起，唱着歌送往森林深处。

暴雨无边无际，永不停歇的感觉，那是我从未见识过的热带雨林区大暴雨。黑夜中的雨声混杂了几种响动：一种很巨大，有空旷的回声，无遮无挡。我躺在床上，恍然看到雨点从空中倾泻，剧烈摩擦，大片落下，猛烈敲击房顶。这种雨声气势浩荡，又摇摆飘逸。另一种是雨点击打树枝和树干的响动，这种声音清脆，类似会议场所拍巴掌，却比拍巴掌散乱。还有一种，是雨点从大树缝隙射下，零散击打山地的声响，这种声音沉闷短促，一响而逝。最后，是雨水滴击树下腐叶的声音，这种声音轻滑，摇摇晃晃地流向幽闷的山谷。

夜空和森林的喧嚣中，房间里，雨声膨胀，嗡嗡回响。客栈用木板建成，房顶是新型的仿瓦板材，我以为是铁制，白天问过房主人徐小龙，才知道是陶制，但很薄，雨密集敲在房顶，声音马上穿入，涌进房间。我的身体和我的心，就被比黑夜更浓稠的回响覆盖。

在云南，我所见识的山村，或位于山腰，或居山底平地，可那天晚上留宿的村子处于山梁，地势极高，暴雨倾盆，无遮无挡。白天我站在村子的路边，遥望脚下的滚滚群山和层层叠叠的森林，曾有俯瞰众生的惊讶。那个村子远居原始森林之后，从前很封闭，人迹罕至，2010 年村民还没有电灯，煤油灯的微弱光亮中，黑夜像石板，压碎了很多渺小的生命。

暴雨中我慌张摸索，从枕头下找出手机，开机写字，想记下惶惑的心情。一只巨大的黑虫发现光亮，扑嗒嗒飞到手机屏幕上，扇出些黑灰，吓得我甩手机把虫赶走。

雨声更紧，好像要把客栈房间抱起，摔进山谷。那片热带雨林气候区半年下雨，半年干热。我6月底进入，正是雨季，但那夜雨太大，惊心动魄，我不知会发生什么事。

天蒙蒙亮，雨终于停歇，客栈门口布帘的空隙处透进灰白晨光。我睡了一夜，不感到轻松，相反有些疲惫。躺在床上，听到屋外公鸡打鸣，小母猫扯开嗓门叫唤，生机勃勃。昨夜持续不断的大暴雨，似为梦中的幻觉。白天我见过徐小龙家的那只猫，身子很瘦，白灰两色，很像我在昆明送人的美国虎斑猫。但徐小龙家的猫更纤细，像一截长了毛的绳子。没想到瘦小的母猫竟然发情了，在早晨潮湿的空气中呼唤爱情，叫声拖得很长，理直气壮。

我下床出门，站在客栈门口的走廊上，惊讶看到世间最浓的高山大雾。眼前空无，白茫茫一片，世界缩小了，整座村子消失，只剩下徐小龙家两幢若隐若现的木房和我面前一块湿淋淋的院场。公鸡在遮蔽一切的雾中打鸣，小母猫藏身雾中，爱情的呼唤来路不明。原始森林中涌来的滚滚浓雾，把全村的房屋、道路、路灯、树木吞没，两米之外白茫茫一片，什么也没有。

湿气浓重，抓一把空气就可以洗脸。

徐小龙穿过大雾朝我走来，告诉我刚才接了个电话，山下传来不幸的消息，昨夜大暴雨引发山体滑坡，在某片山地边窝棚里睡觉的三个村民，被轰然而至的泥石流卷走，不知所终。

我的心咯噔一沉。

两小时过去，上午十点半，大雾渐散，村里的农舍像一条条鱼从水底浮现。我沿着湿漉漉的村路闲逛，走到一幢红砖房前，看到房顶正在消散的雾气中，立了一个寂静的十字架，问村民，知道是教堂。中缅边境的山区，一百多年前，欧洲传教士就翻越山岗，从缅甸进入，住进荒凉的村寨传教。也就从那时起，零星的英国博物学家和地质学家也进入中国云南，收集动植物资料，考察地质矿产资源。那时山中道路极险，百兽出没，群鸟翻飞，万花盛开，无人所知。早期欧洲探险者撰写的文字传开，中国云南西部山区的奇树繁花和喧嚣鸟鸣，一度为欧洲人所神往。

我在教堂门口回头，看到身后路边的小棚里站了一头白牛。那牛全身灰白，鼻孔处有一块方正的黑斑，角很短，非常漂亮，是极罕见的牛种。这让我想起了云南怒江峡谷深处的独龙牛，以及印度一些特有牛种。问村民，那牛果然是缅甸传来的种，缅甸的牛，也许又传自印度。

村民告诉我，从前他们养牛，都放在山上的森林里，几十上百头牛无拘无束，自由游荡。村民要吃牛肉，就带枪进森林，跟捕猎差不多。后来耕地多了，牛就养得少，现在牛养得更少，全村只有几头。

谁也想不到，最近几年，又有更新的生活样式进入。这座遥远的山岗上，村民学会养鸟，以此为生，过上了富足的日子。鸟不是在家里养，是养在山上，不是用笼圈起来养，是保护森林中的鸟，让它们安全生活，自由飞翔，以此赚钱。其中一种大鸟，一度消失，不闻其声，不见其形，现在又出现并正在增多，吸引了众多户外旅行家。

我三次从昆明飞到云南西部边境的德宏州府芒市，再坐车前往盈江县高山的石梯村，为的就是调查那种大鸟。昨天早晨 6 点我从盈江县城出发，钻进山中的原始森林时，开始下雨。当地朋友告诉我，雨季到来，这里一天下五六次雨，司空见惯。我在头顶的哗哗雨声中，抓住森林里的树干和乱藤，艰难前进，钻进了林中的一个棚子。山下是泥流滚滚的洪崩河，河对岸是缅甸，一条缅甸山区的土路若隐若现。我躲在悬崖边的观测棚里，焦急等待那种大鸟从雨中归来。

二、如何描述遥远

云南近 40 万平方公里土地上，有 129 个县，其中的盈江县，是距离省会城市昆明最远的县城之一。如果，一位北京的朋友前往云南盈江县的石梯村，要先坐高铁，从北到南跨越中国大地 2000 多公里，到达昆明市后再转机，飞 600 公里，去到云南保山市或腾冲市，也可乘飞机从北京直达。保山和腾冲在云南西部的中缅边境，保山为滇西重镇，永昌古城，传闻繁杂。腾冲是诡异的极边之城，毗邻缅甸，有火山温泉，史上翡翠交易兴盛，出境谋生者众。

旅程并未结束。北京朋友还要沿两个方向，继续前行 200 多公里。一是从云南保山市进入德宏州的盈江县，这座县城现在被称作“翡翠之乡”，有中国最大的翡翠原石市场。满地石头，一望无际，令人心惊肉跳。

盈江县城的翡翠夜市，能让人大开眼界，那是我所见过的全中国最名副其实的夜市。从背街窄巷的小门洞进去，迎面是一个类似农贸市场的大棚，棚里摆满了密密麻麻的玉石摊位，可是不开灯。入口的小门洞处有灯，大棚里无任何点亮的灯光。拥挤的货摊前黑咕隆咚，人影幢幢，电筒乱晃，相当诡异，给人的感觉，纯粹是走错了路，误入《聊斋志异》的书中。

从盈江县这座奇异之城穿出，直奔城外的太平镇，从那里上山，再乘车

2 小时，行驶 80 公里山道，穿出铜壁关自然保护区的原始森林，就能最终到达山梁的石梯村。

另一条线路，是从云南腾冲市出城，翻越连绵群山进入盈江县城，再驱车前往太平镇之外 80 公里的深山石梯村。

中国观鸟界的著名摄影家孙晓宏老师，最近几年，就这样数次长途辗转，前往梦魂萦绕的云南盈江县。孙老师从北京出发，旅途漫长，乘飞机到达腾冲，有人接应，途中不堵车，十几个小时后可到达石梯村。若换乘高铁，到昆明后改乘飞机，多耗时一天，30 余个小时到达盈江县，也足够快速。时间倒退 70 年，解放军从北方出发，步行一年来到昆明，再翻越群山，步行数月，才能到达盈江县。彼时大盈江水势浩荡，芦苇猛摇，群鸟高声鸣唱，拍翅齐飞，声音空旷而响亮，石梯村藏在深山无人识，也无路可进。

再换时间维度，如果一位北京朋友年近 70 岁，50 年前曾以知青身份来到云南，在盈江县的农场里消耗过迷乱青春，送走了一段苍白的中国当代史，他的生命中就会铭刻下地理遥远和人世苍茫的原始记忆。那时他离开北京，哐啷哐啷坐火车，脑袋里钢铁轰响，疾风劲吹，三天两夜后到达云南省会昆明，长时间贴在车窗玻璃上的眼睛瞪得酸胀，难以闭拢。可是目的地还很远。从昆明改坐卡车，前往盈江县的知青农场，走走停停，沿途留宿，还需要三天或四天。从盈江县的知青农场徒步攀越，穿过原始森林，去到山梁的石梯村，耗时更长。

知青艰难出行，前往藏于山脊的石梯村，有越境逃亡之嫌，会被抓捕。即使出行成功，徒步爬山也太难。近百公里的山中陌生土路，十天半月走通，已经不易，中途有可能遭遇马来熊、云豹甚至孟加拉虎，或被蚂蟥吸血折磨，惊恐而亡。

不过，初到盈江县的北京知青，并不知道隔绝于深山的石梯村，也不知道石梯村有一条古道与外部世界相通，更与幽远的中国古代史神秘相连。

石梯村靠近缅甸，村民被称为“边民”，与境外的缅甸人交往频繁，互结姻亲，互做买卖。石梯村之名，出自一条纤细飘摇的中国古代交通史线索。这里极端偏远，却是中国古代南方陆上丝绸之路的出口通道之一。中国北方的各种物资辗转进入云南，翻越重重群山，有多条路出境，其中一条路，就从盈江县深山的石梯村穿过。识路的马帮千辛万苦，来到石梯村外的悬崖边，钻进浓稠云雾，沿古人在峭壁上开凿的石阶艰难而下，进入缅甸国境。前行可进入印度，再乘船或沿陆地跋涉行走，可辗转去到中东和欧洲。

据传，云南石梯村与明朝皇帝有牵连。1644 年李自成攻破北京，崇祯皇帝挥剑刺死宫女，逃入煤山所在地的皇家御苑。“煤山”是百姓俗称，因建皇家花园时挖地见煤而得名。没想到这个“煤”字，暗通了倒霉的“霉”，34 岁的绝望皇帝，踏着老太监的背，在树上自缢，后人把“煤山”改称“景山”。

此前一年，张献忠攻陷湖南衡州（今衡阳），明朝藩王朱常瀛仓皇南逃。次年崇祯自缢，李自成称帝，朱常瀛病故，三子朱由楥继承王位，几个月后也病死，四子朱由榔继位，成为驻守湖南的第三任桂王。

岂料李自成也亡，清军趁乱杀入中原，横扫中国大地，落幕的明朝残烟未熄，几大地方藩王割据于江苏、浙江和福建等地，反抗几年后也被清军消灭。唯一存活的藩王朱由榔，为恢复明朝，于1646年11月，在南逃之地的广东肇庆，宣布继承皇位，自立为明朝皇帝，改年号为永历，世称“永历帝”。

后清军攻破广东，永历帝朱由榔逃至广西，再逃到云南，又举明朝旗号十多年。1661 年，清军攻入云南，永历帝朱由榔撤离昆明的皇宫，逃往云南西部深山，过境流亡缅甸。

永历帝出走缅甸的线路有几种说法。一说从云南腾冲前往缅甸的密支那，另一说认为，永历皇帝逃亡缅甸，走的是盈江县深山最隐蔽的石梯村秘密古道。

沧桑古道穿行于传闻中，历史更替，物是人非，时间把深山重新封闭，几百年来石梯村少为外人知。这片土地山风猛烈，阳光曝晒，动物凶猛。土蜂成团飞舞，肆无忌惮，群鸟的鸣叫无遮无挡。原始森林中有豹子、黑熊、猴子、马鹿、羚羊、野牛、老虎和野象等。

石梯村里居住着的两种古老民族，一为景颇族，二为傈僳族，世代刀耕火种，以狩猎为生。男村民出门，弓弩、铁夹、弹弓、砍刀必备。长期以来，村民的习惯是，砍一片树，烧一块地，撒些旱谷种子，任其自由生长，就去打猎和唱歌跳舞了。

时至今日，石梯村的山区少数民族风习，仍有鲜明的保留，仅从村民的取名，就看出这片土地的自由散漫天性。村里的三大姓——徐、蔡、排，不知何时出现，因为汉姓在景颇族和傈僳族的取名文化中，应该出现得较晚。但汉姓确实在石梯村出现了，只是取名方式随意，跟汉人的慎重大为不同。

村里的蔡姓人家，叫蔡大蔡二或蔡伍的很多，原因简单，老大叫蔡大，老五叫蔡伍。另有一家，也给第五个儿子取名蔡伍，村民为了区分，就叫他们大蔡伍和小蔡伍。我寻访的一个村民叫彩四，是家里排行第四的女儿，问她为什么姓彩。回答是，写不来字，登记身份证时写错了，一个新的彩姓，就在石梯村诞生，本地文明史有了微小的变动。

我为写作本书，于 2019 年 6 月初，第二次前往石梯村村民常去的洪崩河小街商品集散地，认识了街上的傈僳族村民彩四。她 40 多岁，大女儿在昆明读大学，听起来很魔幻，让我一脚踩空，坠入马尔克斯的小说。深山老林，与世隔绝，民族独特，女人彩四穿花花绿绿的傈僳族裙子，说着难辨的汉话，怎么女儿已去昆明读大学？怎么这里每年会有大批外省人成群结队出现？怎么这片隐蔽之地已跟中国和世界广泛联系？

彩四告诉我，上小学时走路太远，要沿悬崖处的小路，钻进原始森林，下山去到坝子里的芒允。凌晨天不亮出门，天黑到学校，要走一整天，经常累得在山上哭，所以，小学生就要住校，避免每天跑路。她每月翻山越岭回一次石梯村的家，往返极辛苦，读完小学二年级，就辍学不去了。

彩四说的芒允，原是一个镇，现为一个村，属盈江县太平镇所辖。芒允距县城约 30 公里，距我寻访彩四的洪崩河小街 40 公里，从洪崩河小街的边境口岸出去，就是缅甸，那就是中国古代的蜀身毒道线路。

“蜀”为四川，“身毒”指印度，“蜀身毒道”，意为从四川到印度的通道，那是我国古代一条通往外国的线路。那条道始于四川成都，经云南大理、保山、德宏进入缅甸，通往印度，从印度翻山越海，可抵达中亚，直至地中海沿岸国家。20 余年前，一些云南学者把这条线路命名为“南方陆上丝绸之路”。

古代的中国商人，沿这条西南山区的陆上丝绸之路，与掸国（缅甸）、身毒（印度）及其他国家的商人交易，出口丝绸等商品，换回金子、贝壳、玉石、琥珀和琉璃制品。

盈江县太平镇的芒允村，地处边境，古代曾设关卡，管控出入境人员和货物。清代中英关系史上重要的“马嘉理事件”，就发生在芒允。1875 年，英国人马嘉理率队闯入云南，在盈江县的芒允与当地少数民族发生冲突，马嘉理及随行人员被打死，被称为“滇案”的历史事件爆发。我在芒允的公路边，看到了“马嘉理事件”纪念碑，一棵粗壮高大的榕树旁，浓荫遍地，空无人影，高高的褐色石碑迎风而立，默默眺望着小雨飘飞中的历史。

“滇案”平息后，清廷让步，英国人于 1894 年在芒允设置领事机构，两

三趾翠鸟

◇ 体形胖圆，嘴喙尖锐，够萌够炫，天生的明星气质，又是捕鱼的高手。

年后，芒允陆续出现了电报局、厘税局、巡防营、保商队、海关等，成为中缅边境的物资进出口转运要地，街上涌现经营进口棉花、洋纱、肥皂、火柴、煤油等土杂百货的商号十多家，往来人流汹涌，居民纷纷开设客栈和马店、食馆、茶馆等。商号云集，马帮络绎不绝，住户多达1500余户，营造出中国西南边境的市井繁华盛景。

但是，石梯村只有原始的山中小道，严重缺乏交通，仍然封闭。时光之水浩荡流逝100多年，石梯村依然困在寂寞和贫穷中。我去寻访的前10年，石梯村村民仍住古老的杈杈房，那住房用树干交叉钉牢，铺上铁皮和茅草就行，比田头地角的临时窝棚稍强。村里的傈僳族和景颇族，被称作“直过民族”，“直过”是“直接过渡”之意，指某些居住在封闭偏僻之地的人口，从古老的氏族部落生活，直接过渡到现代社会样式。彩四所在的村子，就是“直过民族”居住地，他们藏于高山，被原始森林包围，像鸟一样自由，也像鸟一样脆弱。

石梯村的遥远和原生自然性，外人无法想象。村里的景颇族朋友徐小龙告诉我，以前没开发，山神脾气怪，粮食够吃，但没有钱，挣钱的念头像村外的土路，狭窄坎坷，曲曲折折，也像土蜂嗡嗡飞行，回声空茫。

土蜂是一种在林中坡地上筑巢的野蜂，巨大，拇指长，以肉为食。2019年我从洪崩河小街上山，去到石梯村，先访村小组组长排忠华不遇，再访村会计徐小龙。小龙告诉我，老排去放蜂了。我问什么叫放蜂，他说把土蜂苗买来，在山坡上挖个洞，放进去养育。

接着小龙讲了个故事。他说老人描绘的遥远年代里，人少土蜂多，有个村里的女人背着小孩去种地，把几个月大的孩子放在窝棚里，干一阵活去喂奶，发现孩子被土蜂抬走了。成百上千只土蜂一齐用力，竟然把一个人类的婴儿从地上抬起飞走，衔往土洞。家人闻之慌张，赶紧行动，提刀持枪奔去，

在森林的山坡上寻找到了去世的婴孩，婴孩身体被啃咬得惨不忍睹。村民发现了上万只土蜂筑的一个大巢，土坡下面挖出的大洞有几米宽。

小龙转述的古老故事很惊怵，让我好半天发蒙，它的科学真相，有待专家论证。但本地出现的另一件大事，却很真实，也让我惊诧：石梯村一带奇异而遥远的云南中缅边境山区，最近几年来，忽然有上万人涌现，像黑压压的土蜂，挎着相机扛着脚架，从中国各省腾挪辗转，兴高采烈地赶来。

三、鸟之眼，风之影

2019 年 3 月，我随云南作家扶贫采风访问团出行，第一次来到盈江县，寻访了陌生的石梯村。那次出行，寻访地点密集，一个县一个县跑，一个村一个村看，一座山一座山爬，风尘仆仆，眼花缭乱。3 月 29 日，我作为访问团的分组小组长，带领几个作家进入盈江县山区。中巴车穿过七弯八拐的山区公路，轰响着爬了很长一段坡，送我们去到了石梯村。时间是中午 12 点，阳光强烈，无遮无挡，村中空空荡荡，少见人影。我很疲惫，心不在焉地听介绍，参观了一个村级水平的小展览室，就匆匆带人离开，赶去吃饭。

离开石梯村的一刻，我若有所失，暗暗后悔。汽车下山，弯来绕去，层层叠叠的茂密森林后退，我愈加不安。我在石梯村里，听到的一个事，非常奇特，即用鸟来扶贫。鸟之眼，风之影，不可捉摸。未待深入了解，我就匆促离开，不只为了赶去吃饭，还因为接下来的几天里，另有几百公里的一连串村寨等待走访。

可我忘不了石梯村。从那天起，我日思夜想，耳边始终萦绕着散乱鸟鸣，眼前反复看到鸟影一晃而过，又一晃而至，翅膀在风中拍击。我总是听到宽阔幽深的森林里鸟声回荡，那种大鸟站在几十米高的大树上，向苍茫的天空发出粗哑悠长并充满疑问的鸣叫。

半个月后回到昆明，一趟千余公里的云南西部寻访结束，坐进书房，不安在我的心中生长，像气根庞杂的榕树，枝叶繁乱，浓荫压人。我心头沉重，感觉在盈江县错失了大事。3 个月后我在手机上订机票，重新出发，独自飞往云南西部的芒市。

熟悉的街道重现，昆明气温 25 摄氏度，地处亚热带雨林区的芒市不到 30 摄氏度，天很好。街上站满了牛肚子果树和大榕树，目光伸展之处，全是中缅边境的异族风情。汽车多，摩托车也多。男人骑摩托车，脚蹬夹脚拖鞋；女人骑电动车，筒裙卷到膝盖处，露出裹在里面的长裤。芒市从前叫潞西，现在改为一个字“芒”，它的风景和民俗，跟它的地名一样令人迷惑。

次日，州文联派车，小倪送我直奔盈江县。我们走老路绕山而行，据说比高速公路更近，也确实令我开心。沿途可见车窗外一个个奇异的傣族村庄，高大的芭蕉树用力摇动宽大叶片，像老友在路边伫立，挥臂迎接。途中停车，我在公路边的傣族女人小摊上，买了一瓶泡小米椒，辣椒小得只有火柴头大，也许奇辣，很让我期待。

中午到达盈江县，县委的朋友带我去吃过手米线。过手米线名字好听，其实就是把米线捧在手里吃，类似印度人吃东西。午饭后入住县城的诗蜜娃底酒店，我一看就笑了。3 个月前作家团来盈江县采风，住的正是这家酒店，此番重住，是否为了我的悔过自新？

“诗蜜娃底”几个字，原意为黄草坝，是当地傈僳族人世居的山谷，其景色之绝美，远非精心挑选的几个汉字可以描绘。那片山谷距离盈江县 40 公里，空旷、幽远、美丽，古树森然，风吹草低，鸟语花香。天高云淡之下，

白冠噪鹛

◇ 它“莫西干”式的白头尤为显眼，噪鹛是攻击性较强的鸟，性活泼，叫声嘈杂且响亮。

一条闪亮的河流蜿蜒穿过草地，把来访者的目光引向不可知的远方。

我的目光也从酒店房间的窗户，投向不可知的石梯村。

在酒店小憩一小时，我立即开始工作，约见了盈江县的年轻人小班。小班全名班鼎盈，姓氏独特，人也独特。他个子小，微胖，极其自信，坐在酒店的房间里侃侃而谈，说得条理清楚，普通话很标准。他向我介绍了一项国际流行的户外活动，叫观鸟。用鸟来扶贫，跟正在中国兴起的观鸟热有关。

观鸟活动跟盈江县的扶贫工作结合，是一个奇巧事件。好似互不相识的人，穿行不同的小道，在一个明亮的路口会合，不期而遇，其中一个人，就是小班。他 2008 年考取西南林学院，即西南林业大学，从盈江县来到昆明，心潮起伏地走进大学校园，看到学校各协会在校门口打出广告，招徕新生，其中的观鸟协会让他惊讶，产生了浓厚兴趣。小班的父亲是盈江县林业局护林员，小班从小在铜壁关自然保护区附近长大，熟悉原始森林里的很多小动物，变色龙和八哥都养过，见识过的鸟很多。

于是，一年级新生小班报名，加入了大学的学生观鸟协会。入会后他才知道，西南林大的学生观鸟协会，在中国观鸟界小有名声，指导老师是林大的鸟类专家韩联宪教授。韩教授学识渊博，经历丰富，研究鸟类 30 多年。小班参加协会的各种活动，获知观鸟是国外最流行的户外活动之一，非常兴奋，热情甚高。大学三年级时，小班荣升西南林大的学生观鸟协会会长。

小班加入大学的观鸟协会后，认识了一些圈内人，2009 年，上海的观鸟爱好者请小班做鸟导，带他们在云南观鸟。小班首次以鸟导身份挣到钱，非常兴奋。他天生具备商业敏感，最愿意挣钱养活自己，课余时间做过小生意，还收钱教人跳过傣族舞。相比其他课外打工工作，小班更愿意做鸟导，因为他喜欢鸟，自幼熟悉宽阔的森林。

整个大学期间，小班做过不止一次鸟导，那时，中国的观鸟活动已在外省部分地区发酵，正向外扩散，产生了一定的影响力。云南的西双版纳名气大，动植物资源多，也吸引了国外观鸟爱好者的目光。小班大学四年级实习时，去到西双版纳，在那里做观鸟产业推广的毕业研究课题，顺带在网上打广告，传播了自己能做鸟导的信息。

尽管小班喜欢做鸟导，但是，读大学时，他并未奢望以此为职业。因为，做职业鸟导的前提，是观鸟产业的兴盛。现实很严峻，云南是世界知名的动植物资源大省，却只有少数外省人士探索似的去过西双版纳观鸟。当时的盈江县，无人能懂观鸟业，盈江县山区的森林中鸟类密集，但缺乏公路交通，道路难行，食宿不便，很难进入。

小班大学毕业后回故乡，报考盈江县电视台，做了电视记者和编导。有大学时认识的中国观鸟爱好者跟他联系，请他做过几次鸟导，但那样的事太少。盈江县地处偏远，除久已离别的知青，外人所知有限。当时，仅有极少数的中国顶尖观鸟爱好者，长途跋涉，零星进入过盈江县，外国观鸟爱好者到盈江县很难，盈江县位处边境，有种种国防禁忌。

时间转折出现在 2014 年。这年的某日，小班作为电视台记者，陪领导同车出行，途中，领导与同行的北京朋友谈话，让小班兴趣大增，他们的话题竟然是小班最熟悉的观鸟——盈江县想发展观鸟产业了。

小班大为振奋地插话说：观鸟我知道，我 2009 年就带团观鸟了。

车上的领导问：你怎么会懂观鸟？

小班说：我学的就是这个呀！大学做过观鸟协会会长呢！

领导怔住。

一番介绍，小班也吃惊，原来同车的北京来客是大人物，中国的观鸟活动名家。活泼的小班大为兴奋，滔滔不绝，说出一连串盈江县的经典观鸟地名——昔马古道、那邦镇等，并说自己早就带人来盈江县观鸟，还去过云南保山市的百花岭村。

领导问：你认识百花岭村的老侯吗？

小班说：我5年前上大学时就认识他了。

小班能言善辩，信心十足，县领导和北京的观鸟老师仔细打量他，万分惊讶。此趟县领导陪北京专家出行，就是为了摸索盈江县的观鸟产业之路。因为，邻近盈江县的云南保山市，观鸟旅游业正在一个名叫百花岭的山村兴起，那个高黎贡山山脚的村子，从前无人识，现在名声远扬，村民老侯广为中外观鸟爱好者所知。观鸟者大量涌入，村民迅速致富，创造了深山之中的旅游产业奇迹。

可是，谋划中的盈江县观鸟产业困难重重。困难之一，就是缺乏本县专家，无人专职专业地操作。没想到，那个平淡无奇的日子里，北京的观鸟摄影名家、盈江县领导、本地的青年观鸟专家小班，在一辆颠簸前进的车中神奇相逢了。

小班对盈江县的观鸟产业推广充满热情。在西南林大读书时，他就听韩教授介绍，盈江县鸟类资源最丰富，有很多独特鸟种。毕业后他不敢奢望做职业鸟导，却心有不甘，回故乡盈江县之初，曾写过一份报告，送交盈江县有关部门，建议推广观鸟旅游。也许报送部门不对，也许文字表达欠缺，也许“观鸟”这个词让人摸不着头脑，总之，小班的那份报告石沉大海，无人回应。后来电视台招人，他就去报考了。

现在，一车人热烈交谈，兴致勃勃地讨论观鸟活动。

小班说：盈江的鸟比百花岭的多，我们做好了，会比他们强。

领导说：是呀，所以我们请老侯来喂鸟塘。

请老侯来了？小班问，在哪里喂鸟塘？

领导回答：黄草坝呀，诗蜜娃底。

小班问：喂出鸟来了吗？

领导说：喂出来了呀，可是来玩的人还是不多。

美丽的诗蜜娃底山谷，是盈江县计划打造的旅游区，为此请来了保山市的知名村民鸟导老侯，在那里成功喂出了鸟塘，却少有人去观鸟，县领导很困惑。

小班说：你们选的地点不对。

领导问：为什么不对？

小班说：喂出的鸟跟百花岭的一样，有什么用呢？鸟种重复，就没有吸引力。人家去了保山的百花岭村，就没必要再折腾来盈江啦，我们要搞差异化发展，发现盈江县的独特鸟种。

领导问：有什么独特鸟种？

小班说：红腿小隼，灰背和大金背，很多的。

领导笑着说：那得你来干啦。

小班说：当然要我来干。

那个时刻意味深长，盈江县的观鸟产业，从此揭开重要的一页。

鸟之眼，风之影，无迹可寻，又无处不在。鸟的色感极佳，视力也强于人类十几倍。飞翔中的鸟，能看到地上几百米甚至近千米处的物体。鸟还能辨识风向，借风力滑翔，世界众多候鸟迁徙路线，都是空气浮力强大的地区，鸟汇聚于此，可以长时间借力滑翔。盈江县一些候鸟迁徙的经典通道，也有飞鸟汇聚，其中一只命运之鸟，始终神秘追踪，盯紧了小班。直到那次，他以电视台记者身份外出，命运之鸟才准确降落，停在了小班的人生十字路口。

小班很快被调离电视台，回归森林，专职加入了盈江县的观鸟产业研究推广队伍，乐此不疲地往山里跑，十天半月不见人影。他对我说，没有他，盈江县的观鸟产业也会发展，只是稍慢，也许三五年，也许五六年。但那天之后，大家都干得好，方向清楚，节奏加快，一系列活动推出，盈江县的观鸟产业，年把两年就见效了。

四、世界观鸟小史

大多数中国人，包括我，并不熟悉观鸟活动。

2019年6月8日，我结束独自进入云南盈江县的第二次采访，回到昆明，马上电话联系西南林业大学的韩联宪教授，按约定时间，来到林大教师宿舍绿荫浓重的老院子，坐在韩教授面前，采访他的鸟类研究经历，向他请教中外观鸟知识。

清瘦健康的鸟类学家韩教授，脸上肤色黝黑，涂满常年在野外奔走的阳光痕迹，他是改革开放恢复高考制后最早的研究生。1982年离开故乡湖南，来到云南昆明西郊黑林铺的动物研究所学习，研究方向是“陆栖脊椎动物的栖息和分类”，包括兽类、鸟类、爬行类、两栖类4个类群，具体接受的训练，是鸟类的调查与研究。

我从韩教授的介绍中知道，最新记录表明，截至2016年，云南鸟类占全国总数的65.4%，居中国之首，约120种鸟只能在云南看见，例如黑颈鸬鹚、双角犀鸟、棕颈犀鸟、花冠皱盔犀鸟、绿孔雀、剑嘴鹛、绿脚山鹧鸪、绿宽嘴鸫、大长嘴地鸫、楔嘴鹩鹛等。中国西南地区被誉为雉类和鹛类鸟的乐园，全球画眉科鸟类250种，中国记录了118种，云南高黎贡山地区记录到的98种画眉，占了全国画眉的80%强。

20世纪30年代，云南极度封闭，没有公路。群山连绵，河谷切割，难以进入。中国著名鸟类学家常麟定和任国荣，那时就冒险来到云南，进入偏远山区，对云南鸟类的种类和分布做研究。

韩联宪的研究学习，建立在这些前辈的学科成就之上，1984年，韩联宪为撰写硕士毕业论文，去过云南西部的高黎贡山调查。90年代中期，韩联宪再次出发，在人迹罕至的高黎贡山露营十几天，详细调查了高黎贡山东西坡的鸟类分布情况。

整个云南西部，包括盈江县的鸟类分布，韩教授都做过实地调查。调查结束都有论文发表，那些论文就成为国外观鸟专家搜索并寻访云南的重要线索。改革开放后，进入云南观鸟的外国人，多次求助韩教授，并与他有所交往。

韩教授告诉我，观鸟活动18世纪晚期发源于英国，后传至北欧，再传至西欧和美国。初期只是贵族喜好，早年的英国绅士，靠一支笔和一个本子，记录看到的鸟，也有善于绘画者，画出了鸟的形体和栖息地特征。那时的观鸟爱好，具有鲜明的学术性和书卷气。

少数专家的工作，演变成大众爱好，是难以理解的转变，促使我思考，想起了英国学者达尔文。观鸟研究源远流长，世界各地都有人做，观鸟的广泛社会爱好活动却起源于英国，原因就复杂了。但进化论的奠基者，自然研究专家达尔文诞生于英国，是值得关注的现象。

达尔文在爱丁堡大学学医学，剑桥大学学神学，可他不喜欢这两个专业，只对生物和博物学感兴趣。1831年底，在重要的博物学者推荐下，达尔文跟着英国海军的“小猎犬”号军舰出海，做了一次环世界的科学考察。那是他个人生命史的一次冒险，也是那个撕裂时代的一次重要文化出击。冒险归来后，达尔文收获了重大成果，带回大量动植物标本。他从加拉帕戈斯带回来的鸟类标本，经英国的鸟类学家约翰·古尔德鉴定，从理论上启发了达尔文构思其伟大的自然演化思想系统，动物标本中的三种鸫鸟，作为重要例证，出现在了达尔文的《物种起源》书中。达尔文提出的进化论，被认为是19世纪人类三大自然科学发现之一，其他两项一个是细胞学说，一个是能量守恒及转化定律，都属于伟大的人类文明史思想资源。

18世纪中期，工业革命发生于英国，之后蒸汽机出现，生产资料的开采与运输能力大大提高，钢铁和煤炭促进大工业生产发展，人类揭开了资本主义工业化的序幕，古老的工场手工业向机器工业过渡，生产效率高涨，材料和市场需求扩大，殖民主义的冒险扩张登场。

达尔文诞生并成长于工业革命发生之时，他的进化论是生物科学理论，却从生物的生命体内部，为弱肉强食的殖民主义扩张提供了合理解释。他的进化论思想萌生，来自个人的一次荒原冒险，也就给那些在扩张文化中走向荒野、走向异国、冒险搜奇、探索自然奥秘的后继者极大鼓舞，那批人中，有些人很喜欢观鸟，随着时间推移，观鸟喜好就从专家走向民众，参与者有所增加。

但真正推动现代世界观鸟活动普及的，是美国人奥都班。韩教授告诉我，100年前，观鸟活动有所发展，但仍限于欧美的专家和上层豪门，未能普及到民间。美国人奥都班，著名的鸟类艺术家，在美国的鸟类杂志上发表了一些手绘鸟图，普及了一定的鸟类知识，从此揭开大众观鸟活动的序幕。

后继者跟上。1934年，美国人罗杰·彼得森画了一本鸟类图谱，把每种鸟选一个姿势画出来，附上说明文字。此书的出版，有力推动了世界观鸟史的普及与发展。人们带着书外出，去郊外对照看鸟，能大有收获，那本书叫《鸟类野外手册》，它的问世大大降低了观鸟门槛。此后，经过几十年培育，并经文化与经济繁荣的推动，观鸟活动终成美国的三大户外活动之一，这三大户外活动是：徒步野营、园艺和观鸟。

现在，英国每 30 个成年人中，就有 1 个人长期观察鸟类，英国的观鸟人数约为 300 万人，其中的英国皇家鸟类保护协会会员，超过 100 万人。但美国人做出了很大的拓展，把观鸟视为户外运动，这项活动就更兴盛，也更大众化，参与观鸟活动的美国人多达 4800 万人，约占全国总人口的 15%。

自然界野生动物很多，为什么人类只把观鸟作为大众化的广泛喜好？原因很复杂。但人类与野生鸟类接触，危险性最低，鸟类与人类的生活最接近，鸟象征着自然界的天高地阔，鸟的飞行极为神秘等，大约是人类迷恋鸟类的几个较有说服力的理由。

最早被工业革命带入现代化的英国，也最早出现了大批富裕的中产阶级，这些人拥有财富和空闲，却面对着越来越污染的空气与河流，于是离开城市外出，长途跋涉，去乡村观鸟并追寻纯净的自然。

火车的发明，助推了英国观鸟热的兴起，乘车远行的交通成本大大降低。火车的发明恰好出现在英国，为英国人远行寻找荒野之美提供了极大便利。需要特别解释的是，尽管中国人也对鸟早有兴趣，并有古老的养鸟赏鸟之风，但家庭笼养的鸟，与自然界的野生鸟，区别很大。专业研究表明，相比其他物种，鸟类更适于野外观察，近 60% 的鸟类无法人为繁殖，只有野外飞行的鸟，才能展示自由而真实的生命形态。

英国人热爱观鸟，但其本土的鸟种数量却不多。18 世纪中期，英国记录到鸟类 215 种，1815 年增至 240 种。时至今日，有记录的英国鸟类仅 500 种，美国东部记录到的鸟类也只有 600 种。据 2004 年出版的《中国云南野生鸟类》一书介绍，已经记录到的云南鸟类种数为 848 种，远超英国和美国，所以，欧美人最想进入地域广阔的中国观鸟，对鸟资源丰富的云南高山深谷，更加情有独钟。

五、云南观鸟小史

19世纪末至1949年期间，欧美、日本等国的博物学者，多次来华做鸟类考察与采集，获得了大批资料。1868年，英国驻印度加尔各答博物馆的约翰·安德森，从缅甸八莫进入云南西部的盈江县和梁河县，做博物学考察，采集过一些鸟类标本。

此后数十年间，直到中华人民共和国成立前，先后有法国人亨利亲王，英国人温盖特、乔治·福雷思特、拉图史，美国人约瑟夫·洛克等，率领数十支考察队进入云南，从事过植物、动物，主要是昆虫和鸟类标本采集的博物学活动。当时云南山区没有路，欧美人进入，要雇请中国村民帮助，那些村民身兼马夫、轿夫、猎人和向导数职，如果欧美人专为鸟类考察而来，中国村民也兼做鸟导。

19世纪之后，国际纷争，动荡不宁，中国大地不断燃起战火，最终导致世界的东西方对立，互不往来。整个冷战时期，中国与世界隔绝，漫长国境线圈住的中国辽阔大地上，千鸟竞翔，鸣声缭绕，让欧美观鸟爱好者可望而不可即。

改革开放后，政治冰川解冻，中国向世界张开怀抱，国外的大批观鸟爱好者立即向中国投来热情目光，他们之中的先行者有鸟类学家，也有旅游公司的探路者。韩教授告诉我，改革开放初期，最早来云南观鸟的外国人叫梅瑟·史密斯，此人是美国马里兰州大学的昆虫学教授，其妻的父母是传教士，曾在中国杭州生活，她也就在杭州出生。史密斯热爱观鸟，在美国创办了一个观鸟协会，经常组织观鸟活动。受妻子的成长经历影响，史密斯很早就想来中国，一方面自己想观鸟，另一方面想开拓中国的观鸟旅游市场，其妻更想来中国，寻找失落在中国土地上的童年情感。

英国剑桥大学的博士马丁·威廉，是改革开放后最早进入云南观鸟的外国人之一。他博士学的是化学，获得学位后，却不做化学研究，跑去了香港，在改革开放之初提出申请，进入内地。先在北戴河观鸟，后转移别省。一个叫班肯的英国人，也在改革开放后进入中国，辗转河北、四川、江西等地观鸟。班肯早年在康奈尔大学读博士，出于对观鸟的巨大热情，放弃学位，离校创立了观鸟旅行社，遍访世界各地，包括亚洲的很多地区，撰写过世界上的第一部《东南亚鸟类手册》，对亚洲的鸟类研究和大众观鸟产业发展做出了很大贡献。

改革开放后最早进入中国的外国观鸟者，为中国政府和中国的鸟类学家带来了丰富的世界观鸟信息，使中国人获知世界观鸟热的活动及其乐趣，并获知中国北戴河有一条重要的候鸟迁徙路线，即东亚—新西兰—东北亚的候鸟迁徙通道。之后，中国官方就与外国观鸟专家合作，在北戴河策划并组织了最早的中国观鸟活动。

改革开放之初，韩联宪很年轻，英国人班肯初到云南，韩联宪研究生刚毕业。班肯寻访到昆明西郊筇竹寺附近的动物研究所，提出鸟类调查的合作研究建议。所里很高兴，就安排韩联宪协助，陪班肯进山考察。当时的中国百废待兴，经费奇缺，各行业焕发出的旺盛工作热情与极其简陋的工作条件形成了巨大反差。外国观鸟专家带来的国际鸟类研究信息，对中国专家的研究很有帮助，他们支付的合作科考费用，今天看来不多，当时却能给中国机构带来很大帮助。

蓝眉林鸲

蓝色的小鸟，极其罕见，它从森林的睡梦中穿越而出，是大树枝叶间漏出的一个小小的迷梦。

灰燕鸻

逃出森林的一个精巧逗号，流连于河边和湖畔，追踪流水吟诵的小诗。

观鸟活动发源于欧洲，人们在家中的庭院里，房前屋后，或遥远的森林里，寻找和观察鸟类，以此为乐。世界范围内，观鸟爱好者远赴异国他乡或人迹罕至之地，寻找和观察飞鸟，尤其是寻找和观察独特的罕见鸟类，将面临很多困难，需要旅游公司帮助，于是产生了鸟导这个职业。旅游公司安排吃住行，鸟导带人寻鸟和观鸟。鸟导也许是具备鸟类知识的专家，也许是熟悉鸟类生活的村民。伴随着世界观鸟史的延续，职业鸟导越来越多。有的鸟导是雇员，接受旅游公司的工作安排；有的鸟导是自由职业者，单独接待客人。

有趣的是，几个早期进入云南的欧美观鸟爱好者，后来都爱上了云南，长期住下，在云南娶妻成家，以职业鸟导的身份，为外国观鸟爱好者提供服务了。这些人中有庖何德和加士伯等，听起来都像啤酒名，他们第一次来云南观鸟，寻访的专家就是韩联宪教授。

除了欧美白种人，中国香港人也较早进入内地观鸟，并寻求过韩教授的帮助。韩教授说，20 世纪 70 年代“亚洲四小龙”崛起，人民收入提高，观鸟人群渐渐增多，中国香港和台湾有很多人观鸟，韩国的观鸟人也增加很快。相比之下，香港的观鸟人群出现较早。早期香港成立的欧美观鸟会，参加者的鸟类知识较为丰富，观鸟水平很专业。20 世纪 50 年代，香港的欧美观鸟会影响扩大，普及型的香港观鸟会出现，华人开始观鸟且人数渐多。

也许受英国人的谨严行为习惯影响，香港的观鸟史档案最齐全，完整收藏了包括殖民时期香港欧美人士写给港督的观鸟会成立申请及最早的观鸟活动照片。香港回归前，热爱英式观鸟活动的香港人林超英从英国留学归来，加入香港观鸟会，成为第一任华人会长。林超英上任后，大力发展华人会员，热忱组织华人会员来内地观鸟。

1996 年，香港人与昆明的韩联宪先生取得联系，第一次去到云南保山市的百花岭村观鸟。之前，去百花岭观鸟的欧美人士基本是鸟类学家，三五年间到来一位学者，人数很少。香港观鸟爱好者的组团到达，是普通观鸟人士成批进入百花岭村的最早记录。

那次香港观鸟爱好者的14天高黎贡山之行，观察记录到307种鸟类，收获巨大。2001年1月，香港观鸟会再次组团前往云南高黎贡山，观察记录到350种鸟类，并创造了一天之中观察到97种鸟类的特别纪录，团员们高度兴奋，大呼不虚此行。此后，香港观鸟会独爱云南保山市的高黎贡山，每年都来观鸟。

台湾的黄玉民老师也来过云南，在韩联宪陪同下，去百花岭观鸟并寻到了楔嘴鹩鹛珍稀鸟种。这种鸟体形小，灰褐色，极难发现。韩联宪曾于1990年初冬，在云南怒江州贡山县见到过楔嘴鹩鹛，写出了论文发表。若干年后的2014年，一支西藏生物影像调查队在墨脱拍到的楔嘴鹩鹛，长相古怪，浑身巧克力色，被认为是最新观察到的楔嘴鹩鹛新亚种。

香港观鸟会会长张浩辉，根据相关资料分析，来云南保山市的高黎贡山寻找白尾梢虹雉。这种鸟是大型鸡类，俗称的“野鸡”之一种。体长56—68厘米，雄鸟颜色丰富，极其漂亮，栖息地最高海拔达4000米，难与人类相遇。

张浩辉会长的出行也由韩联宪陪同。他们在百花岭村寻找几天，未发现目标，意外观察到了被称为高黎贡山鸟类三宝之一的火尾绿鹛鸟种，这种罕见留鸟体形小，为雀形目画眉科，身上有亮丽绿色，专在杜鹃丛中吸食花蜜。张浩辉会长的这个观鸟发现，使火尾绿鹛的自然生活区分布记录向南再推进了50公里。

越来越多的观鸟人进入，助推了中国观鸟活动的兴起，所以，继北戴河中外观鸟活动举办之后，中国又出现有组织的东洞庭湖观鸟活动。东洞庭湖观鸟活动完全由中国人操办，具有重要的开创性意义，促进了中国鸟类专家研究工作的开展，也在非专业的中国人心中，初步建立起自然观察与鸟类观察概念，推广了生态与动植物保护思想。但是，因活动时间太早，社会认知和资金有限，早期的东洞庭湖观鸟活动在艰难中推进，时办时停。

1996 年，中国“自然之友”机构的会长，梁思成与林徽因的儿子梁从诫先生，提倡并组织了一些民间观鸟活动。尔后，NGO（非政府组织）“绿家园”的汪永晨老师，也组织过公众观鸟。中国的观鸟文化，渐渐在各地传播。

2010 年后，北京成立了朱雀会——中国观鸟组织联合行动平台，这个机构协调联络了全国各地的观鸟组织，有力推动了中国观鸟活动的发展。朱雀会连续操办的几届中国大学生观鸟赛，在年青一代的心里种下了爱鸟护鸟、自然保护、动植物保护及户外健身运动的种子。此后，中国观鸟进入高峰期，出现庞大的观鸟人群，一部分中国的观鸟爱好者，涌向了云南的百花岭村。

六、百花岭在哪里

1995 年，时任云南保山市文联主席的作家朋友周勇，邀我去攀登高黎贡山。那时我对云南西部完全缺乏了解，听到山名，立即被一个“高”字震惊，肃然起敬。我约了诗人老友于坚同去，他听到高黎贡山之名，也吓得在电话中沉默了一阵。

几天后，飞机穿越早晨 6 点的寂静天空，把我从昆明送往保山市。下机后我就被当地朋友从机场接走，马不停蹄，立即上山，当晚入住的地方，就是高黎贡山脚的百花岭村。当时那里不见人影，早年林业开发挖出的土路已经关闭，空空荡荡。我在土路边上的一间宽大木屋外张望，里面黑漆漆的，

紫啸鸫

◇ 它是森林中的精灵，气质独特，全身迷幻的蓝和紫。它也是最为尽职的父母，频繁喂食，定期清理雏鸟粪便，以防暴露鸟巢位置。

没有人，没有呼吸，喊叫一声，回响经久不散。我能清晰看见自己的喊声在木屋的木板和柱子间撞来撞去，像受惊的蝙蝠乱飞。

我的目光在寂寞深重的空木屋里划动，脑袋里滚出一个杰克·伦敦《野性的呼唤》似的小说构思：一个林场工人的老婆，老公失业，不知所终，老婆独守家中跟人偷情，天塌地陷闹出很多事，最后狗熊误闯木屋，把坏人咬死，鹦鹉吓得飞远，泄露了血案发生的消息。我回房间，跟当地朋友说了小说构思，众人大笑。

现在，百度输入“百花岭”三个汉字，立即有成百上千条链接涌出，挤满手机和电脑屏幕。这些链接，把云南保山市的高黎贡山百花岭村与全世界紧密连通。

保山市，为云南西部边境的两大地市级行政规划区之一，下辖 5 个县市区，其中之一是大名鼎鼎的腾冲。保山市东与大理接壤，西与德宏州毗邻，西北和正南同缅甸交界，国境线长约 170 公里，境内的腾冲市，是云南近代工商业发祥地之一，南方丝绸古道、滇缅公路、史迪威公路从保山市穿境而过。保山是云南古代史上的哀牢国故地，文明史长达 2000 多年。唐朝时保山属南诏国，南宋属大理国，改名永昌府，元初改名永昌州。“保山”这个地名，出自明朝嘉靖三年（1524 年）。

“高黎贡山”一词，最早见于唐代学者樊绰所著的《蛮书》，此山属青藏高原南部的横断山脉断块带，是印度板块和欧亚板块碰撞及板块俯冲的缝合线地区。青藏高原绵延南下，进入云南后分为东西两支，东支山脉，沿云南怒江西岸，从北向南横亘千里，这就是雄伟的高黎贡山。

这片山脉有著名的深大断裂纵谷区，高坡陡峭，切割极深，垂直落差 4000 米以上，跨越了 5 个纬度带，是地球上唯一保存大片由湿润热带森林到

温带森林过渡的地区，也是世界上极其珍贵和稀有的生物多样性存在的突出地区。

地理环境复杂,气候多样,动植物种类就很丰富。在中国云南的“动物王国”和“植物王国”资源中，高黎贡山占有的数额最大，内容最珍贵。高黎贡山被认为是世界“雉鹊类的乐园”和“哺乳类动物祖先的发源地”，以及“东亚植物区系的摇篮”。为此，西南林大的韩联宪教授，多次前往高黎贡山做鸟类调查。

高黎贡山还是一个源远流长的文化通道。公元前 4 世纪，先于中国北方丝绸之路前 200 年，就有现在命名的“南方丝绸之路”古道贯穿高黎贡山，连通了成都、昆明、大理、保山、腾冲和缅甸、印度、阿富汗。山高路险，数千年间，翻越高黎贡山的人，缺氧和极度疲惫而中途丧命者，不计其数。

韩教授青年时代为撰写硕士论文前往高黎贡山，以及后来翻越高黎贡山东西坡做鸟类调查，均是勇敢之举。攀登高黎贡山极其辛苦而危险，高达 4000 余米的山巅，裸岩直刺天空，寒气逼人，峰巅之下莽莽苍苍，一望无涯。那次，韩联宪雇用一个本地青年村民做挑夫，陪伴同行，身强力壮的村民爬山半天，就吃不消，跑了。年轻的研究生韩联宪，只好自己挑起帐篷、锅碗和粮食，咬牙坚持 10 天，从高黎贡山西坡攀越而过，前往东坡的百花岭村。

早年韩联宪翻越高黎贡山，做东西坡的鸟类分布调查时，如果认识百花岭村的老侯，也许会更顺利和轻松。老侯很愿意帮助陌生人，在韩联宪 90 年代中期再访高黎贡山时，老侯已有见识，为寻访而来的英国人做过鸟导了。

正是一次偶然的鸟导经历,改变了老侯的人生,也重写了百花岭村的历史。

老侯全名侯体国，1989 年的某天，一位英国的观鸟学者，在资料的指引下来到百花岭村外的山路上。树影迷离，鸟鸣散乱，英国人在茫然无措中遇见了放牛的村民侯体国，请他做向导，带自己进山。于是，老侯有了第一笔种地养牛之外的收入，发了个小小的意外之财。挣钱是好事，但高兴几天，老侯就忘记了。没想到，一个多月后，又有台湾观鸟人陈老师慕名寻来，专找老侯。

高山之子老侯，祖祖辈辈与森林和动物打交道，认识高黎贡山百花岭的很多鸟，但从不认识观鸟爱好者，更不认识外国人。第一次为英国人做鸟导，老侯很紧张，英国人辛苦爬山观鸟却不捉鸟的古怪行为，老侯也不理解，加之语言不通，老侯带英国人看到了一些稀奇的鸟，但不懂英国人的要求，寻到的鸟数量有限。

第二次，老侯带台湾的陈老师上山看鸟，就轻松多了。同为中国人，语言无障碍，情感相通，相谈甚欢，老侯的鸟导做得很成功。台湾的陈老师第一天看到近 70 种鸟，第二天看到约 100 种鸟，极其满意，老侯又赚到了第二笔鸟导收入。

老侯再挣到钱，还是不解：这些人大老远跑来，看个鸟，就高兴得像捡到了宝贝。他们只是看，并不把鸟当宝贝带走，这是什么玩法？这些人似为专家教授，又不太像。

专家教授，老侯是见过的。高黎贡山禁伐禁猎之后，设立了自然保护所，常有专家上山，雇村民挑东西或去山上埋锅做饭。早年我应朋友之邀，去百花岭村攀爬高黎贡山，自然保护所的朋友就雇了一个村民，背着铁锅和肉菜，在山路前方的半道上做好饭，等我们上山去吃。

但事态发展大大超出了老侯的简单经验，出现在百花岭村的观鸟人越来越多，纷纷找他做鸟导。那些人见多识广，文化很高，从言谈举止观察，并不是专家。他们不为研究和调查而来，只是玩，就是一些游客。

白腹锦鸡

◇ 1997年，中国和瑞典为纪念建交47年而发行的邮票，其中一枚就是以它为题材，毕竟它是世界上最为漂亮的观赏雉之一。

游客是一股潮水，一旦涌现，就势不可挡。

老侯的人生改变了。

七、鸟塘的秘密

云南保山市百花岭村观鸟产业的迅速发展，跟当地村民的一种发明有关，那就是鸟塘。在寻访老侯的外国观鸟人渐渐增多之后，中国内地也有人加入观鸟爱好者队伍，并来到高黎贡山脚的百花岭村找老侯，老侯就变成了职业鸟导。那时，百花岭还是高黎贡山西面山脚的偏僻山村，村民生活拮据，种地勉强够吃，能卖的山货就是野蜂蛹，一年挣几百元，住房窄小简陋，卫生条件很差。观鸟爱好者坐飞机到保山市，住进酒店，租车进山，找老侯看了鸟，当晚返回城里睡觉。

后来，有人不愿经历每天凌晨起床，进山出山，晚上天黑返回的折腾之苦，借住在了老侯家。老侯破屋待客很愧疚，时间久了，就在家里添几张床，收拾干净屋子，办成了接待站。几年后接待站升级，改造成舒适的客栈，收入更多。

观鸟旅游发酵，中国观鸟人增多，百花岭村变得热闹。村里人跟着老侯学，加入鸟导队伍，也在家里接待观鸟客人吃住，收入直线上升。

村民在接待游客的鸟导生涯中，发现了中国人与外国人的不同玩法：外国人爬一阵坡，钻些林子，举起望远镜看鸟，掏笔记录下文字，就心满意足下山；中国人观鸟要拍照，都挎着相机，扛着长焦镜头和脚架，负重登山，磕磕绊绊。于是，一个愿望从村民的心里冒出，飘游在百花岭村的上空：有没有一种办法，能让人近距离看鸟和拍鸟？

幽远的百花岭山村，时间开始了摇晃和挣扎，村民费力思考，揭开了崭新历史，鸟塘诞生了。

人类的很多重大发现，都萌芽于无意之中，这是个小小的规律，即所谓有心栽花花不发，无心插柳柳成行。但百花岭村的鸟塘发明，是有心与无意碰巧相遇的结果。据说，最早做鸟导的老侯，早就发现鸟喜欢在林中小溪或小水洼中洗澡，飞起飞落。为了少跑路或提高找寻小鸟的效率，他就动起了脑筋，经常带人去树林中的小溪边或小水洼处观察，每次都不会落空，总能看到好多鸟。

某日中午，老侯为几个美国客人做向导，带人上山看鸟，走累了坐在路边休息，发现路边一根破裂漏水的水管，喷出 1 米多高的水花，漏出的水在凹凸不平的地面汇聚，形成几个小水洼。有小鸟不时飞临，落下来喝水，快乐地在水洼里洗浴。老侯和几个美国人看到，顿觉开心，欢笑不已。

那是极其重要的一幕，在百花岭村的观鸟史上，很多趣事被遗忘，唯独那一刻被人牢记，众说纷纭，反复追忆。

我不知那一刻聪明的老侯心里是否咯噔一声响，也不知道老侯回村，是否把那个生动场面讲给村里的朋友听，更无法知道别人听了是否心有所动，但我可以想象，那件事出现之后，某个夜深人静的夜晚，百花岭村一定有人无法入眠，身子发热，从床上接连坐起，透过房梁的黑暗，看到满山群鸟翻飞。

人很容易联想，产生由此及彼的推理性构思。地上的水洼由水管漏水聚成，如果找一根水管，引来水源，在树林中人造一个小水塘，也许能引来鸟，供人观看？假如能操作成功，就不必钻树林辛苦寻鸟，自家圈起的就近地盘里，就能保证客人观鸟，收取费用。

想到这一层，那个人肯定兴奋。

另有传说认为，那个深夜无法入眠的人不是老侯，是别的村民。还有一说，是外人指导法——别的村民发明了鸟塘，算到老侯的账上，确有可能。外人指导法，就有些特殊，要展开细述。

最早加入观鸟队伍的中国人，多为有钱的商人，他们先去泰国的国家自然公园拍鸟或拍摄其他动物，然后才跟随老外的脚步，转移来到云南高黎贡山的百花岭村。泰国有100余个国家自然公园，最著名的岗卡章国家公园里，早有泰国专家用水池诱动物前来，助游客在较近距离的范围内观赏。早期的那些中国观鸟爱好者，从泰国转移到中国的百花岭村后，把泰国所见告诉村民，于是出现了百花岭村的中国鸟塘发明。

这也有道理。

我拜访鸟类学家韩教授时，向他请教过鸟为什么喜欢洗澡。他告诉我，鸟体温较高，平均体温41—45摄氏度，洗澡可以降温。人类出现鸟的高体温，就会面临死亡；鸟却轻松自如，鸟的高体温是为了消化快。

我恍然大悟，消化快排泄快，鸟排粪便就多，难怪鸟总在不停地拉屎。鸟多的地方，诸如云南腾冲和顺乡山下树林里的鹭鸶，昆明冬天海鸥的汇聚之处，鸟粪如雨不足为奇。从前我家养了两只八哥，从笼中放出，会飞到人肩上，十分可爱。可两只飞来飞去的八哥总在拉屎，在屋里处处留下粪便，令人遗憾。同理，鸡也排便多。鸡满地奔跑，一边啄食，一边拉屎，最为贫穷年代城里狭小居民区家家养鸡的中国人所熟悉。

我再查资料研究，获知鸟的洗澡各有不同。雀科鸟非常爱洗澡，大部分鸣禽，如画眉、相思鸟、绣眼、金丝雀、各种山雀、鸦和椋科鸟等，都会每天在水塘边洗澡流连。鸟洗澡并非单纯为了降体温，也为了清洁羽毛。

鸟羽里寄生虫多，洗澡可得到清除。百灵科的鸟，如百灵和云雀等专爱

纹背捕蛛鸟

◇ 它的体貌特征非常明显，嘴粗长而尖且向下弯曲，很活泼，飞行力强。

沙浴，会在沙子里打滚。家养的鸡也爱沙浴。少量鹦形目的鸟，比如大小鹦鹉，却不洗澡，它们的羽毛羽丝很细，光泽度强，洗澡把羽毛弄湿，很难打理。

百花岭村的村民中，谁第一个观察到路边的小鸟洗澡并为之心动？争议颇多。但村里的第一个观鸟鸟塘，确是老侯所建造。历史有了进步，中国的观鸟客人，能在百花岭村外的不远处，一个人类主动挑选的地点，近距离地观鸟和拍鸟了。

一种由百花岭村村民摸索完成，并命名为“鸟塘”的自然观察法问世。

鸟塘的重要元素是塘，也就是水池。韩教授告诉我，人造的鸟塘，必须有活水流动，否则水发臭，鸟不会再来。这个道理，百花岭的村民也懂。他们在村外树林里造的鸟塘，都是流动之水，水源用细竹管引来，高高架起，轻浅滴下，永远流动不息。这是第一步，可称为“造塘引鸟期”。

发明人造小水塘，引来了鸟，但鸟的数量不多，停留的时间短，这个地点难以成为固定的观察点，就难以收费卖钱，所以要有第二步，那就是投食试验。

据说，泰国的国家自然公园里，也有专家给野生动物投食，引诱其前来，长时间停留，供人观赏。网上流行的百花岭村做法是，村民老侯反复试验，最终选定玉米面和面包虫作为鸟食，一天几次，在小水池边定时投放，于是，鸟越聚越多，叽叽喳喳，拍翅翻飞，洗澡吃食，长时间流连不去。

这个阶段，叫投食喂鸟。

顺着这个思路，为了不惊扰小鸟，村民在距离投食点几十米远的地方，用木头搭建了最初的观鸟棚，棚里放几只小凳，供观鸟游客坐着观鸟和拍照。

这是第三阶段，叫建棚拍鸟。至此，百花岭村的中国式鸟塘发明全部完成。

百花岭村，成为世界观鸟人的故乡了。

黄嘴河燕鸥

◇ 在河边捕鱼为食，翼尾修长，飞行姿势缓慢飘逸，如梦似幻，很美。

八、群鸟齐飞的迷惑

盈江县与保山市相邻，两地的山区同属一片高黎贡山山系。中国改革开放初期的 20 世纪 80 年代，居住最偏远的盈江县人，乘车去省会城市昆明，第一天只能到达同处云南西部的保山地区，在那里住宿过夜，次日再踏上漫漫前程。

云南高原近 40 万平方公里总面积的土地上，山地约占 90%。最群山耸立的云南怒江州，平均坡地 25 度，村民的耕地，远看似挂在天上，金黄的粮食，一片片覆盖陡峭的山坡。当地人戏称，下地劳动要带拐杖，拐杖插进地里，类似登山家的冰镐砸进山岩，人才能站牢挖地。久远的路烂泥滑时代，云南各地的人出行，翻越群山，绕过深谷，从一地去往另一地，走三五天路早就是常事。

盈江县城与保山市区相距 200 余公里，高速公路未通行时，两地人乘车来往，耗时一天，这样的距离，在云南已经很近，所以，盈江县与保山市，熟识交往的朋友很多。

盈江县之名，出自县域里的大盈江，这条雄伟的波光闪耀之水，发源于高黎贡山南麓，古称太平江，是缅甸伊洛瓦底江上游的南亚热带常流大河。大盈江贯穿盈江全县宽阔的土地， 曲曲折折流淌。雨季来临时，水势浩大的大盈江江面，最宽处达 1000 米，茫茫然无边无际。水量丰盛，是盈江县的重要特点，县域内有大盈江水系、勐嘎河水系、羯羊河水系和龙江水系四大水系共 19 条大河，大盈江之外的其他大河，同样水势苍茫，弯弯拐拐，杳无尽头。

河流拥有丰富的鸟类食物，河边的树林和草丛，最有利于鸟类居住和躲藏，所以，水资源的丰盛，是盈江县鸟资源丰富的一个重要原因。

盈江县的第二个特点，是地域广阔。云南德宏州所辖的中缅边境偏远地区，

早年被称为“外五县”。“外五县”之名随着知青的到来被传开，广为人知，老知青最熟悉。“外五县”是知青的痛、知青的根和知青的命。

时过境迁，“外五县”这个历史名词，只代表 5 个地区，芒市和瑞丽早就提升为市，只有盈江、陇川和梁河三地为县。德宏全州 5 个县市中，盈江县地盘最宽阔，总面积占全州的三分之一强。土地广阔，鸟类就多，自不待言。

盈江县的第三个特点，是群山连绵，80% 的土地为山区，为全州地形最复杂的地区。巨大的海拔错落，形成不同的气候带，县境内土地的最低海拔 210 米，最高海拔 3400 多米。海拔越低，气温越高。最低海拔处的河谷区和平坝的江水之畔，烈日炎炎，热风翻卷，鸟语花香。最高的大娘山巅，积雪默默闪耀，无声注视着远方。巨大的海拔落差区内，拥有了热带、温带、寒带的各种动植物及复杂的珍稀鸟类品种。

盈江县的第四个特点，是地处边境，三面与缅甸接壤。县域内有 32 条公路与缅甸相通，距离缅甸八莫 131 公里。八莫是一个被二战烤热的地名，抗日战争时期，中国境内剩一条滇缅公路与世界相通，国际援华的战略物资，均通过缅甸送往中国。几千辆美式卡车从昆明出发，沿危险的滇缅公路前行，翻越群山，进入缅甸，终点站就是八莫。在八莫装货后，再九死一生地返回昆明。

日军攻占缅甸后，八莫沦陷，陆地运输终止，中国的国际援华物资地面交通，上升为空中航线，由美国飞虎队承担空运。飞机穿越群峰耸立的高原上空，面临强气流、低气压、冰雹、霜冻及高原撞山的危险，难度比陆地卡车的行驶更甚，几年之间，坠机 1500 架，飞行员死亡 3000 人，空运损失率高达 80%。

盈江县城距离缅甸密支那 197 公里，密支那以北一片未被开发的原始森林，是著名的“野人山”。野人山又名“克钦山区”，位于缅甸最北方的中

白鹇

是一首诗，也是一支歌。它有惊人的美丽，优雅的长裙在林中翩翩飘摇，红色的脸上涂满了俊俏胭脂。

仓鸮

森林里的老学者，树洞中的思想家，白天冥思苦索，夜晚出行巡视，黑色的身影从月光下划过。

缅交界处。野人山再北方，是冰雪森严的喜马拉雅山，野人山的东西两面被高耸的横断山脉夹峙，每年5月下旬到10月雨季来临，野人山的森林里，蚊虫蚂蟥极其活跃，回归热、疟疾、破伤风、败血病等迅猛传播。抗日战争时期，中国远征军九十六师、新二十二师、第五军数万人入缅参战，10万兵力中，3万人未能走出野人山，热血冷却，魂魄惊散。

距离盈江县250公里的缅甸帕敢玉石场矿区，也在野人山区域。帕敢玉石场，是世界知名的翡翠玉石圣地，那里出产的翡翠，种老、质纯、色正、水头足，多为高档翡翠料。帕敢这个地理名词，包含了灭亡与重生双层含义，玉石矿场里每日上演情感扭结并悲喜撕扯的故事。前往帕敢翡翠矿区者，可能暴富，更可能倾家荡产。翡翠玉石独为中国人所钟情，是中国文化一绝，无数华人在矿区卖命半生，一无所获。也有贫病交加者在路边休息，捡到一个石头，忽然发大财，瞬间变成超级富翁。

盈江县三个方向与缅甸接壤，有些鸟种在中缅两国间飞来飞去，就只能在盈江县看见。已在盈江县发现的赤颈鹤、绿孔雀、红腹角雉、白鹇、八色鸫、蜂虎、花头鹦鹉、凤头树燕，以及中国最大的啄木鸟大灰啄木鸟等100余种鸟，唯云南可见，更唯盈江县独有。

全球9000余种鸟，中国有约1300种，云南有800余种，盈江县有500多种，占了云南鸟种的大半和中国鸟种的近一半。

盈江县的大盈江边有一种鸥鸟，世所罕见，名黄嘴河燕鸥，是从缅甸的伊洛瓦底江迁徙而来，极少见。这种鸟常于淡水水域的沙洲或河畔歇息繁殖，每窝产卵3枚，偶会产卵稍多或减少。

黄嘴河燕鸥在河边捕鱼为食，翼尾修长，飞行姿势缓慢飘逸，如梦似幻，很美。发现有人类或其他侵犯者接近巢穴，黄嘴河燕鸥会暴躁飞来，舍命俯冲，

绿胸八色鸫

◇ 体形圆胖，羽毛色彩搭配得恰到好处的小鸟。

大声尖叫驱赶。也许，黄嘴河燕鸥数量的减少，与其舍生忘死的护巢冲动有关？

专家对黄嘴河燕鸥的最新观察，极不乐观。巴基斯坦、印度、尼泊尔、不丹、孟加拉国、缅甸、泰国、老挝、柬埔寨、越南等国黄嘴河燕鸥的经典栖息地，已不见其踪影。盈江县铜壁关自然管护分局的左副局长告诉我，黄嘴河燕鸥保护这个项目，他一直在做，这种鸟被列为国家二级保护动物，目前在中国境内，只有大盈江岸记录到黄嘴河燕鸥的出现。

盈江县还有一个珍稀鸟种，只有麻雀大，模样乖巧，性情凶猛，是世上最小的猛禽，名红腿小隼，亚洲范围内，红腿小隼也只在中国的盈江县被发现，极其珍贵。

所以，云南盈江县，被称为“中国鸟类资源第一县”。

这让盈江人高兴，也让他们困惑。

鸟给保山市百花岭村的人带来了财富，也会给盈江的村民带来生活帮助吗？

2014 年之前的一段日子里，盈江县文体广电旅游局的金局长，时常陷入深深的苦恼中。县域内苏典乡的黄草坝确定为旅游开发区后，首先做的事是改名，根据傈僳语发音，选择几个漂亮汉字，把“黄草坝”改为令人浮想联翩的“诗蜜娃底”，随之推出了一系列旅游宣传活动。收效当然有，但只是少数本地人周末去玩，外地人并无兴趣。以山空树寂、水清花香、虫鸣鸟影而出名的诗蜜娃底美妙风景，始终在寂寞的山谷中沉睡。

忽一日，邻近的保山市高黎贡山脚百花岭村，传来了观鸟旅游日益兴起的消息。金局长不太理解，那个百花岭，比之盈江县的诗蜜娃底，风景好不到哪里去，无非一个小山村。为何游客大批赶去？谁吃多了撑着，花钱跑去山中的小村子里消磨呢？

卷二

光浅

九、洪崩河的喧哗与骚动

时间过去5年，盈江县也有大批观鸟游客涌入了。

我结识盈江县的青年观鸟专家小班后，次日清晨，离开酒店进山，乘坐小班驾驶的车子，前往县城外百余公里处的洪崩河小街寻访。

小班是我无法想象的青年，极似一只快活的珍稀小鸟，激情高涨，非常专注，不顾其他。他坐在驾驶位上开车，忽然大叫，一脚踩停了车，跳下去趴在公路上看。我以为车子出了毛病，殊不知他发现了公路上的小动物，以为轧死了。趴在地上看一阵，迅速回来，坐到驾驶位上，继续驾车上路。

我问他：发现了什么？

他说：巨蜥。

巨蜥啊？！我怎么没看见？！我大惊。

小的，巨蜥苗，他说。

我发愣，不懂。后来查资料，获知盈江县深山森林中的一种圆鼻巨蜥，最长能长到2米，是国家一级保护动物，不知小班说的巨蜥，是否为这种稀罕动物的幼崽？

车子驶出一段路，小班再次大叫，又一脚停下车，开门跃出去。

小班回驾驶室后，我问：这次是什么？

他说：一条眼镜王蛇，钻进草里去了。

2个多小时后，小班的车驶入洪崩河小街。

洪崩河是中缅边境口岸，一河隔两国。从一座铁索旧吊桥过去，进入缅甸，可以到达八莫。二战中有名的缅甸历史小城，离我如此之近，又无限遥远，因为洪崩河口岸已经关闭，百来米长的桥身，卧在被大树茂密枝叶深深遮挡的暗淡光线中。

我站在桥头，惊讶地瞪大眼睛，庆幸自己再次增长了见识。眼前这座边境口岸的简陋铁索桥，被浓稠的孤单裹紧，桥面的旧木板全部炸裂，层层叠叠翘起的密集薄皮，绷开了无数细密的裂缝，使这座旧桥极像一条被时光晒得全身鳞片爆裂的鱼，每片竖起的鳞片下，都冒出小团小团轻烟般的寂寞叹息。

河的两岸站满大树，我身后的中国桥头旁，有一棵粗壮的大榕树，底部长出了繁杂的时间根系，不知名的藤子和肥大的龟背竹缠绕住树干，一同奋力向上，挣扎着眺望远逝的时光。

沉默的洪崩河缓缓流淌，退化为一个干燥地名，凝固在离这条河几百米外的小街上。但是，20世纪八九十年代，边境口岸开放，这条300米长的小街，挤满各路铤而走险的人，腾冲人、梁河人、瑞丽人、昆明人、四川人和河南人，缅甸人和中国人，鱼龙混杂，车来人往。有人两手空空，眼睛放光，嘴唇开裂；有人满脸冒油，腰缠万贯，身边莺声燕语。日本轿车、中国货车、摩托车、手扶拖拉机、牛车马车，络绎不绝。空气中热浪滚滚，知了欢快地歌唱，成群的鹦鹉飞过天空。几十万元的木材交易、上百万元的翡翠买卖，都在街边的简陋旅馆和幽暗小店里匆匆成交。

后来，缅甸一侧经常爆发战争，口岸关闭，时间停滞，洪崩河小街人去室空。水泥街面反射着疲惫白光，小店歪斜破旧，店里寂静无声，热气悬浮不动。无处可去的老头，光着松弛干瘦的上身，坐在店门口发呆。几只猫在街边的阴影里慢慢行走，不时停下，竖直耳朵，搜寻越来越远的时间回声。

我站在洪崩河旅馆的门口张望，脑袋昏沉，耳中充满知了的密集鸣叫。傈僳族女人彩四正在弯腰开门，准备拉开旅馆的卷帘门。刚才，小班驾车载

红隼

◇ 比利时的国鸟。它很善于在空中悬停，因此在欧洲，红隼也被称为“风摇曳”。

我翻越山坡，驶近洪崩河，在小街外面几十米处的山路边，遇上彩四，邀她坐上我们的车，载着进来。

小旅馆的卷帘门哗啦朝上推，出现一间空屋，屋里有一个半圆形的住宿登记台和靠墙摆放的沙发，一扇小门通向院内。在彩四的指引下，我走进院子，沿一个花哨简陋的水泥旋转楼梯上楼，把行李箱提进房间，再下楼找小班和彩四。

他们带我去旅馆旁边的和平饭店吃饭。

时间是下午1点，我们清晨从盈江县城赶来，翻山越岭跑了百余公里，还没吃中饭，腹中咕咕叫。可小班热情喊叫了两声，躺在椅子上睡觉的和平饭店老板王哥却不为所动。小班上前把王哥推醒，向他要吃的。王哥迷糊着眼睛，半支起赤裸的上身说，想吃什么自己去做吧，老婆不在家。说完倒下去又睡。

彩四摸进和平饭店的厨房，找了些肉、菜，自己动手做饭。

我无法想象，如此寂寞空洞的地方，会有大批中外观鸟爱好者蜂拥而至。

餐馆里的猫从墙角伸出小脑袋，警惕地注视着我这个陌生人。

边境口岸封关后，洪崩河小街仍有生意可做，原因是附近有个电站，电站职工有日常生活的购买需要，和平饭店的老板王哥，就是当年修电站留下的工人。他是东北人，在此找了个傣族姑娘做妻子，就地安家。经历过洪崩河小街喧哗与骚动的繁华，王哥也被一度降临的寂寞和冷清痛苦折磨。

5年前，挣扎的时间开裂，透出稀薄光线，有观鸟爱好者零星到来，王哥的小餐馆里和杂货店门口，持续出现陌生客人，让他惊喜。后来，客人增多，闻讯沓来，每年的观鸟旺季，成群结队的国内外观鸟爱好者蜂拥而至，令王哥振奋。其时洪崩河旅馆一床难求，王哥的和平饭店里每天坐满人，小街几

家杂货铺的土特产一售而空。来自中国各地的观鸟和拍鸟爱好者，驾驶着越野车，挎着相机，扛着脚架和长焦镜头大包，身穿迷彩服和冲锋衣，扎着头巾戴着帽子，用各种口音热烈打招呼，每天在小街上兴冲冲地来去。

我 2019 年 6 月份跟着小班来到，洪崩河小街的喧哗与骚动刚刚平息，最兴盛的观鸟季过去了。

但是我顺利找到了傈僳族女人彩四，运气不错，她将向我讲述自己参与其中的奇特观鸟产业活动。小班挑中彩四，有其道理：彩四在村里的傈僳族女人中算比较聪明能干的，表达最有条理。现在，彩四和她的老公及大儿子，一家三口都做观鸟旅游，获益很多。

彩四是石梯村人，44 岁，有 4 个孩子。大女儿在昆明读大学，二女儿和小儿子也在读书，家中的主要收入，来自观鸟旅游活动中提供的所有服务。洪崩河小街这里，相当于一个埋藏在深山中的商品贸易小集镇，离石梯村十几公里，彩四在洪崩河小街上住，是为了看守街上的小旅馆。旅馆由小班、小乐和村民小蔡伍几个人凑钱，租下改建而成，交给了彩四管理。彩四的老公和大儿子，负责喂鸟塘和接送观鸟客人。

很难想象，世代以捕猎为生的傈僳族村民，汉话说得佶屈聱牙，却坐车出山，去过 200 多公里外的百花岭村考察学习，在最近 5 年的时间里，摇身变成护鸟员和鸟导，参与国际流行的观鸟活动，从中获利并能赚钱养家。

我跟彩四聊天，听她随口说出几十种鸟的专业名字，深感惊讶。那些只在专业鸟类手册中出现的鸟种，我基本上叫不出名字，很多鸟名由复杂难写的字构成，外行难识，也无法正确辨音，好像是专写给鸟读，不写给人识。彩四却把那些鸟名说得顺口——灰背、孔雀雉、橙头地鸫、八色鸫、红腿小隼、黑鹇、白颊山鹧鸪等，一长串标准鸟名，彩四如数家珍。

我问：来观鸟的人多吗？

彩四说：多的，不过这几天少了。

我问：听说你是最早喂鸟塘的人？

彩四说：女人喂鸟，我是算早的。

石梯村和洪崩河小街所在地，属盈江县深山的铜壁关自然保护区。这里森林广阔，鸟声密集。5 年前，小班离开电视台进山探访，推广观鸟产业。当时的石梯村全是原始毛路，山高坡陡，坑坑洼洼，森林里的古老四数木粗壮笔直，直刺天空。侏罗纪时代的桫椤不时从森林中冒出，被大树顶部层叠枝叶间漏进的一束阳光照亮，让人恍惚听到恐龙摇撼大地的足音缓缓传来。

小班教石梯村村民喂鸟塘，告诉他们观鸟可以赚钱。

村民只是笑。

石梯村位处铜壁关自然保护区边缘，另有一个村，位于自然保护区的核心地带，这个村叫“大谷地”。石梯村和大谷地村，一个在山顶，一个在山腰，石梯村是母村，大谷地是子村。早先，石梯村村民为了多种旱谷，开荒走得远，后来再种香茅草，开荒更多，劳动更辛苦，村民就在远处的地边搭窝棚，临时居留，时间长了，窝棚越搭越多，成为村子，于是有了大谷地村。

小班进村之前，盈江县的文体广电旅游局局长就已经来过，向村民介绍了观鸟旅游，动员村民喂鸟塘。可石梯村的景颇族村民，只是送上笑容，不相信局长的开导。局长就换地点，转去大谷地村。大谷地村的傈僳族村民大蔡伍和小蔡伍，跟局长属同一个民族，容易沟通，两人勇敢接受建议，尝试着喂鸟塘，果然成功，有鸟汇聚小水塘洗澡并来吃食了。

有鸟是第一环，有客人是第二环，两环相扣，观鸟旅游才能成立。

局长去过百花岭村，结识了村民鸟导老侯，并邀请老侯来诗蜜娃底教村民喂鸟塘，可鸟塘喂成功了，老侯带百花岭的客人去诗蜜娃底玩，人家不喜欢，看一圈就走。

最后，局长改换地点，来到铜壁关自然保护区的大谷地村，村民喂成功了鸟塘，老侯再带客人来，游客大呼过瘾，村民高兴，局长也惊喜。

为什么？

恰如小班所言，大谷地一带的森林中，有与百花岭村相区别的独特鸟种。

建成一个产业，客人要多；客人多的前提，是鸟塘要多；鸟塘多的前提，是参与这个活动的村民要多。这是最大的障碍。

很多村民在观望，一些村民好奇地学着喂鸟塘，并不成功。有人没喂出鸟，有人造小水塘并坚持投食，引来的鸟很少，客人不去。所以，一年多的推广，观鸟旅游小有成就，却远未达到产业规模。

大谷地村里，最早尝试喂鸟塘并取得成功的村民，是大蔡伍和小蔡伍。大蔡伍家的鸟塘是1号，彩四家的鸟塘是12号。彩四加入喂鸟塘队伍的时间稍晚，但很坚定，她是村里最早喂鸟塘的女性，为此曾被村民讥笑。

村民的理解中，喂鸟类似祖辈的狩猎，是男人的活，女人去做，非常怪异可笑。可彩四不管那些，她好学爱问，反复琢磨，认真选择地点，引水造小水塘，一天几次地坚持投食，两个月后真的喂出了鸟。

彩四告诉我，喂出鸟不难，喂出的鸟种多，喂出珍稀鸟种，还要让这些鸟持续稳定地出现，鸟塘才算成功。所以，最初的两年间，她家的鸟塘喂出了鸟，却并不理想，客人也去得少。

这就是喂鸟塘之难，也是众多村民观望犹豫的原因。喂鸟塘的技术，包含了选点、造塘、投食几个环节。鸟点要选得合适，离村太远不行，远达森林深处一二十公里，偏僻安静，鸟种很多，客人却不便到达，管理鸟塘也不方便；太近也不好，房前屋后也能喂出鸟，但鸟种少，珍稀鸟更少。

活水维持的小水塘，离水源不能太远，尽管用竹管和塑料管能把远处的水引来，但水源太远，成本会高，难以管理。

更难的是投食。投食初听简单，操作却很难。投放鸟食，一是量要足，投少了鸟不够吃，不会常来。二是时间要固定，最初村民缺乏经验，每天投放一次鸟食，鸟很快吃完，飞走了。

后来定时投放食物两次，鸟来得稍多，停留时间也长。但第一次和第二次投食之间隔得太久，鸟食吃完后的空档期较长，鸟仍然留不住。有人尝试改为每天投放三次鸟食，鸟来得最多，珍稀鸟也多，鸟停留的时间很长，鸟塘的价值最高。

但是，一天三次出门，反复往村外幽静的树林里跑，定时喂鸟，坚持不懈，非常考验耐性。很多村民喂鸟塘失败，重要原因是无法坚持。因为喂鸟塘不会短时见效，森林里自由飞行的鸟，警惕性很高，有自己的觅食规律，树林里选个点，引水建个小水塘，在塘边人工投喂鸟食十天半月，完全可能一事无成。

喂鸟塘成功的时间有长短，最快一星期，稳定要两个月甚至半年，更加稳定要一两年以上。有的村民坚持一星期不见效果，就吃不消；还有的村民自由散漫惯了，不适应科学试验般的精确操作，无法定时喂鸟。有时早上去，有时中午去，有时忘记了，下午猛然想起，才去投鸟食，效果很差。另有村民，最初喂出一些鸟，却一边干农活，一边做生意，卖水果啊什么，不再专注投入，就会有疏漏，比如忘了喂鸟食和投食太少，鸟就飞走，鸟塘又废了。

能足量投食，长久坚持每天定时喂鸟三次的村民，确实不多。

最初只有大蔡伍和小蔡伍做得好，后来跟上的彩四也做得好，彩四喂成功鸟塘后，转交给老公祖老三，祖老三喂鸟也非常严格。

彩四的老公祖老三，是缅甸过来的汉人。我坐在小旅馆登记处的沙发上采访彩四时，祖老三骑着摩托车从外面回来了，一望便知是精明强干的男人。他皮肤黝黑，头发短而卷曲，说话声音小，非常温柔。

彩四告诉我，为了定时喂鸟，祖老三都睡在山上。旅馆后院的一个房间是彩四和祖老三的家，一张大床很舒适，夜里却只有彩四一个人独睡。祖老三睡在山上的小棚里，每天三次喂鸟，不敢有丝毫马虎。

鸟来得多，虫子和玉米面很快吃光，中午要赶紧喂，再撒面包虫和玉米面，下午 4 点又喂，十几公斤面包虫，很快就投放光了。如此不惜血本地坚持，鸟才会按时出现在鸟塘，飞上飞下，停留不走。

观鸟人也停留不走。外省和外国蜂拥而至的观鸟朋友，在洪崩河小街住下，早晨起床，在村民鸟导的带领下，满怀期待地奔往树林里的鸟塘，观鸟拍鸟，呼吸清新湿润的空气，感受宽阔深厚的自然之美。

十、细雨中的张望

盈江县的观鸟旅游事件，首创于当时的文体广电旅游局金局长。

最近几年，保山市百花岭村的观鸟旅游升温，消息不断扩散，金局长最初不以为意，林中的鸟引来些游客，很特殊和偶然，难以效仿，也难以持久。可盈江县诗蜜娃底山区的旅游开发，一时推不开，金局长终于心动。盈江县也有鸟啊，大盈江边鸟很多，爱看鸟的人，应该来盈江玩啊。

2014 年，小雨飘飞之中，金局长邀约苏典乡的人大主席早生荣，驾车前往 200 公里之外的保山市百花岭村。他的计划是，亲临现场，考察在百花岭村越演越热的观鸟旅游。

金局长约早生荣同行，就因为盈江县最初的旅游开发地点，设在了早生荣任职的苏典乡，两人是老友，就一起去考察研究。路上深谈，好奇心增长，两人有些急迫了。走进百花岭村，看到这个高黎贡的山村，跟盈江县深山的村子类似，老屋旧房很多，但有不少新楼在建盖和已经盖成，显示出跃跃欲试向前的冲劲。

百花岭村很大，人口多，全村共 579 户 2471 人，有白族、傈僳族、彝族、回族、壮族、傣族、怒族 7 个少数民族杂居。村民中傈僳族很多，早生荣是傈僳族，顿觉亲切，有回家之感。

在久已消逝的漫长时光中，幽闭的云南深山少与外界联系，形成山中一个村子一种民族，或一村以一种民族为主其他民族人口很少的社会结构形态。我在盈江县寻访的高山村子石梯村，地处古代南方陆上丝绸之路的道口，村中以景颇族为主，另有几户傈僳族。可以推测，几户傈僳族先辈，沿山中古道而来，因某些原因留下，跟景颇族兄弟毗邻而居。如果石梯村不在古道上，这个村也许就全是景颇族。

保山市的百花岭村 7 个民族杂居，更与交通有关。那里是云南古代的交通要道，深山幽暗的树林里，至今可寻到爬满苔藓的古道石板。历史上，各路来客沿高黎贡山的古道通行，不断有人零星留下，聚集成村，最终形成了百花岭村人口复杂的现状。当年的过路客人，因交通便利而来，也因交通便利留下。现在，更方便的现代公路修到了别处，古道沉寂，山中村民陷入了长久的封闭和贫困。

可是，时间出现了奇异的转折，一种国人未见的新玩法，给封闭在深山的百花岭村带来由穷转富的生活机会。金局长和早生荣在百花岭村里转悠观看，不断碰见迎面矗立的高大水泥楼房，当时最大最漂亮的一幢房子，圈在一个围院中，那就是知名鸟导老侯的家。令金局长和早生荣惊叹的是，北京的著名网站“鸟网”，一家时髦而新奇的现代媒体，竟然远道而来，在老侯家挂一个铜牌。

老侯家客栈餐厅的墙上，挂了几块布，向来客证明了这座山村与中国和世界的广泛联系，布上密密麻麻签满中外游客的名字，也有游客题字或写下几句话，向遥远山村的客栈主人老侯，致以由衷的感谢和祝福。

老侯皮肤黝黑，身子结实，五官匀称，戴一顶帽檐翘起的藏式礼帽，鼻子稍尖，嘴唇轮廓清晰，脸相与汉族似有区别。果然，早生荣开口问，老侯就承认自己是傈僳族，两人开心地笑，兄弟般热烈握手。寒暄几句，老侯就带金局长和早生荣出门，去树林里参观鸟塘。

最初看到鸟塘的小木棚，金局长和早生荣都觉得无趣：树林里的木棚像简陋柴房，小窗口之外的林中地上，一个小水池爬满苔藓，难以辨认，水池上方架起的细竹管也长了青苔并爬上些细藤，几只小鸟围着水池飞窜，平淡无奇的森林场面，就能赚大钱吗？

两人都出身乡村，鸟见得多了，不会想到从中挣钱，再稀奇的鸟，看看就过了。再说，好看的鸟，要好得有道理，或者个子大，或者颜色漂亮，或者叫声好听，刚才在鸟塘处看到的鸟，一只只灰不溜秋，凭什么人家爱看？

走遍全村，访问百花岭村的很多村民，再返回老侯家的客栈深谈，金局长和早生荣才明白观鸟产业的厉害。城里的观鸟游客，既爱看漂亮的鸟，更爱看珍稀鸟种。最初，村民对此也不理解，但人家喜欢，就带着去寻找。现在，村民有些明白了，物以稀为贵，有些鸟全国只发现几只，或者只在百花岭村后的树林里见过，再丑也稀奇，会引得全世界的观鸟人疯狂。

这就是百花岭村的真理，明白了这一点，才能做观鸟旅游产业。

这个认识，百花岭村的村民也是慢慢建立起来的。尽管不时有游客进村，但观鸟这件事，相当长的一段时间里，在村里并不引人注目，老侯自己也不以为然。他偶然做过几次鸟导，后来不断有人来访，请他带着进山寻鸟，他都去做了，也收到些钱，但并未想得长久，更不会把做鸟导当作一个正事。看个鸟算什么事呢？何况那些鸟，老侯自己也看不上，感觉没几只真正漂亮的。

所以，直到2008年，百花岭村仍然很穷，老侯业余时间做鸟导，主要精力还是干农活，只有两三家村民学着老侯，偶尔也接待几个观鸟爱好者。其他村民，对做鸟导全无兴趣，仍然面朝黄土背朝天。那时的百花岭村村民，一年辛苦，人均收入也就3000元。

2008年后，城里人收入增多，旅游热升温，大量中国人加入观鸟爱好者队伍，进入百花岭村的游客越来越多，金局长和早生荣去百花岭村参观的2014年，百花岭村全年接待了上万人次的国内外观鸟爱好者，游客在村中的消费，高达上千万元。

老侯也不懂这是什么道理，只知道钱来得太多且太容易了。

金局长大为震动。

帮帮忙，他对老侯说，来我们盈江帮一下，教村民喂鸟塘可以吗？你们这里的那些鸟，我们盈江也有的。

老侯嘿嘿地笑。

早生荣说：都是傈僳族兄弟，去我们那边走走。

老侯说：我这久有些忙的。

早生荣说：我们苏典乡的风景好，去玩几天，喝酒。

老侯笑着摇摇头。

线尾燕

◇ 德宏的“明星鸟”之一，也是鸟界的“模范夫妻”，一夫一妻共筑爱巢。

老侯犹豫，是因为那几天太忙，游客稍多，没空。还有，没跟他谈报酬，不好做事。出行盈江做鸟塘，是一个工作，应该支付报酬，没说这个事，就不太好办。所以，敷衍几句，他就去忙自己的事了。晚上吃过饭，金局长再邀老侯去盈江，双方把话挑明，谈好了报酬，老侯客气了几句，点头答应，愉快的合作开始了。不久，老侯安排家人做事，只身去到盈江县，揭开了盈江县观鸟小史最初薄薄的一页。

根据金局长的建议，老侯去到了苏典乡的诗蜜娃底山区，在当地傈僳族村子后面的森林中选了几个点，带着几个村民，教他们建水池和投食引鸟。这事太简单，看一眼就会，关键是坚持喂食。诗蜜娃底是林深鸟多，老侯在村里住了几天，就有小鸟飞来鸟塘里洗澡和吃鸟食了。老侯满意回家，当地村民接着做，鸟塘里的鸟越来越多，老侯又返回，教村民搭观鸟的棚子，不久，老侯从百花岭村带了几个观鸟游客来玩。

可是，游客拍些照片，就平静地回县城酒店，匆匆离开了盈江，对诗蜜娃底的经历并不留恋。

村民失望，老侯也感到意外。

问人家，回答说阴冷，待不住。诗蜜娃底海拔稍高，气温稍低，可游客来自中国北方，那些地方冰天雪地，盈江且山区的冷算什么？好吧换地点，金局长请老侯去那邦镇，那里地处热带，平均气温 22 摄氏度，最低海拔 210 米，在云南德宏全州，海拔最低。

相比诗蜜娃底的幽静祥和，那邦镇太热闹。那里有一条商业街，店铺很多，那邦镇是盈江县最重要的边境贸易口岸所在地，镇上的互市街与缅甸克钦邦第二特区拉咱市，仅一河之隔。每年经那邦镇进出口的边境贸易，占了全盈江县对外贸易的大半。边境旅游是那邦镇的一大特色，也在盈江县的旅游开

发谋划中。

如果在那邦镇某些村子周边的树林里，成功地喂出一些鸟塘，引入观鸟旅游，那邦镇会火。边贸加观鸟，更具特色，村民赚的钱增多，生活富足，自不待言。

中国最顶尖的观鸟爱好者，具备非常专业的自然地理与鸟类分布知识，早就对遥远的云南盈江县有所研究，知道那邦镇鸟种很多，能发现一些中国外省尚未见识的独特鸟类。小班大学毕业后，曾应外省观鸟朋友的邀请，带人去过那邦镇观鸟。

那邦镇是一个值得重视的观鸟旅游地，可是，金局长去到那邦镇，向村民介绍观鸟旅游，效果不好。当地村民没耐心理解这个奇怪的旅游项目，更无兴趣去做辛苦但不知效果的喂鸟塘工作。那邦镇的边贸很现实，一手交钱一手交货，真金白银，谁会愚蠢地跑去树林里喂鸟？

雨季到来，暴雨小雨细雨绵延不断，沉沉雨幕遮蔽了目光，看不清远方的风景。理想很光滑，现实满身是刺，不久金局长调离，苏典乡的早生荣改任县文体广电旅游局局长了。

十一、穿行在密林里

2020 年 6 月底，我远赴盈江县做第三次调查，在县政府办公楼里，寻访到了已任县人大常委会副主任的早生荣。

我在盈江县见识的少数民族汉姓，多有生僻文字，彩四姓彩不用说，石梯村有人姓排，就很特殊，早生荣的这个早姓，我也寻不到出处。但早生荣的更特殊之处是年轻精干。我在有关盈江县观鸟活动史的调查寻访中，反复听到过早生荣的名字，见到真人，有些吃惊，我没想到他才 42 岁，竟然已是县级副职领导。

盈江的观鸟旅游，先经金局长首创，后在早生荣手上做开。早生荣的摸索尝试，很认真和辛苦。这项工作的难度，首先在于陌生。不为人知，也难以理解，具有极大的创造性和挑战性，其重要经济价值，隐藏在看不到经济意义的顽强坚持之中。

早生荣的人生之路，有几分像顽强探路的盈江观鸟产业摸索发展经历。1998 年，县上为帮助贫穷的农村青年就业，把他和一批年轻村民作为文艺表演队的演员，带去北京的中华民族园工作，让他们增长见识，更让他们有稳定收入。三年后他回到故乡，在苏典乡林业站做临时工，每天种树。后考了驾照，买一辆二手货车当司机，拉人也拉货。那时苏典乡全乡只有一辆摩托车，山路坑坑洼洼，出行不便，有车就能赚钱，拉货拉人很受欢迎，早生荣的颠簸日子有些好转。2008 年，乡上招公务员，他一考即中，坐进了办公室。

他是一只鸟，越飞越远，进步很快。在县驻昆办工作过，后去乡上做副书记，然后升任县文体广电旅游局局长，一路做到了县人大常委会副主任。他对我说，他出身乡村，又是傈僳族，林子里的小鸟见得多，对观鸟旅游，还真有些感情。

他跟着前任局长，亲自去保山市百花岭村考察过观鸟旅游业，坚持认为这个项目值得推动。调任文体广电旅游局后，他把目光移向铜壁关的深山。那里有一片广阔的自然保护区，大片原始森林中，动植物资源非常丰富，森林后面的石梯村村民很贫穷。帮助村民发展观鸟，推动了旅游业，村民会富裕，环境也会得到保护，一举两得。

但是，工作难度极大。时至 2014 年，石梯村仍然不通公路，出行困难，雨季到来，就无法进山。那片茂盛的原始森林中，有早年林业开发留下的土路，森林禁伐后，土路破旧，勉强可以通行。2010 年，盈江县招商引资，找来一家公司，在铜壁关山沟里开发水电，修了一座电站，一条从县城通向铜壁关原始森林山底洪崩河小街的水泥路出现，公路交通有了小进步。但从洪崩河小街前往石梯村，仍然无路可走。

早局长就这样开始了自己的观鸟推广尝试。他去石梯村拜访村民，常常只能徒步，进村找到村干部，约见村民，向他们介绍了百花岭村，建议村民学着人家喂鸟塘。可是，他的耐心解释，换来的只是村民沉默友好的微笑，他们也听不懂观鸟，更不懂喂鸟能成大事，换来经济利益。

是啊，走出村民家低矮漆黑的老旧杈杈房，站在村里不到半米宽的泥路上，闻着空气中弥漫的牲畜粪便气味，遥望空洞的天空，早局长也心生怀疑：外省和外国大城市人，谁会跑到这里来花钱呢?

早局长不死心，离开石梯村，沿着原始森林中狭窄坎坷的小道，下到半山，进入大谷地村，这个村全是傈僳族，跟早局长语言相通。

他找到村干部大蔡伍，动员他喂鸟塘。

大蔡伍没出过远门，是典型的森林之子，对覆盖群山的森林非常熟悉。这片山区的村民，在久远的生活史上，有捕食雉类野鸡的习惯，相比汉族农村发达的养殖业，以及必不可少的鸡鸭饲养习惯，这里的高山少数民族村民很少养鸡，他们把森林里体大肉厚的漂亮雉科动物都视为碗里的肉菜，有足够多的办法捕捉食用，获取身体所需的蛋白质。他们还捕捉小鸟，剥皮烤干，舂碎了拌上辣椒食用，也会捉鹦鹉养着玩，还养啄木鸟，啄木鸟爱吃虫和切碎的木瓜，很好喂养。

最近十多年，国家加大环境保护力度，大蔡伍和村民兄弟不得捕猎，专心耕种，勉强维持温饱。收入极低的村民很苦恼，也很无奈，好多适龄孩子，最多读到小学三四年级。

早生荣去石梯村，先找的也是村干部，因为要请村干部组织村民做事，还因为村干部都很能干，能起示范作用。农村社会，尤其是封闭的边远山区，村民平均文化水平低，老实朴拙，人才稀缺，推举村干部要看人品，更要看本事。一般而言，村干部都是村里聪明勤勉的人，大家欣赏他，推举为领导，跟着他做事。

大蔡伍就是能干人。他会盖房、打猎、种地，有互助心和公益心，做村小组组长上情下达，下情上报，很受村民尊重。因为贫穷，他没读过书，不识汉字，但能懂拼音文字的傈僳文，那是百年前欧洲传教士创造的文字，在中缅两边的傈僳族村子里流行。他会读一些傈僳文的书，汉语却说得吃力。

早局长说：整个小水塘，放点吃的，鸟就飞来了。

大蔡伍说：好的领导，好的。

早局长说：鸟来了，人也就来了。

大蔡伍说：人来了，鸟会吓飞的哟领导。

早局长说：人来了，你们就有钱赚，一天可以收好多钱。

大蔡伍说：人来不了这里领导，路难走。

早局长说：慢慢来不着急。

大蔡伍说：是的领导，这里人不好走路，只有鸟在天上飞。

反复解释，耐心交流开导，早生荣有信心说服大蔡伍，可几句话说过，早生荣就泄气了。大蔡伍说汉话佶屈聱牙，非常费力，麻烦很大。一个外省观鸟游客来到，怎么跟他交流呢？他怎么做好鸟导，去提供满意的服务挣钱呢？

我采访过大蔡伍。2019 年小班带我去到大谷地村，拜访的就是大蔡伍，早局长的苦恼我很能理解。那天，在大蔡伍家一间小木屋里，我的采访吃力推进，仿佛跋涉在雨中的烂泥山道上。我说的汉话大蔡伍不太懂，他说的普通话我听不明白，两小时的录音采访中，我需要不断重复追问，可用的信息不足半小时长度。

一年之后的 2020 年 6 月，我再访盈江县，在山梁上的石梯村，见到了徐小龙电话约来的小蔡伍，他也是大谷地村人，还是大蔡伍的表弟。我的采访就很顺利，小蔡伍满脸笑容，大方开朗，能说流利的普通话，他从容清晰的讲述，使覆盖石梯村的雨后大雾瞬间散尽，山村风景一片明亮清澈。

我寻访小蔡伍，是因为他是大谷地村第一个做鸟塘的人。那年早生荣局长去大谷地村找大蔡伍，看他汉话说得困难，有些担心，换了找小蔡伍，几句话说过，一点就通，小蔡伍愉快地接受了早生荣的建议。

那年小蔡伍 28 岁。他脑袋灵活，最愿意接受新鲜事物。小蔡伍家也穷，但他父母咬牙让他读到小学四年级的上学期，成为村里学历最高者之一。之后他辍学，帮父母干活，18 岁时经常外出，为别村的人盖房子。

我很惊讶，在农村会盖房子，算高级木匠，属于乡土工程师，是文化人级别，他有这种本事？

传统乡村民房，多是“四合院”“三合院”，即使不雕梁画栋，正房厢房前院后庭，也工艺复杂，设计和建盖都有难度。云南山区的干栏式吊脚楼民房，结构较为简单，也非谁都能盖。何况，乡村民房除卧室、堂屋外，还要有厨房、贮藏间、茅房，甚至生产用房，技术要求不低。小蔡伍 18 岁外出盖房子，几岁学的技术呢？或者他只是跟着师傅打下手？

小蔡伍说：我自己盖，没有师傅。

我说：不可能的呀，房子盖不好会倒塌的。

他说：我们的房子很简单，都是老式的杈杈房。

我说：谁教你盖房子的？

小蔡伍说：我表哥大蔡伍。

我问：你学了几年？

小蔡伍说：不消学，看一眼就会了。

他开心地笑起来。

一句无心的话，透露了这片山区早期的贫穷程度。

这片深山里的村民，原来居住的房子，都是用木头简单交叉，呈三角形搭建，用钉子钉牢，顶上覆盖从缅甸买来的铁皮，再铺上茅草，就住人了。建盖那种房子，确实不需要技术，勤快聪明的人，看一眼就会。但有些人笨，或没时间折腾，就砍好一堆木头，雇请小蔡伍这样的人去干活，一年之中，小蔡伍能接到一两次盖房约请，每次挣一两千元。

小蔡伍敢想敢干，盖房子不挣钱，就出走远方，去缅甸密支那找他的哥哥。密支那是缅甸北部的克钦邦首府，二战时的战略要地，重要的河港和贸易中心，人口约 20 万，有点繁华。从大谷地村去到密支那，跟去盈江县城差不多，都是百来公里。

小蔡伍家兄弟多，有个哥哥早年出境，讨了缅甸老婆，在密支那街上开摩托车修理店。小蔡伍去了，跟着哥哥学技术，挣一口饭吃。干了两年，哥哥又开木材厂，不慎吃了合伙人的亏，濒临破产，小蔡伍就回家了。

不久小蔡伍的哥哥也回故乡，在盈江县城开翡翠玉石店，利用在密支那结识的帕敢玉石场朋友关系，做翡翠原石生意。他安排妻子守店，自己在中缅两边跑，寻货和进货。翡翠生意赌性大，本金多，小蔡伍承受不住风险，只好回村，守着寂寞山地，过父辈的老日子，就这样遇到了来推广介绍观鸟

蛇雕

◇ 一种以蛇为主食的大型猛禽，捕食迅捷，进食从容而优雅。

项目的早局长。

早局长描绘的美好生活前景，小蔡伍看来毫不费力——森林里投放些食物，引鸟出来，玩着就能挣钱，太好了。

小蔡伍马上表示，愿意跟着早局长学喂鸟塘，可回家把这件事告诉妻子，遭到了嗤笑。

妻子说：不害羞啊你？一个大男人，跑去喂什么鸟？喂鸟能吃饱肚子吗？下酒都不够喝。

小蔡伍笑着说：领导告诉我，鸟能帮人挣大钱呢。

妻子说：害羞啊害羞，大男人说这个话！

小蔡伍的想法在村里传开，引来更多议论，村民表示了严重怀疑，认为这个领导很可笑，没事跑来教人养鸟，还教我们买虫子丢进树林。想到虫子也要出钱去买，村民更难以理解，哈哈大笑。

小蔡伍犹豫了。早局长再次进村，鼓励小蔡伍坚持。小蔡伍为难地说：哎呀领导，喂鸟我喂不来呢，还要喂那个什么虫，麻烦了，小虫子哪里去买？再说我也没有钱买。

早局长说：面包虫我带来了，赶紧拿去喂。

早局长从百花岭村老侯的口中，知道喂鸟要用面包虫，却不知道去哪里买，就托人带钱给老侯，请他买好虫子，让长途客车司机从保山送来。那是快递业未出现之前，云南山区民众最常见的一种小份货物运送方式。几十个鸡蛋，一块腊肉或两罐咸菜，经常转交给长途班车的司机，请他从一个县城带往另一个县城，在客运站交接。友好的司机，基本上是免费托运转交，体现出那个久远时代淳厚的人情味。

所以，司机把面包虫带来盈江县，打电话给早局长，他就去客运站取后进山来送给小蔡伍。

小蔡伍说：领导，虫丢在树林里，不会跑掉吗？

早局长说：人家喂十多年了，跑什么跑？

小蔡伍说：可是，喂完了怎么办？

早局长说：喂完了找我，不要钱，我供你喂。

我问早局长：买面包虫，用的是局里的经费吗？

早局长说：怎么可能？最早做观鸟这件事，不晓得会不会成功，虫子是我出钱买的，以后成功了，赚到钱，村民会自己去买的啦。

这可不得了。我通过简单计算，获知面包虫喂鸟开支很大，一天三次投放，200 元钱的虫子，几天喂光，再找早局长要，又是他自己掏腰包。但早局长很兴奋，无所顾忌——有村民接受他的开导，学着喂鸟，就很好。他这个傈僳族，熟悉森林里的鸟，知道鸟路，听到林子里咕咕咕的鸟叫，就告诉小蔡伍，这个是灰孔雀雉叫，赶紧把它们喂了引出来。

他带着小蔡伍去森林里选点，再教小蔡伍平整坡地，用水泥和石头砌个直径 1 尺多的小水塘，还陪他找水源、接管子，用细树枝架高竹管，让水源源不断滴进小水塘。

小蔡伍最初以为这件事简单好玩，做起来，才发现很麻烦，但他做事很专注，非常勤快，一天几次，不断朝鸟塘跑，坚持投食。喂鸟塘一个半月，他的辛苦就见效，取得初步成功，很多鸟聚集到小水塘边洗澡和吃食了。

早局长兴奋地赶去，陪他一起搭观鸟棚，还送他迷彩伪装布，蒙到棚子上。可是鸟很精灵，能敏感地发现环境变化。小蔡伍的观鸟木棚搭起来，每天前来洗澡和吃食的鸟就飞走了，树林归于沉寂。

庆幸的是，过几天，鸟发现并无危险，又陆续出现，慢慢聚集。

小蔡伍高兴地给早局长打电话。

早局长转告百花岭村的老侯，老侯再次带着游客赶来，游客在小蔡伍的鸟塘里，看到了在中缅边境处飞来飞去的鸟，这些鸟极其稀少，还看到两只灰孔雀雉和一只大金背啄木鸟，大为叫好。

客人在盈江县城住了好几天，每天辛苦进山，黄昏返回，流连忘返，兴高采烈。山中道路难行，小蔡伍帮客人背摄影包，中午肚子饿了，出不了林子，小蔡伍在家叫妻子炒几碗鸡蛋饭送去，客人吃得无比快乐。

客人问小蔡伍，要付多少钱？小蔡伍嘿嘿地笑，不知道标准。试探着说每天 500 元，客人掏出钱包就付。最初收费就这样，随口喊价，多少都行，无法规范。人家不在乎，乐意支付，小蔡伍当面收得心虚，晚上在家里笑得开心。接待两三位客人几天，收到手的钱，相当于小蔡伍两年帮人盖房子的收入。这个观鸟太精彩。

十二、孤独的大谷地

大谷地村的标准名称，是生产居住点，不叫村。那里位于铜壁关省级自然保护区核心地带，不能开发利用，原来居住的村民，大蔡伍和小蔡伍家，都已经搬迁。但大谷地生产居住点的形成，有历史渊源。多年前石梯村村民开荒种地，搭棚歇息，渐渐形成这个亚村庄。我去寻访的时候，大谷地村村民在政府资助下全部迁走，住进了几十公里外盈江县城边的扶贫安置房，一幢幢小楼崭新漂亮。

可是，他们的果树和鸟塘，留在大谷地周围的森林里，那是无法移动的产业，也是他们最擅长的工作，是生活收入的保障。这个问题，当地政府处理得很好，安排周到，综合考虑了文化、历史、扶贫、村民生活及自然保护区管理诸多因素，村民搬迁后，帮他们完善了手续，在大谷地老村留下几间旧房，供全体村民做临时性的生产居住点，为村民在村子原址继续养殖产业提供了保证。

尽管如此，我寻访到的大谷地旧村老屋，已是一份孤独历史的见证。早期挖出的乡村土路，不能再修建，更不能使用现代机器公开修筑，通往大谷地村的道路，保持着人挖手刨的原始面貌，让我大长见识，体验到了什么叫作真正的土路。

寻访大谷地那天早晨，小班驾车带我离开洪崩河小街，沿平坦的盘山柏油公路奔驰，拐几道弯，来到一个隐约的山道岔口。他忽然叫一声老师坐好点，然后猛打方向盘，车子一个急弯，拐进土路，车身蹦蹦跳跳，猛烈地左摇右拐，历史在我的眼前展现了。

我说的历史，是世界二战史。当时，云南的滇缅公路保卫了整个中国，是国际援华机构向中国输送血液的最后一条血管。那条路由云南山民舍命修建，人挖手刨，在不可思议的超短时间内建成，创造了世界公路史上的奇迹。运送国际援华抗战物资的卡车在滇缅公路上行驶，往来于缅甸腊戌和中国昆明之间，因为山路原始，险象环生，车毁人亡之事时有发生。

小班驾车载我拐弯驶入的大谷地村外土路，我认为是恰如其分的早期滇缅公路微型版，从车前窗望出去，坡逐渐升高，越来越高。可蹦跳中的汽车，忽然掉头急转弯，拐一百八十度，再持续直线爬坡，蹦蹦跳跳前进，然后再猛拐急弯，我不双手拉紧把手，会被撞晕在车里。

完全没有设计构思，怎么好挖怎么来，路面全部开裂，雨季时碾压的巨大车辙晒干了，成为地面上一道道扭曲的粗壮沟壑。我万分惊悚，小班却很镇定。他太熟悉这条路，两手握紧方向盘，快速左右晃动，车轮左右摆动，车身也跟着摇动，我在座位上甩来甩去，抓紧了头顶的把手。

他用那种奇异而费力的驾车法，操纵车轮反复摇摆，保持不打滑，挣扎着跨越路面的大坑和巨沟，蹦跳前进，朝越来越高的坡顶攀升，最终驶到了大谷地村口。我松了一口气，赶紧下车，跟着小班和彩四，穿过一片稀疏树林，来到一间旧屋前。大蔡伍笑着迎上来，他早就接到电话，等在家里。

我就在那天上午认识了大蔡伍。他 53 岁，中等个子，瘦而健康，脸上并无皱纹，鼻子尖，表情和蔼，语调温和。他出嫁的大女儿那天刚好在家，见我们来到，赶紧提一只桶，送来些荔枝，这是他们自己栽种的水果。

推广观鸟产业前，大谷地和石梯村村民的穷困，早就引起县、镇两级政府的关注，相关扶持项目不断实施，政府引导和资助村民种荔枝、澳洲坚果与咖啡，帮助村民增收。但果树等经济作物的种植和生长需要时间，几年才能结果；喂鸟塘培育出的观鸟产业当年就能见成效，且最符合环境保护要求。

当年，小蔡伍接受早生荣局长的喂鸟塘建议，哥哥大蔡伍陪他做，两人轮流出力，在大谷地附近的树林里摸索，喂出了村里的 1 号鸟塘，迎来第一批观鸟客人，最早赚到钱。大蔡伍告诉我，现在大家都知道观鸟可以赚钱，但这里是自然保护区，鸟塘不可多建。村里规定，三家人共喂一个鸟塘，必须有限制的发展。

我深感宽慰。

我们的交谈中，观鸟活动的发展之路，渐渐在我面前展现了。大蔡伍告诉我，他们祖祖辈辈打猎，对动物很熟，喂鸟不难学。这件事的难度，不在于喂出鸟，而在于管理好鸟塘。鸟塘投食不固定，鸟种少，是喂出的鸟塘再度失败的首要原因。但有人认真喂鸟，鸟塘偏远，客人出村走一段路，进原始森林，还要走很长的路，就不愿去。还有些鸟塘，鸟种同质化，这个塘与那个塘，鸟种相同，距离远的鸟塘，就失去了吸引力。

大蔡伍的话中，反复出现一个词，就是“明星鸟”，也就是珍稀鸟种，有些明星鸟因数量少而受欢迎，有的明星鸟因漂亮而珍贵。村民去森林里的鸟塘辛苦投食，引来了明星鸟，这个鸟塘即使位置偏远，也有人赶去观鸟和拍鸟，价值很大。没有明星鸟，喂出的鸟塘少有人问津。

珍稀鸟数量少，曾被人类过量捕捉伤害，躲藏得远。现在，村民小心伺候，危险消除，珍稀鸟就出来了，观鸟和拍鸟的客人，趋之若鹜。可是，野生条件下的鸟群无法控制，今天有鸟来，明天可能不来。这个鸟塘独有某种鸟，过几个月，也许很多鸟塘都有那种鸟，鸟种也就同质化，鸟塘不稀奇，价值就降低了。

明星鸟呼朋唤友，结队而来，大批量地分散进入几个鸟塘，这种情况时有发生。比如云南独有的灰孔雀雉，一种长尾的雉鸟，非常像孔雀，通体灰色，很漂亮。这种珍稀鸟，深藏在广袤的森林里，一度踪迹难寻。村民坚持投食，灰孔雀雉飞来，在鸟塘里出现了，令客人惊叹。不久之后，很多人家的鸟塘里，都落落大方地出现了灰孔雀雉，进村观鸟的客人，就只挑距离最近且道路平缓的鸟塘观鸟，其他鸟塘少有客人光临，可能会废弃。

所以，喂鸟是深山森林中最孤独的工作。

村民天不亮出门，中午再出门，下午还去，天黑才回家。大蔡伍每天早晨 5 点多起床，踏着夜晚凝结的满地露水，摸黑出发，匆匆赶去树林里喂鸟。我产生疑问，问他为什么天不亮出发。他的解释很专业，接近鸟类学专家。他说在鸟未苏醒并飞来之前，先赶到鸟塘投放鸟食，可以悄悄躲在小棚里，等待第一声鸟翅的扇动，观察并记录下鸟塘里多次出现的鸟种。

大蔡伍已是一个鸟类调查专家了，他特别专注，高度自律，能守在棚子里细致观察，统计出现的鸟种，观察鸟的食用量。他发现鸟塘里鸟来得多，不要高兴太早，鸟多了食吃得快，要小心，很多时候鸟食是被普通鸟吃光的。

在最受欢迎的明星鸟尚未来到之前，鸟食先被司空见惯的普通鸟吃光，要赶紧补上，及时投食。否则明星鸟来了，觅不到食，就会飞走，这也就是某些村民管理的鸟塘，始终只有普通鸟种出现的重要原因。

大蔡伍常常半天或一整天地坐在鸟塘的观测棚里，观察和记录飞临的鸟种，尤其注意观察明星鸟出现和离去的规律，这能为自然保护区的动物研究提供数据，有助于鸟塘管理，也有助于安排客人的观鸟时间。

当然，最重要的明星鸟，是那种神秘大鸟，也就是犀鸟。

这是重要谜底，如果找到藏于密林中的犀鸟，盈江县的观鸟业，将揭开全新面貌，产生巨大价值。

但是，最初并没有发现犀鸟，大谷地村依然孤独。

十三、犀鸟的躲闪

西南林学院的鸟类学专家韩联宪教授，在 1990 年之后的连续 5 年中，持续去过盈江县的石梯村一带做调查。当时，刚修通一段县城通往洪崩河边境口岸的土路，靠近县城的部分区域，可以搭货车进入，但那里仍然人迹罕至，森林极度茂密，麂子和苏门羚经常站在刚挖出的山路上，瞪着迷茫的眼睛，好奇张望。韩教授每年去那里调查十几天，钻进森林，反复出入村民家，从未听说过犀鸟。

盈江县鸟资源丰富，专家进去调查，有可能寻找的是一些体形小巧、颜色暗淡的独特鸟种，比如凤头树燕，外行见了，只以为是燕子，其实这种鸟非常罕见，相当有研究价值。从未听说的犀鸟，最初并不在韩教授等鸟类专家的观察计划中。韩教授进入盈江县的深山，是为了调查各个鸟群的分布规律，或者搜寻某些并不起眼的鸟种。

1996 年，西南林学院的另一位老师，艰苦攀爬，穿越密林，去盈江县的石梯村做过调查，在村民家发现了一个巨大的奇怪鸟嘴，不知道是什么鸟，问村民也说不清，就带回了昆明，请昆明动物研究所的鸟类专家杨老师鉴定，获得的答案是：花冠皱盔犀鸟的嘴。但昆明动物研究所的杨老师强调说，这个鸟嘴出现在石梯村，并不能证明那里一定有犀鸟，因为石梯村位处国境线，也许鸟嘴是从境外流传进来的。发现犀鸟嘴的事，也就放下不提。

1998 年，云南鸟类学家再去石梯村做鸟类调查，在森林中行走时，忽听到头顶有翅膀沉闷拍打的巨大声音，抬头看到花冠皱盔犀鸟飞过，终于记录到中国境内有犀鸟生存，并发布了相关讯息。

但是，犀鸟种类很多，除了那只从大树的树梢一晃而逝的花冠皱盔犀鸟，其他品种的犀鸟，并未在云南盈江县被持续发现，那次的发现记录，也就未引起专家的足够重视。何况，边境线一带的天空中，偶然飞过某种神奇之鸟，以后再不可见，这种情况很多。因为，它们并不在中国境内固定生活，过境飞去了缅甸，也许不再来，专家们对此心知肚明，不以为奇。

2014 年底，在早生荣局长的辛苦推广和帮助下，大谷地村的村民开始喂鸟塘，观鸟客人陆续来到，村民收入见涨，早局长很兴奋，后来县委配合，北京著名的观鸟摄影名家孙老师来到盈江县。那次，他们目标明确，一心要找到理论上存在的犀鸟。孙老师兴奋地告诉盈江县的朋友，如果找到了犀鸟，中国观鸟界会很震动，各省的观鸟游客会蜂拥而至，村民就会发大财。

可是，犀鸟在哪里？

那天，他们时走时停，坐车与徒步交叉，吃力地攀爬到了山梁上的石梯村，找到了村会计徐小龙，把孙老师带来的犀鸟照片给他看。

早局长问：这种鸟见过吗？

徐小龙说：见过呢，以前很多，现在不见了。

早局长说：不见不等于没有，可能是少了。

孙老师问：你知道去哪里找犀鸟吗？

徐小龙说：知道的呀，这种鸟，最喜欢在大白树上做窝。

徐小龙说的大白树，专业名称是四数木，这是古老的树种，成年后高达50余米，长在人类不容易去到的山谷纵深处。树干笔直，无分枝，树梢有壮硕的树冠张开。

孙老师问：可以带我们去找犀鸟吗？

徐小龙说：可以的呀，只是路会远，老师走得动吗？

早局长问：有多远？

徐小龙说：不知道呢，要朝山坳中走，一边走一边找着瞧。

早局长犹豫了，孙老师却很兴奋，他拍鸟最喜欢跋涉荒原，高兴地一挥手说，走吧，马上走，来了就要找到犀鸟。

孙老师是军人出身，已经退休，但身体很结实。那天，除早局长和孙老师外，还有其他县领导，以及当地的乡镇干部，一行十余人，在村民徐小龙的带领下，走进了铜壁关原始森林，寻找高大的四数木。他们不断停下脚步，在山坡上歇息，举着望远镜四处搜寻。

茂密的原始森林光线幽暗，空气中游荡着树脂腥味、地下腐叶的酸味和泥土热烘烘的生殖气息，虫鸣鸟影四处摇晃，无处不在的巨大蜘蛛网，一次次蒙面而来，糊到众人的脸上。脚下的枯枝被踩断，持续发出咔嚓咔嚓的声响。

肉垂麦鸡

◇ 长相虽然一般，却是生态环境的“卫士”，是多种害虫尤其是蝗虫的克星。

他们找到了一棵接一棵的四数木，举着望远镜看得眼睛发酸，十多个人轮流着四处仔细观察，也没有发现犀鸟的踪影，就继续前进。

那是难忘的经历。他们那天天不亮从县城出发，坐车在山中毛路上剧烈颠簸，弯弯拐拐，呜咽挣扎，再下车爬山几小时，终于来到深山高处的石梯村。在徐小龙和两位村民的带领下，钻进村外的密林，沿山坳往下走。一路搜寻，一路张望，一路休息，越走越远，越走越累，浑身大汗淋漓，气喘吁吁。

不觉几小时过去，在山谷里走出了十几公里远，做向导的徐小龙累了，同行的干部，也感觉吃不消。他们也出身乡村，早年身强力壮，现在常年坐办公室，不再适应长时间的野外攀爬。如此在林中持续跋涉四五个小时，有人心脏狂跳，呼吸急促，绝望地产生了末世的幻觉。

犀鸟栖息的大白树，多生长于山谷深处，这是狡猾的选择，也是智慧的躲避。徐小龙带着 10 多位城里的干部，越走越远，下到了深深的山坳中，没发现犀鸟，想回家，才发现没有退路。回头看坡头莽莽苍苍的森林，坐着休息也累，何谈攀爬返回？众人很绝望，累得说不出话，一番疲惫的讨论后，想出的办法之一，是继续往下走，过境去缅甸，请大使馆的人来接，再从某个边境口岸坐车返回。

这个建议并非异想天开。这片山区没有公路，县城的干部去石梯村，包括镇干部去石梯村，都曾经借道出国，再绕路去到山梁上的石梯村，以避开穿越整个铜壁关自然保护区的山路攀爬之难。

改革开放之初的 20 世纪 80 年代，盈江县修通了从县城到缅甸八莫的盈八公路，公路等级低，路况差，却已经通车，可从县城乘车去到洪崩河小街。从那里的边境口岸出去，再绕路入境，来到离石梯村较近的山下，少爬很大一截路，就可以进入杂草丛中的荒凉石梯村。

但那天不行，老办法的实际操作，很困难，一行人身份特殊，来路复杂，如此突然过境，不知会引发什么事故。他们只好放弃当地人的办法，选择了效率很低但最安全可行之路——继续往下，去到山谷底的中国边境小路上，让徐小龙和两个村民爬山回村，骑摩托车绕道进山谷，把干部们一个个接回村子。

他们一无所获，很累很沮丧，对那次要命的出行永远难忘。

时间来到 2015 年底，小班神奇地出现，调离电视台，专门负责观鸟活动的推广。一天，他骑着摩托车进山，一路左冲右突，曲折攀爬，去到了石梯村。他想寻找红腿小隼——一种传说中的神奇小鸟。那种小鸟是猛禽，有两个亚种，一为白腿小隼，二为红腿小隼，分布于孟加拉国、不丹、柬埔寨、印度、老挝、缅甸、尼泊尔、泰国、越南等地，中国境内，唯有盈江县有过发现红腿小隼的记录，但发现的时间太早，红腿小隼的鸟影停在了理论之中，后来再无人看到真鸟。

重新找到中国盈江县独有的红腿小隼，通过网络传播讯息，就能在中国观鸟界引起热烈反响，让盈江县的观鸟，产生超过百花岭的吸引力。所以，小班怀着巨大的热情，反复进山，多次寻找，乐此不疲。那天，他在石梯村外的树林里钻了好一阵，举着望远镜四处望，无所收获，就骑上摩托车去大谷地村，钻进大谷地村外的森林，爬一段坡，绕来绕去，也无发现。

正沮丧间，小班忽然有一个重大发现：前面一棵粗壮的无花果树上，停了一只大鸟。他为之一怔。那时小班没有相机，他举起望远镜细看，发现站在这远处的鸟，竟然是犀鸟。

那鸟正在树上吃果子呢。小班大为震惊，跨前几步再看。犀鸟感觉到了危险，拍翅飞走不见了。那是继中国鸟类专家在盈江发现犀鸟之后十余年，第二次有人亲眼在铜壁关的树林里看到犀鸟。小班很幸运，却无法判定这只犀鸟是否就在中国生存。他听说过盈江县的那邦镇有犀鸟，也带人去那里找过犀鸟，并无收获，没想到，在石梯村这边的森林里，自己会与犀鸟不期而遇。

那是比寻找到红腿小隼更重要的发现。犀鸟在传说中已近灭绝，极其珍贵，且体形巨大，颜色鲜亮，视觉效果好，观赏性强，最适合观鸟推广。另外，犀鸟有故事，雌雄终生相守，被称为“爱情鸟”，这个动人传说，是旅游产业的重要文化支撑。发现犀鸟，类似找到了钥匙，盈江县的观鸟产业大门，也许会洞开。

小班兴冲冲地赶去大谷地村，找到小蔡伍，向他描绘了犀鸟。小蔡伍告诉他，这种鸟以前很多，附近的树林里就有一个窝，但犀鸟早就不再回来。小蔡伍的回答，给了小班很大鼓舞，说明他的林中巧遇是真。

小班的意外发现，暗示出盈江县观鸟业的美好前景，他无法按捺与犀鸟巧遇的兴奋，拖着村民出门，上山寻找犀鸟窝。在山上走出很长一段路，爬上高高的山坡，村民指着山凹中伸上来的一棵粗壮大树说，那棵树的上面，就有犀鸟窝。小班无法看清，粗壮的大树有力地指向天空，树梢枝叶的浓荫中传来模糊细碎的鸟鸣，几十米外的绝高处，似有树洞，却寂寞无声。

那时，大谷地村的大蔡伍和小蔡伍，已成功喂出了鸟塘，观鸟客人正陆续来到村子里，村民高兴地为客人提供服务，换来了不少钞票。但是，公路交通艰难，山中小道很累人，进入大谷地和石梯村的观鸟游客并不多。

小班对小蔡伍说，去森林里找找看，如果找到犀鸟，再难走的路，游客也会来，你们全村都会致富，找到犀鸟窝的人，收入会最高。

小蔡伍面露惊喜，从那天起，大蔡伍和小蔡伍约了几个村民进山，开始搜寻犀鸟，他们孤独而坚定的背影，持续在密林深处摇晃，若隐若现，却一时没有传出发现犀鸟的消息。

十四、从热带雨林归来

犀鸟是大嘴，并非人类爱说话或拨弄是非的“大嘴”，它的嘴，是鸟头上的喙，用来啄食和鸣叫。犀鸟的嘴如此壮硕，使它具有了独特雄壮的外表，鸟中一霸，已无可争议。我猜想，它的大嘴，至少有两个显而易见的作用：一是恐吓对手；二是身体封闭在洞中，方便洞外的鸟喂食。

犀鸟的大嘴，占了身长的三分之一或一半，宽扁的脚趾，很像爬行动物的手，能有力握住树枝，在树上轻松自如地跳跃和攀爬。它眼睛很大，长有粗长的睫毛，给人化妆后的浪漫夸张感觉。雄性犀鸟的头部，有一个铜盔状突起，叫盔突，类似犀牛角，故名犀鸟。地球上的犀鸟共 45 种，主要分布于非洲及亚洲南部的热带雨林地区。

盈江县的铜壁关自然保护区，属热带区域，却无热带的超高温，自然条件非常独特，某些动植物，在这里成长得更为适宜，犀鸟是其中之一。

长相神奇的雄壮犀鸟，被早期的人类膜拜，云南德宏州的作家朋友倪国强对我说，景颇族崇拜犀鸟，是古老的传统。他们的目瑙纵歌舞蹈表演中，领舞男性头上戴的帽子，就是犀鸟头造型。目瑙纵歌舞蹈的舞场上布置有木桩，其中一棵桩，就雕有一个巨大的犀鸟头。这些尊崇犀鸟之举，出自景颇族口传历史中有关犀鸟的解释。据说，景颇族先祖迁徙中进入云南，一度在丛林中迷路，是体形和叫声巨大的神奇犀鸟见义勇为，领着他们走出迷乱丛林，顺利找到安全的居住地。

在马来西亚，犀鸟也被视为神鸟，拥有尊贵地位。马来西亚沙捞越州的州徽，就是一只犀鸟，那里被称为“犀鸟之乡”，当地土著保持着崇拜犀鸟的习俗，他们会在居住的长屋里，摆放很多犀鸟雕刻，当作神品祭拜。每年举行的“鸟节”上，沙捞越土著会用犀鸟雕刻像来祭神，还会在舞蹈表演中比画犀鸟飞翔的动作。

沙捞越这个地方，有些人不熟悉，但马来西亚的婆罗洲，听说的人就多些，因为，20世纪80年代的几部杰出电影里，婆罗洲多次出现，给人留下了深刻印象。日本电影《望乡》中，记者调查战争中女人的命运，就提到了婆罗洲那个凄楚孤独的地名。马来西亚婆罗洲北部的一个区域，就是沙捞越州所在地。沙捞越州，南部与印度尼西亚交界，东部连接文莱，是马来西亚面积最大的一个州。

早期的欧美探险家，在其游走世界的著述里，提到马来西亚的沙捞越，会出现几个词语：一是猎人头部落，二是犀鸟，三是食人花，四是巨嘴鳄。猎人头让人想起古代云南佤族的风习，有些惊悚，其实不可怕。那个遥远的时代，淳朴而宁静，杀戮事件，不比现代人类社会多。古代几千年的岁月里，犀鸟自由而安全地生存，巨大的身影从沙捞越的海边森林上方平静飞过。直到半个世纪前，工业与科技进步，物质丰盛，财富增多，人类的贪欲日甚，罪恶见涨，犀鸟也就濒临危险，越来越稀少。

过量捕杀，造成了犀鸟数量的急剧减少，收藏界有“一红二黑三白”的恶习，白是象牙，黑是犀角，红是“鹤顶红”。这个鹤顶红不是指鹤，是指犀鸟头。雄性犀鸟头部的突起形角质盔突，质地近似象牙，非常坚硬，是犀鸟求偶时的争斗武器。鲜红的盔突、黄色的长嘴、黑白相间的羽毛，搭配漂亮，威风凛凛，给犀鸟带来了杀身之祸。

割取犀鸟头上的盔突，制作工艺品，古已有之。在郑和下西洋之后，犀鸟头骨制作的工艺品，就从东南亚传入了中国，渐渐成为中国官员的身份象征。

棕头幽鹛

◇ 头顶棕色的小型鸣禽，鸣声为持续起伏的哨音。性胆怯，善隐匿。

日本人也曾用犀鸟头骨的工艺品做和服装饰，英国曾出现过犀鸟头骨制成的珠宝盒。

犀鸟头骨的盔突外红内黄，质地细腻光滑，雕刻成工艺品后，可卖出象牙的 3 倍价。2017 年，有人在中国大陆网上透露的市场价信息是，犀鸟头骨饰品的雕件，以克计价，每克 100 元。犀鸟嘴的雕件饰品，每克 500—1000 元，犀鸟骨或嘴做成的珠子，每克均价 200—280 元。一件犀鸟头骨饰品，最高价达几十万元人民币。

初步统计，2013 年，印度尼西亚的西加里曼丹省，有 6000 多只盔犀鸟被捕猎。那些盔犀鸟的头骨被取下来，走私到了亚洲多个国家。2014 年，中国福建漳州市的诏安县，查获 286 个走私进口的盔犀鸟头骨，估值达数百万元。2016 年，有中国人在微信上转卖万元一个的犀鸟头骨雕件，被警察侦讯。2016 年，香港海关查获一批走私品，那些物品形状特殊，黄色部分很尖锐，底部的红色体相当厚实，持有人解释说是野鸡头骨，海关人员看似不像，经专家辨认，是盔犀鸟头骨。

20 世纪 60 年代以来，人类活动范围扩大，奢侈浪费之风泛滥，对热带与亚热带雨林过度砍伐，犀鸟栖息地被大面积破坏，这是犀鸟数量锐减的主要原因。

盈江县的石梯村一带，也多年不见犀鸟踪影，这并非杀戮，当地的景颇族和傈僳族人，历来反对猎杀犀鸟，认为这种鸟很吉祥，要保护。但是早期出现过森林开发史，肯定伤害了犀鸟的栖息地，加之犀鸟不分国界，在高山密林中的中缅两国边境线一带活动，缅甸那边一度频繁出现的小规模战争，也对犀鸟产生巨大威胁，犀鸟就越来越少。

所以，犀鸟逃得越来越远，避开了人类。

曾经回荡在森林中的响亮鸟鸣消失，大翅膀在空气中扇动发出的惊恐之声，似乎泯灭了。空气中格外寂静，没有犀鸟声回荡的森林，过于空旷，令人迷茫，让蔡伍兄弟和另外两家村民找不到方向。他们每天出行，分头行动，在森林中寻找高大的四数木，绕着一棵又一棵大树，长时间仰起头来观察，一路下到山谷最深处，又艰难返爬回来，均没有发现犀鸟的踪迹。

犀鸟难以发现，还因为其居住得太远和太高，它专挑山谷深处最低之地长出的古老四数木树洞做巢。四数木最高达四五十米，近 20 层楼高，粗壮的树干笔直向上，分枝很少，光溜溜地直插森林最高处，是东南亚热带雨林区的典型树种。鸟在几十米高的大树上躲藏，人类不容易看见。

高大粗壮的四数木，会产生巨大树洞，能容体形庞大的犀鸟居住。四数木树名古怪，木质松脆，树枝断落，会有大空洞，经细菌天长日久的腐蚀，树洞变得更大，犀鸟飞来修整，就做成自己的巢。石梯村一带的森林中，有中国最大的啄木鸟，名大灰啄木鸟，它们也喜欢在四数木上啄树洞，那树洞也大，丢弃之后，犀鸟也会捡来做巢。

犀鸟每年在洞中产一颗蛋，产蛋后，雌犀鸟进洞孵蛋，雄鸟衔泥把洞口封住，留一截雌鸟的大嘴在洞外。从此，雄鸟专门觅食，喂给在洞中孵蛋的雌犀鸟吃。孵蛋期的约一个半月中，雄鸟每天忙碌，衔来食物，精心伺候。待小犀鸟出壳，雌犀鸟才出洞，与雄犀鸟一起觅食，哺育幼儿。

大约再过两个月，小犀鸟长大，羽毛丰满，出洞了，雌雄犀鸟就带着小鸟飞走。此前的孵蛋期和小犀鸟出洞后的养育期，是最佳的观犀鸟季节，小犀鸟长大后出洞飞行，犀鸟一家就整齐地消失，不知去向。

这是犀鸟的神秘习性，也是它除了身形庞大和长相漂亮之外，格外引人关注的原因。四数木高处的树洞，并不是犀鸟的家，只是一间产房，生蛋育儿成功，犀鸟一家就离开了。次年，雌雄犀鸟返回，长大成熟的小犀鸟与父母分道扬镳，独自生活。返回的雌雄犀鸟，在同一个树洞里再育出小鸟，带着飞走，几十年循环。犀鸟最长的寿命，约为 50 年。

雌雄犀鸟终生相守，在中国被赞为“爱情鸟”。有趣的是，神奇的爱情之鸟，在我所寻访的山区村民口中，却有不雅的俗称。石梯村的景颇族村民徐小龙告诉我，村民把犀鸟叫作“山老怪”，我大笑。

他解释说，犀鸟叫声太大，鸣叫时会把脖子伸得老长，粗大的长嘴，直直地指向天空，全身使力，发出粗厉响亮的声音，那叫声在森林里久久回荡，令人毛骨悚然。还有，体形庞大的犀鸟飞得很慢，宽大的翅膀扇动，在森林的上方发出呼啦呼啦的巨大声响，能让人产生危险将至的惊恐。

现在，犀鸟飞行的惊恐之声，成为村民焦急的期待，傈僳族村民大蔡伍、小蔡伍等人，一天接一天地在森林里寻找，空无所获，深受打击。森林太茂密，四数木很高大，有时，他们就在树下蹲守，躺在草丛中睡觉，等待头顶上方传来巨大响动。可森林的宁静在强力扩散，未给他们提供任何蛛丝马迹。这些猎人的后代很自信，对森林中的草木和百兽非常熟悉，却在寻找犀鸟窝的行动中严重碰壁，挫伤了自尊心。

哪怕再找到一个树洞也好。可是除了带小班去看过的那棵四数木上的老树洞，他们再没有发现高高的树干有树洞，很奇怪。粗壮大树的最上方应该有洞，也许树洞太高，树叶太密，层层遮挡，无法看清？也许树洞口背朝另一边，无法看到？但是，发现树洞，也未必能寻到犀鸟，不到产卵季节，犀鸟不会归来，它们飞往何处，无人所知。也许，找的方法不对，犀鸟早就成为久违的“山老怪”了，村民对它已经不熟悉。长期不见犀鸟，它的习性村民已感到陌生，不知道它住过哪些树洞，更不知道它会不会归来。

好多天又过去了，大小蔡伍和他们的村民朋友，仍无任何发现。

两星期后的一天，穿行在树林中的大蔡伍和小蔡伍，忽然听到四数木树干的高处呼噜一声响，急忙抬头，只见枝繁叶密，并无异样，绕着树转几圈，抬头再看，也没有搜寻到可疑动静。于是继续前进，刚迈出脚步，头顶又呼噜一声响，这一下听得很清楚，是有力的拍击声。

两人站住，在树下蹲着，暂时不走，胸口激烈狂跳。果然，接下来的响动，两人都听清了，沉闷有力的拍击，在大树最高处的空气中摇晃。两人一起抬头，猎人后代的目光，穿过层层叠叠的杂乱树叶，敏锐地发现了树干上方一根粗大树枝上有鸟影晃动，接着，他们高兴地看见一对大翅膀扇动了几下。

正是犀鸟。

一朝开窍，人生就明亮了，其中奥妙，无法解释。三天后，几个村民在山凹中另一棵高大四数木上方的树洞里，又发现一窝犀鸟。猎人的子孙，终于证明了自己的才华。消息传出，小班大喜，这不是巧遇飞行中的鸟，是确切发现犀鸟住在中国边境一侧的树洞里。

这是重大收获。小班跨上摩托车，火速进山，在村民带领下，钻进森林查看，真的看到了树上的犀鸟窝。漂亮的大翅膀，在高高的树枝上扇动。当天，小班就把发现犀鸟的消息传到网上，引来国内观鸟界网友一片惊叹。

犀鸟跟别的鸟不同，不能通过鸟塘的喂养诱出，它栖息在极高的四数木树洞里，在几十米高的树枝上活动，在很高的空中飞来飞去，不下地。村民发现了犀鸟，只能记住地点，带人去看。所以，做鸟导的村民，带人去看犀鸟，很辛苦。因为路途较远，客人徒步穿越森林，走向山坳看犀鸟，也很累。但谁也不计较，能看到身形庞大、长相漂亮的珍稀鸟种犀鸟，能亲眼见识大树上被深深赞美的“爱情之鸟”，观鸟人很幸福，村民鸟导很自豪，中国观鸟界很震动。

那个被发现的犀鸟窝，归大小蔡伍和其他两户村民共有。

几户人家分头找犀鸟，不论谁先发现，这个犀鸟窝都属这几家村民共有，这叫“拼”。拼着找鸟，拼着支付成本，也拼着结算收益。

“拼”这个概念，在整个云南德宏州流行，也在盈江县一带流行。拼的操作，出自当地的翡翠毛石玩法。一块翡翠玉石毛料，没破开，风险大，利益也可能大。害怕风险，就提前卖出股份，这叫“拼”，也就是说，毛石的拥有者，约人出钱，共同占有这块未知之石。你不怕风险，就先买一股，比如1万元一股，或10万元一股，卖出几股，先收点钱，可以减少风险，当然也会减少利益。待破开石头，见绿，种水色皆好，叫改涨（即赌涨）了，翡翠毛石从10万元涨为100万元或几百万元，甚至更多，出1万元买得一股的人，就能分到很大利益。反之，石头破开改嘎（即赌跌）了，明明白白地看清，不是好石头，甚至连翡翠玉石也不是，半文钱不值，1万元拼的股，就打了水漂。

大蔡伍、小蔡伍和另外两家农户，拼着找到了犀鸟窝，获得巨大成功，就像毛石破开发现是好翡翠，改涨了，皆大欢喜。

十五、对一只犀鸟的命名

我的一个朋友，年轻时写过一首诗，题目是《对一只乌鸦的命名》，诗中那只乌鸦，出于他的想象。我这里写到的犀鸟，在云南盈江县的石梯村，是真实的存在。在成功找到两窝犀鸟之后，石梯村和大谷地村村民，这些猎人后代，才华全面苏醒，古老的动物观察记忆恢复，又在苍茫森林里接连获得重要发现，几个月后，村民一共发现犀鸟20窝。这是中国鸟类调查的重大收获，发现的每窝犀鸟，都受到了严格保护。犀鸟的每一声粗大鸣叫，以及每一次从树枝上腾起的强有力飞行，都能激起人们心中的幸福波澜。

需要解释的是，盈江县的犀鸟品种很独特，它的头骨是空心的，无法制作成工艺品，也就非常幸运地避开了与人类的贪欲迎面碰撞的悲惨结局。另一个幸运是，景颇族兄弟徐小龙告诉我，犀鸟肉不好吃，有酸味，我闻之拍手称快。犀鸟体大肉多，最大的冠斑犀鸟，体长 1 米左右，重几十公斤，如果美味，结局不妙。

目前，整个中国有记录发现的犀鸟共 5 种：双角犀鸟、冠斑犀鸟、白喉犀鸟、棕颈犀鸟、花冠皱盔犀鸟。云南省早期发现的犀鸟品种最多，德宏州、西双版纳州、临沧市、普洱市等地下属的 13 个县，都曾有过发现犀鸟的观察记录。盈江县的石梯村和大谷地一带，被认为是犀鸟较多地区，现已发现冠斑犀鸟、双角犀鸟、花冠皱盔犀鸟共 3 个品种。

神奇漂亮的犀鸟，在大树绝高处的树洞里育儿，有规律地出现和消失。它们体形庞大，却踪影难寻，被众多人类朋友深深牵挂。现在，每年犀鸟归来，全村惊动，盈江县各级政府也惊动，中国各省的观鸟爱好者同样惊动。众人从远方辗转出行，纷纷赶来盈江县的深山，屏声息气地观看，摁下激动的快门。待树洞里的小犀鸟出洞后两个月，犀鸟一家几口就飞走消失。

犀鸟翅膀宽大，嘴巴粗壮，颜色鲜亮复杂，拍出的照片非常好看。莽莽苍苍的宽阔森林，沉寂得仿佛空气凝固，一只红黄白混杂的巨大犀鸟展翅飞出，鲜艳夺目地出现，像一声呼喊，立即把森林唤醒，于是百鸟齐鸣，千虫歌唱，万花盛开。

有一幅风景摄影照片：犀鸟从苍茫森林中飞出，极具震撼力。照片放大，做成巨幅广告画，张贴在了云南昆明长水国际机场旅客下机后通行的过道里，非常引人注目。相比其他地区张贴的机场宣传画，那幅犀鸟飞翔的照片更具生命活力。仿佛森林苏醒，鸟鸣悠长，群山回响，让很多旅客惊讶和赞叹。

我在石梯村走访调查，正巧与拍出那幅最成功犀鸟照片的摄影家邂逅，他是云南德宏州府芒市的中学老师，名叫郑山河，名字相当响亮，跟犀鸟的鸣叫声有一比。

当时，郑老师正躬身躲在石梯村口路边的一个观鸟棚里，架着长焦镜头，耐心拍摄树上一只极小的鸟。那就是在观鸟界受追捧的凤头树燕，别的鸟都在密林隐蔽处筑巢，凤头树燕却大大方方，在路边的树上做窝。它专挑光溜溜的树枝，把树枝的一个小节坑当巢，产下一个卵，无遮无挡，坐在上面煞有介事地孵蛋。

凤头树燕是珍稀鸟种，深受观鸟爱好者喜爱。它跟犀鸟刚好处于两极：犀鸟身形庞大，远避人类，一旦发现，清晰动人；凤头树燕体形小，无所顾虑地公开暴露，在村口斜坡光溜溜的树枝上下蛋孵儿，可人很难发现它，发现了也辨不清。它坐在高高的树枝上，极似大树枝头翘起的一片叶子。观鸟人用长焦镜头把它框住，敏捷地摁下快门，凤头树燕在枝头孵蛋的姿势、头上突起的冠羽和灵巧降落树枝的动作，才会凝固成生动的作品，在观鸟微信圈里广泛流传。

这就是观鸟之乐。观看它展翅起飞和准确降落；观看它列队迁徙和零散穿梭；观看它单腿站立，沉思冥想；观看它戏水孵蛋和喂儿。观看雄壮的大鸟，也观看轻盈的小鸟。观看全身 8 种颜色的八色鸫，也观看单色的灰喜鹊。观看画眉的争斗，也观看犀鸟雌雄相守的温馨。观看各种鸟，先要学习，查阅资料，研究地理、气候与鸟类知识。再出门远行，走进自然，最终观念改变，理解了草木之情、鸟兽之乐、万物之美和生命之妙。

郑老师就是这样发生改变的。他喜欢摄影多年，3 年前涉足观鸟，从此

栗鹀

◇ 俗名红金钟、紫背儿、大红袍。在我国是较常见的迁徙群和越冬群。

着迷。那年云南德宏州举办生态摄影节，郑老师好奇地参加，认识了几位外省摄影家，其中之一就是北京的著名观鸟摄影家孙晓宏。看了孙晓宏老师在盈江县拍摄的飞鸟作品，郑老师大受感动，顿觉天高地阔，跟着进入盈江县拍鸟，从此走上生态摄影之路，并成为中国动物保护协会的会员。

现在，郑老师对鸟和自然深怀眷恋，对观鸟拍鸟有很深的理解。他告诉我，拍鸟要保护鸟，不能干涉鸟的行为，不要以为有鸟塘和观鸟棚，就可以随意拍鸟。成功的观鸟照片，要记录鸟最自由真实的生命形态，要谨慎等候，耐心捕捉，悄然隐蔽，反复摁快门，等待鸟与自然相生相息的最和谐瞬间。数千幅快速拍下的观鸟照片中，一幅也不如人意，是完全可能的。

郑老师那幅犀鸟在苍茫丛林中优雅飞翔的摄影作品，来之不易。那是他2018 年全年，无数次从芒市城里驾车，远道而来，在盈江县石梯村外的茂密森林中反复穿行，若干天躲在森林里观察，充分熟悉了犀鸟习性，反复拍摄，才获得的满意之作。他说：很多人爱拍犀鸟的特写，拍鸟的飞翔、降落、喂食等动作，把犀鸟的身形拍得很大，鸟身后的自然环境，却拍得狭窄和模糊，我不这样拍。我拍犀鸟，选的是开阔远景。一只大鸟张开翅膀，身后是无边的绿色丛林。鸟被衬小，天地开阔，树很多，重重叠叠，无边无际，自然的强大永恒，一望而知。

每次来石梯村，郑老师都住景颇族村民徐小龙家，他跟徐小龙熟识得亲如兄弟。景颇族朋友重情谊，徐小龙不收郑老师的食宿费，郑老师不干，坚决要付。他说：我住徐小龙家，为了方便，还为了给他家带来点小小的收益，怎么能不付钱？徐小龙很受感动，说起郑老师，满脸崇敬，目光闪亮，赞不绝口。

郑老师的生活所在地芒市，距离盈江县 100 多公里，从盈江县城前往石梯村，还有近 100 公里路程，现在，每逢周末，坐在 200 多公里外芒市家里

的郑老师就会心中慌乱，不可抑制地思念深山鸟鸣和景颇族兄弟徐小龙，经常拔腿就走，驾车出发。现代文明让人类生活井然有序，效率更高，也使人与人之间的距离变得疏远，使人与自然的关系变得隔离。走出家门，进入深山的自然观察，能让人反省，逐步觉悟，恢复人性的温柔缠绵。

郑老师不可自拔地迷恋上了自然体验与观察的户外运动，每年数十次驾车出行，奔往 200 多公里外的石梯村，会见景颇族兄弟，拍鸟，观赏风景和呼吸自由的空气。森林的拥抱让他感情放松，身心舒适，心中涌出更多与人相处的善意，身体格外强壮。

我想起从前跟朋友探讨摄影，一度发现摄影带来了技术进步，也带来了情感的损毁与破坏。摄影的技术傲慢，产生无数作品，也使生活撕裂。因为技术的强力介入，不容分说地侵犯了生活现场，破坏了生命的真实，扭曲了摄影初衷，走上摄影记录真实的反面。

但是，自然环境中的野外观鸟和拍鸟，能让技术后退，摄影复位，人性苏醒。

我结识郑山河老师的第二年，从昆明乘飞机出发，第三次去德宏州采访，见到了郑山河的妹妹郑彬，原来郑老师的自然生态摄影，先是受了妹妹郑彬的影响，由妹妹引领，郑老师才走出家门，畅快呼吸深山清新的空气。

郑彬是德宏州委宣传部传播管理科的科长，负责对外宣传。2016 年，德宏州实施了一个项目叫“自然影像中国 · 美丽生态德宏”，郑彬负责这个项目的实施，接触并参与了观鸟，认识了一批中国著名的自然生态摄影家。之前，她喜欢摄影，拍人文和风光，带有消遣性质，玩玩而已。“自然影像中国 · 美丽生态德宏”的项目做起来后，德宏州先后约请了 100 多位中国摄影师来采风，拍了德宏州的很多珍稀鸟种，每人来到，都由郑彬接待。

郑彬跟中国著名的生态摄影家接触，学到大量知识，获知故乡有很多绝美的鸟种和植物，转而爱上生态摄影，也拿起相机跟着拍，工作和爱好融为一体，非常愉快和着迷。

郑彬说：我要通过影像，通过镜头语言，通过拍鸟，告诉大家，一定要保护我们的生态环境。

她的话很符合宣传干部用语，但确是真心话。

郑彬和她哥哥郑山河不同。郑山河名字响亮，却有些内向，话不多；郑彬名字文雅，却热情大方，说话滔滔不绝。兄妹两人的性格，正好与名字相反，很有趣。最早接触生态摄影的郑彬，影响了哥哥郑山河，带他走上生态摄影之路。现在，郑山河的作品挂在了昆明长水国际机场的旅客通道墙上；郑彬的摄影作品，远赴北京和俄罗斯，参加了大型影展。

也许，大批中国生态摄影家的作品，生动有效地广泛传播了德宏州神奇的自然风光与动植物资源，引起国际关注，英国 BBC 的自然生态纪录片，就专门把《雨林》一集，放到云南德宏州来拍摄。摄制组到来后，郑彬带去拍摄。英国 BBC 的摄制组拍了犀鸟，也拍了德宏州独有的菲氏叶猴和凤头树燕等动物。

郑彬的哥哥郑山河，对此有重大贡献，他曾在云南德宏州的森林中，首次拍到了中国最大的菲氏叶猴种群，引起极大反响。

郑彬说：现在，我和我哥哥，跟石梯村的村民不只是朋友，还有些像家人。好像我们也成了村民，每次去石梯村，就像回家。好长时间不去石梯，就很想念。我哥哥在学校做老师，时间多些，星期五没有课，就经常开车 200 多公里去石梯村了，连着周末，他一去就是三天。我周末有空，也会去，但加班就没有空了，所以比哥哥去得少些。

卷三

蓬勃

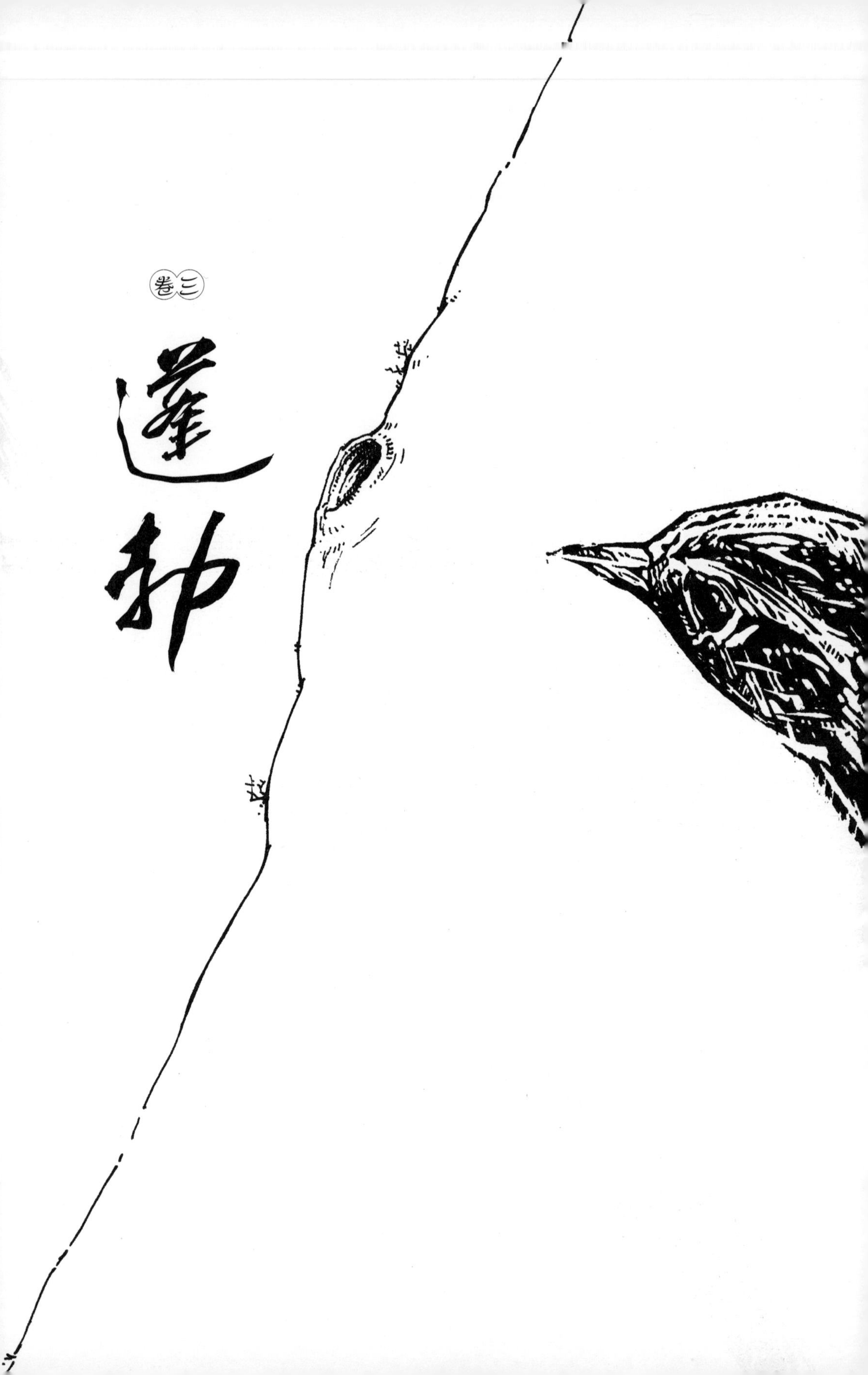

十六、铜壁关的繁盛与空无

盈江县繁盛独特的鸟类资源，一部分出自当地的铜壁关省级自然保护区。保护区始建于1986年，1992年被确定为中国40处A级（具有全球保护意义）保护区之一。2009年，盈江县的铜壁关自然保护区升级，合并了相邻的瑞丽江省级自然保护区，机构更大，地位也更重要了。

铜壁关自然保护区涉及盈江县、陇川县和瑞丽市三地，与缅甸接壤，并靠近印度的东阿萨姆邦。保护区范围内，海拔高差极其多样化，拥有丰富的气候带和对应的动植物生长环境：

海拔600米以下为热带季雨林。

海拔600—1000米为热带山地雨林。

海拔1000—1800米为亚热带季风常绿阔叶林。

海拔1600—2400米为亚热带常绿阔叶林或落叶、常绿阔叶混交林。

海拔2350米以上的山顶部为方竹林。

方竹是在云南西南部生长的热性大型丛生竹类，竹身略方，生命力旺盛，极其繁茂并连接成片。枝干密集，风吹竹摇，拥挤的叶片摩擦骚响，鸟鸣混杂其间，蔚为壮观。

铜壁关自然保护区所在位置，被称为中国热带区域的最西部，它既是热带，雨量充沛，气温偏高，生命力旺盛，拥有热带地区繁盛的动植物资源，却没有热带的过度炎热。整个保护区的不同海拔区域和不同的气候范围中，生长着多种植物和不同的动物，各种鸟类自由飞翔，鸣叫歌唱，产卵繁育。

有一个基层行政区，在地名上与自然保护区名称相同，那就是盈江县的铜壁关乡。铜壁关乡距离盈江县城约 50 公里，乡境西面与缅甸接壤，国境线近 26 公里长。广为流传的“独树成林”榕树王，就在铜壁关乡境内，据称那是亚洲最大的榕树，一株树的树冠面积宽达 12 亩，树高 40 米，入土气根 400 多根，树龄几百年。

榕树在云南德宏州随处可见，不足为奇，值得解释的是铜壁关乡的地名出处，这要牵出一段历史。

400 多年前，明代的万历二十一年（1593 年），一个名叫陈用宾的福建人，调任云南做巡抚。彼时，盈江一带的中缅边境，正处于惴惴不安的动荡年代。与中国相连的部分缅甸山区部落日益壮大，野心膨胀，自我意识生长，时常发生争斗。多年的部落相争，使这片地区进入类似战国的吞并时代，相邻的云南边境村寨经常受到侵犯，村民苦不堪言。

陈用宾的到来，于云南是一个幸运。其人才华出众，为官公正，深获好评，且爱好军事，长于用兵。在云南上任后，闻知西部边境的缅甸山区经常发生侵扰骚乱，陈用宾就马不停蹄地赶去巡察，了解纷争事件，调查地形地势，琢磨防卫措施。

后缅人进犯，陈用宾先派内应扰其后，又出以夷攻夷一计制造内乱，轻易取胜，使多年的边境侵害暂时平息，山民得以安居乐业。在平定了边境动乱后，陈用宾开发经济，着手国防的长治久安，在云南西部高山的多个通道处，修筑了八关二堡二十四屯。

今天的简化汉字，已看不出关字的古义。“关”字最早见于金文，其象形会意结构，清楚地表明了门内有闩，不得进入之意。所以，关是中国文化中的一个重要概念，表达的含义是安全。设关，就是修一道门，防范把守，保证安全。

当年，陈用宾在云南西部边境共修了八关，其中四关建于盈江县，依次为铜壁关、巨石关、万仞关和神护关。这就是铜壁关地名的出处，四关名称的雄壮，显示出此地在云南古代史上的重要性。当时，铜壁关驻兵五百，为四关之首，曾名震一方。

现在，400 多年过去，铜壁关古隘的城垣，斑驳残破，几个古建筑的圆柱石脚和一堆瓦砾残砖，静静地卧在山顶散乱的鸟鸣中。往事消散，自然资源的丰盛和久远的历史名声，未能给当地村民带来财富。穷困的村民只有两种选择：一是走出去，另寻生路。二是等外人进来携手开发，共同创造财富。

可是，没有公路，崇山峻岭外出困难，进入也难。

我寻访并居住过的石梯村，封闭在原始森林之后的山梁上，绝少跟外界联系，2015 年初，村民还靠煤油灯照明，实为天下奇闻。村民种植的传统旱谷，产量很低，勉强够吃，唯一能卖的山货就是土蜂蛹。掏一箩蜂蛹，背着走 10 多公里山路，去洪崩河小街卖。买山货的也是当地人，囊中羞涩，付不出高价。要赚取更多现金，只能种香茅草，熬油卖给外地商贩。

香茅草具有柠檬香味，又叫“柠檬香茅”，古称“包茅”，是人类最早使用过的自然香料之一。据传，楚国国王用香茅草酿成的酒，曾上贡给周天子。在印度和马来西亚，香茅草有很早的种植史。荷兰人会用香茅草做烹鱼的调料。现在，香茅草的更多用途，是提炼柠檬草油，用作工业香精原料，需求量很大。很多缅甸商贩入中国境内收购香茅草油，中国商人也在四处购买。

香茅草需要吸收大量水分，才能旺盛生长，最适合在石梯村附近的热带山区种植，那里光照充足，雨季长达 5 个月不断。所以，从缅甸传入的香茅草种植及炼油销售，一度是石梯村村民的唯一收入来源，石梯村的子村大谷地的出现，就与村民开拓耕地、大量种植香茅草有关。

香茅草种植，要开垦大量耕地，熬油的柴火，也来自森林的大量砍伐，对森林和土地破坏很大，加上香茅草会过度消耗地下水源，对土壤结构也有重大伤害。

这种伤害，会危及保护区内的热带雨林和大量珍稀动植物，一种名为阿萨姆娑罗双的龙脑香科植物群落，在这片保护区的原始森林中形成了我国西部极其重要的热带生态景观，那是侏罗纪时代侥幸留下的风景，非常脆弱。

铜壁关省级自然保护区盈江管护分局的左副局长告诉我，因为没受到第四纪冰期影响，铜壁关地区才留下许多古老原始的生物类群，这里是中印缅热带生物地理区系内资源最集中最典型的区域。现在的记录是，保护区内有 5 种国家一级保护植物，25 种国家二级保护植物，15 种国家一级保护动物，74 种国家二级保护动物，以及 5 万多株中国面积最大的龙脑香热带雨林区植物。这些地球上仅存的动植物，很有可能灭绝，不复存在。

我在石梯村徐小龙家院场门口，看到一株铁树，长相奇特，一问，方知是珍稀植物。那铁树名“篦齿苏铁”，颈株顶上长了个极似帽子的大包，非常神奇漂亮。篦齿苏铁于 1992 年被录入《中国植物红皮书》，为国家一级保护的稀有濒危植物。1996 年再次被列为《中华人民共和国野生植物保护条例》内的一级保护植物，2010 年被列入《世界自然保护联盟濒危物种红色名录》。

左副局长说：很多自然保护知识，村民不知，我们听说小龙家门口种了一棵篦齿苏铁，马上去挂个小牌子，保护起来了。

长期以来，穷困导致的破坏，给铜壁关自然保护区的工作带来了很大困难。1995 年，盈江县对铜壁关自然保护区界限做出最终划定，县管护分局的工作人员进山，曾与村民发生一些冲突。村民认为，森林是我家，里面的地和动植物，是我家祖辈留下的东西，为什么要划成保护区？

绒额䴓

◇ 它在德宏是有故事的小鸟，被偷猎者网捕，村民奋力抢救，爱鸟护鸟变成了一种习惯。

划定保护区界限后的工作难点之一，是清退村民在保护区内种植的东西，比如大片开荒垦殖的香茅草。

村民不干，围住管护分局的人说：你们说这里是保护区么，我们不管，你们不给我们种么，我们吃什么？吃树叶子吗？你们来吃嘛！

说着，村民从地上捡些树叶，递给管护分局的工作人员。

工作人员说：自然保护是为大家好，不着急，有问题好商量。

村民说：我们没有地，怎么吃饭？我们是不吃树叶子的。

有些树叶可吃，有些树叶不可食，自然保护区里生长的树木，即使叶子可食，也不能采摘，树木更不能砍伐。

左副局长说：村民背靠着自然资源丰盛的保护区，但不得随意开发，生存就有困难，我们保护那片区域的动植物，工作也很难。

某种意义上的人生对照和强烈反差，在左副局长的身上有着鲜明体现，他上学读的专业是林业经营，毕业后从事的职业，却是林业保护。他 2001 年进入自然保护区的盈江分局工作，最初在铜壁关管理站，现在，升任成分局的副职领导。

学校的林业经营专业，是旧观念下创办的老专业设置，学习的内容，是森林砍伐与加工销售之类。左副局长 1999 年从昆明林业技工学校毕业时，森林砍伐已被严禁，林业经营有了种种限制，铜壁关自然保护区内的林业开发已经停止，他就职后的工作目标指向，正好与所学专业研究的方向相反，非常有趣。

保护区管理的艰难，不只在于村民自然保护意识的薄弱，各级政府的自然保护意识、自然价值知识、自然保护区的管理投入，也是在时间流逝中逐渐成长的。

世界范围内的自然保护认识，是20世纪60年代后才逐渐形成的观念，之前，工业革命以来的欧美工业与科技生产，对环境造成过巨大破坏。美国作家卡森经过严密调查后撰写的非虚构著作《寂静的春天》，于1962年出版时，揭露了杀虫剂滥用对土地和人类生命造成的巨大伤害，也曾引来责难，受到西方世界众多利益集团的压制。

1986年建立铜壁关省级自然保护区后，云南德宏州成立了自然保护区管理所。当时年代太早，经济水平低，已广泛流行于国际上的自然保护思想，在中国还非常陌生，各地都缺乏最基础的自然保护教育和相应的理念推广。新成立的云南德宏州自然保护所，级别太低，省管够不着，县管够不上，工资时有时无、时多时少，无法稳定落实。

长期以来，自然保护只是一个口号和一块牌子，工作场所简陋，人员编制缺乏，工作经费欠缺，目标模糊，意义不明。进入90年代，经济快速发展，国民收入提高，管理所升格为管护局，工作人员的收入，仍低于地方工资近一半。2016年以前，州管护局还是空中人，像鸟，工资待遇多少不定，难以捉摸。

但自然保护的工作，肯定要做。

村民如何生存？自然保护区内的重要生命资源，如何有效管护？这是两难的困境。

也许，观鸟旅游，能破开这个困局？

十七、贫穷与富足的距离

贫穷与富足的距离，有时仅相隔2米，穷人抬头，看见钱像一只鸟，站在树上，但一伸手，鸟就飞走了。

2014年，早生荣局长进山，教村民喂鸟塘，小蔡伍和大蔡伍几个先驱者，培育鸟塘成功，又发现了犀鸟，成为最早的村民鸟导。但是，鸟塘投喂，费钱费力，游客却不多。犀鸟很漂亮，且不用投喂，来看的人同样少。

钱肯定能赚到，但是，贫穷与富足的距离，还相隔很远。

原因很简单——没有路。

极少数观鸟冒险家来到盈江县，住进县城酒店，早晨摸黑出发，驾驶越野车，猛烈颠簸，花4个多小时，弯来拐去进山，中午到达观鸟的树林，在小棚里观鸟和拍鸟，饿了吃村民送来的鸡蛋炒饭。村民最高水平的烹调能力，是做鸡蛋炒饭，四五个鸡蛋打进锅里，炒出一小份饭，卖50元。

观鸟朋友腹中饥饿，张口猛吃。很奇怪，城市住久了，失眠烦躁，胃口不开，忽一日抛开烦恼，乘飞机几千公里，爬山进村，身体的代谢就急剧运转，村民的鸡蛋饭吃得过瘾，泪流满面，那是世上最好的美味。

但是，中饭刚吃下，就该回县城了，回城的山路还要走好几个小时。村民家破旧简陋的杈杈房里，男女老少挤在火塘边，天黑就睡，不可能留宿游客。观鸟朋友在山上待两三个小时，就要赶紧下山，返回县城，次日清晨再次赶来。

交通是最大的阻碍。

这就是盈江县石梯村一带的观鸟之难。

盈江县公路偏远，外省的观鸟人进入，长途跋涉，坐汽车够辛苦，坐飞机只能到达保山市。相邻的腾冲市，2009年建成机场并通航，外省观鸟人乘机到达腾冲市，还要换乘汽车，前往盈江县城。从县城再坐车，颠簸上山观鸟，行驶艰难。有些地方，只能坐村民的摩托车，有几个人吃得消山路上的摩托车蹦跳？

邻近的保山市百花岭村，早有机场与世界相连。保山机场建于1929年，属抗战时期的军用机场，1958年成为民航站，1994年扩建，是中国最早的地级市机场。百花岭村所在山区，早年修建的林业公路，比铜壁关森林中的林业公路宽敞几倍，行驶汽车很方便。游客住在市区的酒店，每天往返百花岭村，尽管辛苦，还能忍受。

我从大蔡伍口中获知，以前，石梯村和大谷地村村民，把地里收割的粮食和山茅草运回家，或把山货送到外面去卖，都用骡子驮。路途远，赶骡子出行很难，从大谷地村赶着骡子，徒步下山，去到集市最兴隆的芒允镇，也就是彩四读小学的地方，要在山中穿行三天三夜，露宿好几个晚上。

长期封闭，导致观念陈旧，脑袋不灵活，村民自认贫穷，逆来顺受。村里没有杂货店，雨季到来前，村民要赶紧下山，风餐露宿地走几天，去小镇把生活物资买齐，再翻山越岭返回。漫长的雨季路烂泥滑，有急事出山，走路来不及，要找有摩托车的人帮忙。早年的大谷地村，有一辆摩托车，长年颠簸使用，那辆摩托车很破旧了，雨季下山，套上防滑链，勉强可以出行。狭窄土路被雨水浸透，全是稀泥，摩托车左晃右摇，危险而缓慢地从山中土路驶出，来到山下的公路上，要停车解下防滑链，用树枝把糊满车身的泥巴掏干净。

我采访过一位名叫郑永刚的朋友，他的讲述，让我窥见了洪崩河一带早期的生活难度。郑永刚是景颇族，1978年在盈江县城所在地的平原乡富联村出生，中学毕业后，去昆明的民族干部学校读书，毕业回来，曾在洪崩河的边境口岸工作很多年。

时值改革开放之初，穷怕了的中国人，热情万丈，在致富想象中奔跑。边境贸易能让人快速挣到钱，洪崩河的边境口岸，成为当地经济发展的一个

红头咬鹃

林中的小诗人，树上的歌唱家，最爱打扮，也最善于战斗，彩色的外衣下，包裹着燃烧的热情。

草原雕

辽阔草原上悠长的呼号，翅膀张开，风起云涌，利爪伸出，电闪雷鸣。

重要通道。1989 年，盈江县开始修筑洪崩河口岸的公路，以打通盈江前往缅甸八莫的商品交易通道。这条公路，也叫盈八公路。

公路修通后，洪崩河的边境口岸出入量升温，贸易活跃，当时的洪崩河属芒允镇管辖，县政府成立了芒允工作组，在洪崩河口岸驻守。1999 年，从昆明民族干部学校毕业的 23 岁青年郑永刚，被政府录用为芒允工作组干部，于五四青年节这天，跟着工作组组长坐车出发，一路看着车窗外越走越远的陌生风景，去洪崩河上班。

当时，整个中国都穷，通往大城市的公路里程很短，偏远之地，更无现代公路。云南的高山深谷中，少数城市修筑了公路，却等级低，颠簸剧烈，盈八公路，更加坑坑洼洼。

那天，郑永刚坐在国产金旋风越野车里，冒雨出发。车越驶越远，路越来越滑，地越来越烂。车轮反复多次陷进深泥，拼命挣扎，马达嘶吼，令人心乱。他出生和成长在县城边的乡村，见过些世面，这个洪崩河以前听说，看见过一些从县城街上驶过的车上喷有“洪崩河”字样，可是，洪崩河山谷里他从未来过。

汽车持续吼叫，颠簸挣扎的行驶中，雨时大时小，热风膨胀，空气升温，窗外的知了鸣叫越来越密集，也越来越大声，吵得人耳朵里嗡嗡嗡晕眩似回响。郑永刚年轻人的工作热情稍有些冷却，不知道自己将要走进何种生活。

车子晃荡了好几个小时，终于驶进洪崩河区域，朝半山攀爬。县政府的盈江县芒允工作组驻地，在半山坡，几间水泥空心砖草草建盖出的房子，算当地最好的建筑，工作组就在里面上班和住宿。其他民房，全是轻飘飘的竹篱笆围成，四面透风，摇摇晃晃，感觉疾风扫过，就会消失不见。

长期驻守，他才发现日子艰难。那里空气闷热潮湿，蚊虫肆虐，路烂泥滑，卫生条件差，疾病横行，却无医求助，也无药可治。边境口岸短促的小街上，只有几家黑诊所，医生来路不明，面黄发稀，表情模糊。无论什么病——感冒腹泻，咳嗽喉咙疼，用的都是同一种治疗疟疾的针水——二盐酸奎宁、罗乃定之类。那针水是不是过期？是不是真实？无人知道，也无人追问。愿治就治，不治拉倒，也不敢不治。生病了，头昏脑涨，四肢无力，悲观绝望，摇晃着走进竹篱笆围成的黑诊所，呻吟着说几句话，胡乱打一针，好就好了，不好再说。

郑永刚在那里工作了 8 年，多次患病。他说，有一次病重，高烧数日不止，想进县城治疗，没有车，挣扎着徒步出行，走 3 个小时，来到现在的芒允村，只有在那里，他才能遇见过路的手扶拖拉机，可以搭坐着进县城。

他是工作组最年轻的干部，常年驻守洪崩河。尽管公路修通，但车子却很少，步行司空见惯。他偶尔轮到放假，经常走路进城。洪崩河是热带河谷区，温度很高，雨季闷热，流水四泄，他挎着一把当地有名的户撒长刀，拿着一包小街上买的芙蓉糕点心，提一瓶矿泉水，浑身湿淋淋地上路。

那时的边境口岸贸易，项目单一，以木材交易为主，另有些日杂用品小额买卖。公路上驶过的汽车，多是拉木料的。郑永刚徒步上路，途中遇到从缅甸过境的卡车，招手堵停，可以坐上去。但大车超重，在雨水浸泡的坑坑洼洼公路上摇晃，非常危险。有两次，眼看拉木料的卡车大幅度倾斜，快要翻倒，他赶紧开门，跳车逃跑。

2020 年 6 月底，我结识郑永刚，当地的贫穷与富足之路，已急剧缩短，早年孤单进山的 23 岁青年郑永刚，已任盈江县财政局副局长，参与着全县财政“钱袋子”的管理工作。

郑永刚正在做的一件事，也跟穷与富有关。他作为扶贫工作队总队长、驻村第一书记，住进雪梨村已两年半，那片区域，恰在他 21 年前工作过的洪崩河范围。当年的洪崩河属芒允乡管辖，现在划归了太平镇。我所去过的石梯村和大谷地村，就是雪梨村委会下属的村民小组。

十八、梦穿越了黑夜的隔墙

郑永刚进入雪梨村之前 4 年，李朝山已带人上山，进住了石梯村。

一个梦穿越黑夜，飘摇落地，能变出一片真实的生活，李朝山就是那个带队从梦中穿越黑夜的人。2016 年的 3 月 30 日，李朝山一行 5 人，上山住进石梯村。他不是来住三五天，也不是住三五个月，住多久自己也不知道，工作做完，才能离开。其时，精准扶贫正在全中国的乡村铺开，李朝山时任县农业局副局长，县委安排他率几个工作人员进山，协调施工队，建造一个石梯新村。

李朝山住进石梯村后，面对的第一个困难，是无处可住。所有村民家都无法留客，杈杈房老旧简陋，很拥挤，伸头进去看，微弱的火塘红光下，黑屋里都是眼睛眨动。

山上搭帐篷，也不行，再说也没有帐篷。他不是来旅游，旅游住一夜，可以露宿，体验浪漫刺激。他是来工作，石梯村唯一能住下的地方，只有村小组组长排忠华家。排忠华是景颇族，能干聪明，办法多，肯吃苦出力，挣钱就比别人多些，几年前咬牙挣扎着，盖起了全村唯一的两层木楼，但很简陋，仅能为李朝山提供容身之处而已。

李朝山出身农村，不嫌弃，以后的一段时间里，他要跟排忠华共同工作，住在他家，很方便，天黑睡觉前说个事，第二天开干，效率会高。

强悍的推土机马达轰鸣，所向无敌，在石梯村四周的山梁上，推出了几块平整场子。9个施工队200余人，在山上搭建出了建筑队工人的居住工棚，蓝白色的临时组装机动房，分散为几幢，站立在无遮无挡的山梁上。房门打开，走出一群群忙碌的人影。山梁上蓬勃杂树和茫茫草丛中的鸟被惊散，这是它们从未见过的人类大规模进入的场面。

现在，早期的石梯老村旧貌，我永远见不到了，我进山三次采访到达过的石梯村，已是李朝山带队改造后的样子。

我是在盈江县人大的办公室里寻访到李朝山的，他已在县人大常委会任农环委主任。李朝山告诉我，老石梯村，围着一条突起的山梁形成，村中没有道路，只有人畜踩踏的小道。漫长历史中随意形成的村落，毫无规划，山梁陡峭，全村50户村民，居住得很分散。一片乱草，一片山坡，蛇形小道蜿蜒而去，通向几间趴在山坡上的杈杈房，就是一户。换一个方向，一片草丛中突起几间房，住着另一户人家。村子像一片树叶，叶片上的纤细筋络，是村中的毛路，那筋络四通八达延伸，东一户西一户，把隔得很开的散乱村民家串联了起来。

山梁上荒凉冷清，村中的小道上，露天堆放的牲畜粪便臭气扑鼻，蚊蝇飞舞，猛烈撞击人脸。雨天污水横流，晴天灰土飞扬。很多山村，从前都混乱破旧，但石梯村连混乱的旧貌也没有，基本不像村子，像一片各自为政的临时歇息地。

李朝山在村里住下后，每天入户走访，深感震惊。石梯村人的穷困，并非缺钱少食这么简单，严重超出他的想象。村里没有像样的住房，没有道路，没有水电，没有通信网络，等等，手机有时可以打通，信号像蚊蝇，撞到脸上，瞬间消失。当时，石梯村人已在学着做观鸟，看了村里的面貌，李朝山不禁感叹，谁会大老远跑来这里玩呢?

石梯村有 3 户村民买过手机，移动信号飘忽闪烁，极其诡异，原因是村中没有基站。移动公司不会为 3 户村民建基站，就算建起基站后有 10 户村民买电话，也无法盈利。因为，第 11 户肯定买不起手机，买得起也没必要买，石梯村的山梁上，没有什么要打电话的要紧事。

现在来了李朝山和他的工作队员，他们要每天打电话，协调各种物资和人员。

远处，山下的两个村子，一个叫大浪速，一个叫小浪速，属铜壁关乡管辖。浪速是景颇族的分支，大小浪速，各在一个村子。他们的村子海拔低，出行方便，过日子的需求多，村民愿买手机，建了移动基站。石梯村山梁上的神秘手机信号，就是从大小浪速村艰难传上去的。

3 户买了手机的石梯村村民，打电话要举着手机，满村找信号，那种辛苦，堪比找犀鸟。犀鸟一旦找到，就能长期观看；移动信号却时有时无，不可捉摸。但村民渐渐摸索出了规律——村外山梁的某处，能找到看不见的手机信号。要打电话，就赶紧出门，一路走很远，找到那片山坡，看到屏幕上忽然显示出模糊的移动信号标识，世界就裂开一条细缝，传来遥远的声音。但一阵风吹来，信号可能消失，稍移动几步，手机也会沉默。

李朝山率工作组住进石梯村后，每天打电话，都要出门开车，他对司机说，走，开车去打电话。司机就跳起来，冲向山坡上的汽车，载着他驶往村头 2 公里处的一个开阔地。车子停下后，李朝山开门跃出，掏出手机，找到信号，迎着扑面而来的山风，大声喊叫，向山下求助，请他们送各种建筑材料上山。

21 世纪人类已经习惯的基本生活保障，在这座高高的山梁上无迹可寻，站在村口眺望，山下的森林莽莽苍苍，林中的鸟鸣优雅遥远，很空洞，听了让人心虚。

李朝山要做的第一件事，是为全村盖新房。资金已有安排，好像不用愁，实际操作，却难度很大，仅修通村中的道路，就极其棘手，村民住得太散，不可能为 50 家散乱农户修建山梁上横七竖八的漫长村道。可这个崭新村道，又必须修成，怎么办？

村中最远的农户在五六公里之外，要为山坡上的一户村民修建如此长的一条宽敞村道，很难。不是不修，是别人家也要修。换一个视角，朝另一个方向看去，几公里外的另一户村民，也要修一条崭新村道。如此操作，艰难筹备出的上千万元资金，也许连村道也不够修。

开会商量的决定是，依据地形地貌，集中山梁上的一块地区，为全部村民重建新房，打造一个错落有致的新村子。也就是说，新盖的村子不似老村散乱无序，是围绕着稍显平坦的山梁，呈放射状向外扩散。还是故土，还是熟悉的山风和鸟鸣，村子的结构还是近似树叶的老样子，这片新的树叶，却变小和变窄长了，比旧村的老树叶更紧凑和规范。

新房样式，符合村民的文化习俗，盖成吊脚楼，但更舒适和宽敞，各家有联系，又互不干扰，也符合习俗与传统。新修出的村道，通向所有村民家，村道宽度的标准是，汽车要能到达每户村民家，每户村民的家门前，都要能宽松地停放汽车。

村民吃不消了，梦变成钢球，在地上砸得太重，冒出了火花。

村道没必要建那么宽呀！山梁上没有平地呀！村民觉得这个设计很离谱。

李朝山哈哈一笑说，不着急，麻烦事施工队会解决。

一堆现代建筑的机器已经运进山来，停在了山梁上，铲土机和挖掘机，随时待命，已急不可耐。挖掘机很神奇，能把山推平，把岩石铲起，填到沟壑中，在山梁上造出平地。

对于用钉子钉杈杈房的村民来说，此类超级机器，可望而不可即，从没想过会在自己家门前出现，更没想到会在自己家门前大动干戈。他们故土另一侧的缅甸，帕敢玉石场，历来人挖手刨，现在也高度技术化，几百台挖掘机开进去，一个玉石场山头，半年就翻遍，整座山的大小石头全部被冲洗过。

现在，施工队的挖掘机和推土机，似乎也要把石梯村山上的石头全部刨起，9个施工队中，盖民房的4个队，修路专业程度高，工人和技术员多达80人，全部施工队成员，超过了村民的总人数。

这批拥有现代化建筑能力的施工人员，不只要在村里修出宽敞道路，还要迎接村民的汽车进村，所以，新村将在每户村民家门口，修建一个能停汽车的院场。这一下，村民又着急了，他们想不了那么多，也不敢想，认为李朝山指挥的这些人，把事做过头了，不切实际。

村民没有牛车和马车，也没有摩托车，祖辈下山，都是走路，双脚是永恒的交通工具，也是最耐用的交通设施，不用花钱，不用加油，与生俱来。村民认为，我们哪辈子会去买汽车呢？坐汽车也不可能。全村只有排忠华买过摩托车，村民运送东西，用的都是骡马，以后修好路，应该还是骡马，能买辆手扶拖拉机，已经谢天谢地。

李朝山笑着说：要修，就这么修。

钱包会鼓的，汽车会有的，做梦要先睡觉，睡觉要先盖屋，盖屋就要修路，现在不做安排，将来再改造，不可能了。石梯村在做观鸟，外地的观鸟游客驾车，进不了村怎么办？进了村，停不下怎么办？来的人多了，赚钱多，村民会买车的，也会自己开车把游客接进村来。将来有了汽车，没有停车场怎么办？

李朝山说：那时候来找我吗？我早不管这个事了。

栗喉蜂虎

◇ 喉部是栗红色的，故而得名，有人将它称为中国最美丽的鸟之一。飞行技术高超，能在空中做出急速飞行、滑翔、悬停、回转等高难度动作。

村民说：我们不会来找你的，我们有房子住就行了，连路也不要。

李朝山说：开会定好了，开干。

李朝山带着村干部，已经商量好，做出了设计，于是拍板动工。村路的宽度，是能通行汽车，每户村民家门口，要修建 80 平方米的硬化院场地，院场要能容纳四五辆汽车停放。这些蓝图，村民听不懂，也想象不出来，将要出现的崭新村子，远超出村民的生活经验和全部人生期望，他们无法在李朝山的言语中，搜寻到将要出现的未来生活美景。

村民坚持认为李朝山带领的工作队吹牛，说大话。也许，工程开个头，做不下去，就会拍屁股走人，丢下挖烂了的山坡，让村民无法收拾。这种事没见过，也听说过些，到时候老日子搞乱，新日子过不了，叫天不应叫地不灵，完蛋。

何况，没有水，没有电，怎么施工？

村民这下子笑起来，终于有老天来帮着阻挡了。

水泥砂浆的搅拌要水，几百号人吃住要水。

设备使用要电，看图纸和资料要电，基本生活和办公，都要电。

电不是自己可以解决的事，水可以先解决。

于是，施工队进山找水源。

有技术工人和专业设备，能力太强，村民大开眼界，施工队在村民的带领下进山找到水源，几天就盖起了水泵房和水池。

通电工程，也在同时推进。

李朝山下山协调，电网公司马上答应上山。但困难出现了：石梯村位于铜壁关自然保护区边缘，电网从山下拉进来，要建钢架和电杆，自然保护区内，不能出现人工设施。

李朝山只得再下山。他住进村里的职责，就是帮助施工队解决困难。于是，他找到自然保护区管护局，查阅各种法规，几方研究，找到了办法，最后做出的安排是，电杆不能少，却不在保护区内建电杆。是绕过保护区之外的路，建起电杆，与山上其他村子的电网接通，向石梯村送电。

有了电，山中水源地水池的电泵，立即轰响，唱出送水之歌，抽水进入水池，水送进期待豪饮的管道，长长的管道像吃胀了肚子的热带雨林巨蟒，穿过山坡，通向村子，送来了见得太多却等得太久的清水。清水再钻进细管道使用之处，各家各户，拧开龙头，就有水哗哗流出。

不只如此，通了电网，村民家也点起电灯了。

村民无话可说，有点相信梦了。

村民第一次见到了自来水，第一次用上了电灯，反应非常特别，用“高兴”这个词、“惊喜”这个词，都无法准确描绘村民的表现。他们看见电灯在自己家中亮起，再看见家门前有水从龙头里流出，沉默不语，平静地左看右看，绕着灯泡和水龙头，转好几圈，想了好多天，表情迷惑，不知说什么好。

十天半月过去，用惯了电灯，也用惯了自来水，村民才响亮痛快地哈哈笑出声来。

十九、一条山路的长度

通了水电，石梯村的日子翻开了神奇一页，村民喜不自禁。但眼见真要在自己家大兴土木，又慌乱了。要从老旧房子里搬出，很多人不响应，无动于衷。有些人家的房子，靠近山梁的新村址规划区，不用搬，只进行修缮改造，这户人家就笑歪了嘴。但即使不动位置，老房子改造，动作也大，有些房子要挪位置，让开地盘，这又超出了村民的理解与想象。

村民说：房子怎么让开？又不是人可以走开。

施工队说：有办法。

村民不争辩，再问：让开位置做什么？

施工队说：讲过的呀，要推平一块地来做院场。

村民不干，说没必要推平，修一下老房子，可以住就行。

李朝山说：要配合施工队哦。

村民说：老房子移烂了，我怎么办？

施工队的工人笑了。

房子挪动位置，是指把村民家木质结构的老房子，原本保留，用几个千斤顶顶起，整体迁移，调换方向安置，再做修缮。挪开后出现的空地，可以平整出宽大院场。这种房屋整体挪移的建筑技术，已经很多见。几百吨重的水泥楼房，也可以挪移，换位置建牢，村民的轻型木房挪移，就很简单了。

村民没见过，还是不信。

李朝山开会，决定盖几间样板房。

徐小龙读过初中，是村干部，带头让出老房做改造。另有几户人家，也跟着配合做榜样。很快，建出的新房及宽大平整的新院场，把村民惊得目瞪口呆。

我在石梯村住的徐小龙家，就是改造后的新房，宽敞的院场非常漂亮，一边是家庭住房，一边是客栈，一边是农家乐餐厅，规范结实的吊脚楼式木屋，静静地卧在山梁上，给人世外桃源的纯美之感。

徐小龙读过初中，在村里文化最高，以前，家中只有一幢旧房加一个茅草顶的破厨房，父母、妻儿和弟弟，全家 7 口，挤在一起居住。施工队来到，

冕雀

◇ 黑黄色的搭配就够夺人眼球。蓬松的长形冠羽其形似冕，气势非凡。

用千斤顶把他家的旧房顶起，稳稳地移开，换方向架好，修缮改造。挖掘机挖走山坡上的巨石，工人砌出一面挡墙，推土机轰隆隆开动，在徐小龙家门前，三下五除二，推出一块平地，再运土来压实、填平和拉宽。于是，风吹草低的山坡，变成了几十平方米的一大块平整院场，院场里铺上了大石块，一个崭新的家诞生，令人眼红。

更多村民搬迁，赶紧配合改造。

这边在村里建新房，那边，施工队在村外，开始修筑山上的公路。

修一条连通县城的公路，是更重要的工程。

石梯村的长期封闭与贫穷，就在于几百年来没有通向外部世界的公路。

石梯村并非完全不通公路。这个村子，紧靠铜壁关自然保护区原始森林，早很多年，中国兴盛过林业开发，那时，电影院里看电影，故事片的“正片”前，会“加演”新闻宣传电影纪录短片，很多人的记忆是：冰天雪地的大兴安岭中，伐木工穿着皮袄，戴着棉帽，提着斧头，在白得刺眼的雪地上，一步一个幽深的脚印，走进苍茫森林。嘹亮歌声的伴唱中，小鸟惊飞，一棵棵高大粗壮的树木倒下，被卡车运走，送进林场车间，在机器的飞转中变成木料薄板。

盈江的山区森林，也重复上演过那段久远历史，伐木工在森林里干活，专门修筑过运送木料的毛路。伐木史封禁后，毛路年久失修，但也能通行。改革开放初期的挣钱风潮中，出现一段短暂的林业开发史，木材老板用挖土机和推土机，修整过原来的木料运输毛路，路好走些，骑摩托车颠簸下山，比从前稍顺畅。但很伤车子，连续使用摩托车，几个月就坏了。

石梯村的村小组组长排忠华，脑袋灵活，种植和养殖都会做，赚了些钱，要盖个新房。他有摩托车，下山跑得多，见过些世面，不想盖成老式的杈杈房，想用时髦的水泥空心砖砌墙，往上加盖成楼房。

这是让他激动的新想法，也是让他万般辛苦的怪念头，这个敢想敢干的景颇族男人，在盖房子那年，几十次下山上山，累得让林中的飞鸟惊讶，呱呱叫唤，追着他拍翅盘旋，在他的头顶飞翔，目送他往返奔跑。

排忠华在盖房子的几个月里，持续去山下的洪崩河小街买材料，用摩托车把东西运回来，一次运七八个空心砖回村。效率极低，无可奈何。如此蚂蚁搬家地跑，盖房的材料运够，两辆崭新的摩托车就骑坏了。有村里人说，排忠华聪明，够爱惜车了，在极度坎坷的泥路上，一年几十次地摇来晃去运材料，换成别人，早骑坏 10 辆摩托车了。

洪崩河往下，通往县城，修通过初等级的盈八公路。2000 年后，盈江县招商引资，有公司进入，投资建设洪崩河四级电站，在洪崩河上方的半山，建了一个电站的调压井，公路又朝上延伸出一截，距离石梯村更近了，石梯村的毛路变短，只有约 10 公里。

这段 10 公里长的山中毛路，牢牢封闭住了石梯村。

每年雨季结束，山中的毛路上，骡马可以通行，人可以步行，摩托车可以勉强晃荡行驶。雨季到来的半年时间里，出行就停止，深山寂静无声。

修通这最后一段山中毛路，世界将豁然明亮，喧哗涌入。

这条山路的长度，用加法无法计算。

但是，为一个山梁上孤独的小村子，花数不清的钱，来修一条宽敞公路，村民也不相信。这条路能连接县城啊！怎么可能？修通山中的公路，让汽车开进村子，太吹牛了。工作组说话，就是不沾边。村里盖房子，可以看稀奇；村外修公路，看也不要去看，那就是个笑话。

有新盖的房子，能过小日子，就行了，其他不用操心。

但是，施工队已有三个筑路方案。

一是开挖并筑牢路基，铺石成路。这个方案省钱，资金够用，但马上被李朝山否定。石梯村所在的热带雨林区，漫长的雨季长达半年，暴雨多，雨量大，经常山洪滚滚。那里的森林里，地质成分特殊，还没有形成足够厚度的土壤层，地面全是千年堆积并正在化解为土的腐叶，腐叶之下是沙子，真正密实的土壤层很薄，只有 10 公分厚。沙子多，土壤层薄，雨水冲刷后沙子流失，路基容易掏空，路面的石头容易塌落。路面损坏的局面，也许两三年后出现，也许一两年，最快也许一年，这条公路就会路塌石落，交通中断。

于是研究第二个方案。这个方案是，路基修牢做好后，用厚实的水泥板或水泥预制块铺设路面。预制块价格高些，预算资金紧张，不够用。但比资金缺口更麻烦的问题是，山中这条将要修筑的公路，会穿过铜壁关自然保护区，不能过度施工，也就无法在山坡上开挖并修筑大面积的水泥挡墙。雨季到来，持续几个月的暴雨顺坡而下，长时间山洪冲刷，路基下的沙子也会流走，路面水泥板会悬空，被车子碾压损坏。那段公路，只通往山上的石梯村，非交通要道，且要穿行自然保护区，不可能部署专门的公路养护机构。所以，损坏的水泥板路面，不可能得到及时修复。

于是换成第三种方案：做牢路基，用小方砖铺路面。方砖很结实，价格便宜，铺出的路面，类似以前的弹石路，但比弹石路平整舒适。小方砖损坏了，村民自己就可以更换，技术简单。长宽 10 公分左右的小方砖，形体独立，各块之间细小的间隔，能分散路面的汽车压强，不容易断裂损坏，经久耐用。

当然，公路质量最重要的基础，是结实的路基。

修筑路基，耗时较长，要命的事件出现，雨季到来。

热带雨林的漫长雨季，长达半年，无可阻挡。石梯村所在的山梁上，每天的气候瞬息万变，一日 24 小时内，会出现四五种气候。先是天晴；半个小时后暴雨倾盆；一小时后雨住风清，阳光灼热，烤得人吃不消；转眼间阴云汇拢，又下大雨。群山之上，忽晴忽阴，每天的雷声，似野牛群奔逃，从天空隆隆滚过，大雨中雨小雨或暴雨不断，水泥在雨中无法凝固，怎么办？

一个堪称伟大的发明，在深山诞生。

移动厂房问世。

那是一个简易的“人”字形木棚，结构极似村民的古老杈杈房，但是比杈杈房简化。木架呈“人”字形固定起来，外面蒙上防水的红蓝条蛇皮布，当地人叫花油纸布。“人”字形的简易施工木棚高 5 米，长 7 米，能遮风避雨，十来个人抬起就走，移动很方便。施工进行到哪里，木棚就移动到哪里，下雨也不怕。

1 个棚子不够，就制作 3 个，3 个木棚连起来，能遮挡 20 米长的一段空间，施工面积够大，进度有了保证。在木棚里浇灌的水泥，三四天后干了，木棚移走，可进行下一段路的施工。

雨季的村民住房修建，也可以用移动木棚这个伟大的发明来协助完成。

修路建房的同时，通信也要做。石梯村没有移动通信基站，就无法与世界进行有效沟通，更无法开展观鸟旅游。修建基站很专业，建筑施工队干不了，移动公司也不想干。移动公司是企业，要算经济账，石梯村几十户村民，建基站，搭架子，要亏大钱的。

李朝山再下山，去县城的移动公司，坐进人家的办公室，反复解释，跑好多趟。最后着急了，对移动公司说，人家这个村，在边境线上，帮你守着国门，这个账怎么不会算？

账人家怎么算，不知道，反正，移动公司最后开工，派人上山了。

如果不是李朝山代表县委、县政府出面，让一个村子去协调建通信基站，

赤翡翠

水边的小精灵，河畔的守望者，蹲下是一小团火焰，起飞是一道闪电，扎入水中，世界就陷入沉默。

绯胸鹦鹉

乌类中的演说家，能言善辩，巧舌如簧。起飞时指点江山，降落后谈天说地。

永远不可能成功，让镇政府去做，也力量薄弱。其中阻碍，来自移动公司，也来自自然保护区。所以，最后协调成功的石梯村移动信号基站修建，不得大兴土木，是从山下的村子，曲曲折折，一级一级，拐弯抹角，做细致设计，动很多脑筋，花不少力气，最终，空中的数字化移动电话之路，才变成事实，把石梯村与世界真正连通。

从此，举着手机满村找信号，开车去 2 公里外打电话，都成为历史笑话。现在的手机，在村里随便打。站在家门口，站在一棵树下，站在荔枝树旁、玉米地里，摸出手机，就能跟远处的人说话，听到外部世界的响动。村民高兴坏了，这一次，他们不再反应慢，也不再发愣，开口就笑，笑得理所当然和无比欢快，笑声把树上的鸟惊得飞起，盘旋好一阵才归来，重新落到树上。

奇怪的事还没完。

全村人家建了新房，村里还要建个小广场，方便村民聚会，过年过节唱歌跳舞，好玩。石梯村以景颇族为主，某日举行一个目瑙纵歌跳舞，有了广场，当然就方便。但徐小龙告诉我，景颇族的目瑙纵歌，并非世俗玩乐之舞，要选日子、选地点，目瑙纵歌舞是一场大型祭祀，威望较高的人领舞，向最隐秘的生命力量献礼。

这让我想起景颇族的其他习俗。从前的景颇族老人，会在房门上挂一个小蜂巢，外人看了不懂，他们的解释，是驱鬼避邪。老人说，鬼摸黑上门来，月光飘摇中，发现门头上有个蜂巢，蜂巢有很多小洞，就很生气，也很好奇，要去数蜂巢上的小孔。鬼永远数不清，就气恼地走了。另外，景颇族的传统葬礼，也有独特操作，会带鸡蛋出门，在山上某些合适之处，要抛出鸡蛋，任其滚动，如果鸡蛋砸破，此地就不好，要另选。

诸如此类，是人类早期的生命思考和对世界的提问，新建的石梯村小广场边，将建一个民俗文化活动室，陈列出与古老生活和早期生命思索有关的物品与图片，展示景颇族先祖一路走来，繁衍子孙，向幽深宽阔的世界提问并不断解决困难的过程，让村民记住来路，遥望远景。有远方客人来到，进入村内的文化活动室，也可了解一方人文风景，学到些少数民族文化知识。

我去建成后的石梯村，在村子的小广场边，还看到一个宽敞的公共厕所。

这是很稀奇的。

厕所所在的位置，原是荒山坡，村民丢了大量垃圾，很脏，无法管理。层层叠叠的塑料袋和各种无法降解的现代工业用品，在寂寞的山坡上堆积。谁也不知道会堆成什么样子，更不知道堆下去怎么办。反正山很大，无人看见，丢了再说，以后晓不得。

李朝山告诉我，这种状况，肯定要改变。

施工队把山坡的垃圾堆铲除，把坡下方的一块巨石撬起，这个动作惊呆了村民。村子盖房修路，挖掘机撬起过很多石头，让村民感叹机器力气太大，超过了最强壮的男人。但那些石头，都没有这个岩石大。这个岩石像小半座山，感觉上，挖掘机撬起的巨石，似乎已是小半个地球了，可它却被高傲的挖掘机刨出，用大铲抬起，装进汽车运走。

汽车运来碎石，把岩石撬出后出现的大坑填平，浇灌进水泥，在一块宽敞平地上，建盖出了小广场和公共厕所。工程量大，耗时很长，原计划 30 万元建成的厕所，施工完成，花了 50 万元资金。

还有一个设计，是在村内的小广场边，建一个村集体的客栈，以后观鸟游客来了，由村集体接待，有了收入，村民可以分红。

这个村民没意见，施工队最会盖房子，村民不觉得稀奇了，建个村子里的客栈很好。但是，下一个规划，村民又不接受了，那就是在每户村民家建私人客栈。

村民发蒙，古老杈杈房门头上的蜂巢小孔里，又冒出一股轻烟般的疑问：有必要做什么客栈吗？会有多少人来村里住呢？来几个客人，村集体客栈就可以安排，不必来我家。再说我也管不来这个客栈，再说，根本就不会有人来我家住。

李朝山说：以后不会有施工队帮你们盖私人家的客栈了。

村民说：我不要客栈，这种叫法没听说过，叫着别扭。

李朝山友好地笑了。

二十、满地奔跑的愿望

在村民家建客栈，村民做鸟导就很方便，好比百花岭村的老侯，来了游客，安排在家里住。早晨起床，煮面条给人家吃早餐，可以收费；开车带游客出门，又收费；观鸟结束，开车接回来，肯定要算钱；晚上再用餐，还有收入。

保山市百花岭村已经发生的事，也可能在盈江县深山的石梯村里发生，要做准备，安排出相关的产业部署规划。有了产业项目，村民的生活就方向明确，人生的蜂巢小孔就数得清楚，劳动就业稳定，贫穷与富足之间的距离，就会越来越快速地缩短。

可是，在自己家里建客栈，村民实在不敢奢望。他们认为自己家的石梯村，比不上人家的百花岭村，不会有那么多人大老远地从毛主席在的北京天安门跑来，住到人迹罕至的高山村子里。村里盖个公家的客栈，垮了不要我赔钱。在我家建客栈，我是要贷款出点钱的，盖起了客栈，没人住怎么办？

总之，李朝山在山上建造新村，遇到了一系列难题，其中的一些阻碍，产生于巨大帮助给村民带来的惊讶，他们太淳朴，好日子当然要，但不敢要太多，一点点就行了。但县委交给李朝山的任务，是让住在高山石梯村的村民，过上与山下县城居民同样的生活。这把村民吓坏了，他们要不起这份礼，也不敢要。

还是老办法，村干部带头。

排忠华、徐小龙又出面，嘿嘿笑着点头，同意在自己家的院场里，建几间家庭客栈。

我在石梯村采访，住的就是徐小龙家客栈。

客栈有高大的移动玻璃门，屋里有电视，有Wi-Fi信号，有卫生间和马桶。我对徐小龙的采访，包括对其他几个村民的采访，就是在客栈旁边徐小龙家宽敞的院场餐厅里录音完成的。

李朝山告诉我，他发现了一个新办法：在石梯村推广新生活内容，或进行新项目的产业部署，说服不了男性村民，可以从女性下手。这非常有趣，他住在景颇族和傈僳族人聚居的石梯村几个月，观察到的一个文化现象是，少数民族妇女，在家里能起主导作用。这是少数民族文化跟汉族之别，儒学传统几千年浸润的汉族人家，“唯女子与小人难养”，“男主外女主内”，盖房子这一类大事，肯定要男人做主。可是，少数民族的家里，很多女人当家，女人同意盖房子，拍了板，男人也会同意。

也许，汉文化男尊女卑的文化基因，未在少数民族的身体里生长，或生长很浅；也许，古老的母系民族文化，少数民族还有零星记忆，会在身体里产生隐秘作用；也许，有些石梯村的女人是从缅甸嫁来，上学较多，理解能力强，男人很愿意听她们的意见；也许，女人心肠软，耐心好，重感情，比较容易说服；也许，女人更容易感同身受，被城里干部的辛苦感动。总之，以石梯村为例，李朝山注重与村中女人沟通，说服了少数民族家的男性，很多事就好做得多了。

于是，又有几家村民愿意建客栈。

工作组最终选定 9 户村民，为他们建盖了家庭的私人客栈。选定这 9 户人家，是有原因的：这些村民，家人比较勤快，爱干净，生活条件稍好。建客栈，不是要自己住，是要租给外来客人，客栈房间要经常打扫，被子床单要勤换勤洗，马桶要刷得干净，电视要打得开，网络 Wi-Fi 要用得成。这些，要由一些能起示范作用的村民带头做，以后，别人跟着盖客栈，也就做得好。

李朝山告诉盖客栈的村民：房子是你的，产权是你的，没有游客来，是你家的房子，房子不会像鸟一样要走。有人来，收拾干净给客人住。每张床每晚 100 元，4 间房，8 张床，住一星期，收到多少钱？去算算，叫上学的娃娃去算一下，你家有了一个小酒店，多好哦。

村内建客栈，是石梯村发展观鸟旅游业的部署项目。2016 年，盈江县办过一届观鸟节，外省来了十几个人，报上刊登了很多新闻，乡村观鸟旅游的温度，正在缓慢上升，把李朝山的心也烤得微热。他耐心开导村民，客栈要建，不吃亏，因为，这几户建客栈的村民，喂出几个鸟塘，也发现了犀鸟窝，不时有观鸟客人进村。李朝山相信，好日子的愿望，会像鸟，盘旋在石梯村的上方，最后落到树枝上，让村民清清楚楚地看见。

不过，石梯村的观鸟旅游能做多大，谁也说不准，李朝山也不知道。这一行太新奇和陌生。他只猜想，来山上玩的人，会比现在多，城里来的人，喜欢自然风景，喜欢绿色食品，会愿意在村里的客栈住。

毫无疑问，李朝山的心里，疑惑也不小。石梯村的旅游，只是一个计划，正在到来的游客，三三两两，让人担心。这种乡村旅游，也许受欢迎，也许无人问津。县委、县政府，包括镇政府，也认为不能把希望寄托在飞来飞去逮不着的鸟上，还要把事情做实，帮村民部署些看得见摸得着的东西。

石梯村贫穷几百年，有一个原因众所周知，就是产业单一。十来年前村民学会种香茅草，也能挣到些钱，可一朝令下，就不准种了。退出的耕地，要重新长出树来，让鸟回到那些树上。

村民回到家里，只等鸟飞来，再等游客进来，不行。

山上千百年来都有鸟，哪有游客来玩？

只发展一项观鸟旅游，有危险，没人来玩，就很可怕。

我最后一次进山的 2020 年，就出现了这种危险。疫情封锁全世界，没有任何游客进山，进入石梯村的客人，只有我，村中清冷，鸟的鸣叫很空旷。

所以，根据县委和县政府的安排，李朝山还要为村民做更多的产业部署。

县政府提供了 100 万元作为扶贫产业部署经费，钱拨给太平镇政府，镇政府再拨到石梯村，供李朝山带着村干部研究使用。

部署的第一项产业，是稳妥的农业耕种项目——种玉米。

玉米，云南叫苞谷，听起来简单，不算新项目。石梯村所在的山地，很适合种玉米，但是，传统耕作史上，当地的景颇族和傈僳族兄弟，并不种植玉米，只种旱谷。

改革开放后，人背马驮，也要下山，社会沟通面扩大，各种信息进入，有少数当地村民，学着种植过玉米，但耕种的数量很少。他们缺钱，买不起足够的好种子，更买不起贵重的化肥，也不太懂玉米种植方法。

这不奇怪。改革开放之初，我去云南迪庆做田野调查，那里的藏民，只吃青稞面糌粑，喝酥油茶，普通藏民家根本不会做汉式饭菜。1985 年秋天，我去滇藏相连处的德钦县采访，那个卡瓦格博雪山下的县城，已通汽车，但仍很封闭，县城里没有一家餐馆，因为无人去餐馆吃饭。县招待所的四合院木楼里，当晚只有我入住，收费5元。半夜，有人嘎噔嘎噔，踩踏着木楼地板，来到我的房间门口，哗啦推门进来，是一个地质队员入住，吓得我冒冷汗。

那次我拜访到县委宣传部，受到热情邀请，去宣传部年轻干部的家中，吃到他家盖房子的豪华餐——只是一碗光米饭。年轻友好的藏族朋友，看我难以下咽，恍然明白我要吃菜，从不知什么地方，找出了昨天剩在碗底的炒茄子，递给我下饭吃。那茄子炒的味道不对，但已经让我胃口大开。

那位不问青红皂白，就在家中接待我的年轻藏族朋友，我对他很怀念，他与我非亲非故，初次见面，就完全信任，带我去家中用餐。说实话，也只能在他家用餐，县城买不到饭吃。那里天寒地冻，不长稻谷，也不长蔬菜，没有我所熟悉的汉式饮食文化。百来公里外的迪庆州府，是当地最开放豪华的大城市，街上的餐馆，也只有3家，餐馆里没几样炒菜可卖，少有人去用餐。

现在，时间种出了满地稀奇的大树，30年翻卷而逝，遥远而美丽的云南迪庆，早有了大棚蔬菜，藏民种蔬菜很熟练，能出口卖到外地。

耕种新品种，农民有无师自通的本事。李朝山安排人员，买来300亩玉米种子和足够的化肥，分发给村民。同时安排农科站技术员，教村民种玉米。有的村民很用心，种得非常成功，比如排忠华家二叔，那年他二叔收获了2000多公斤苞谷，够喂好多猪鸡。

石梯村所在地区雨水充沛，气温较高，植物生长快。别处种一季，亚热带地区种两季，石梯村所在地区，如果愿意劳动，种三季也没问题，玉米地里，再套种果树，还能收获更多。

第二项产业，是种荔枝。

李朝山安排工作人员，买来5000株荔枝苗，分发给村民。荔枝是热带植物，非常适合在那片地区生长，结出的果肉嫩味甜汁多，在市场上很受欢迎。但是，玉米种和荔枝苗，包括化肥，并非按人头平均分发了事，要做调查研究，分别对待。愿意种植的村民，能干的村民，才会在产业部署的资源分发安排中，受到格外重视。这是必不可少的工作，也是艰难的选择。遥远的山村，自由散漫，友好热情，玩得高兴，常有人忘了种地，喝多了，更不做事，只是睡觉。

出身农村的李朝山，对此心知肚明。他们并非把果树一分了之，完成任务拍屁股走人。李朝山是农业局副局长，非常熟悉乡村生产，更熟悉村民的生活与情感。他们的5000株荔枝苗，并非见人就发，是调查摸底，知道谁家能种，谁家爱种，谁家种得好，才对这些人家格外关照，其他人家也给，但试着种，分配的数量少些。慢慢来不着急，不要浪费。

第三个项目，是种芒果。

他们购进芒果种苗5000多株，也分给石梯村村民种，其中的200株芒果树苗，是从几百公里外另一处著名的云南大山深处，怒江州热带河谷区买来的良种。

我在石梯村的徐小龙家客栈住了几天，采访村民时，吃到过徐小龙摘来的荔枝，新鲜的荔枝汁多味甜，非常爽口好吃。镇政府机关的干部，还从网上搜集信息，买来几千株西番莲苗，分发给村民种植。

然后，是养殖产业的部署。

养殖项目部署，也就是做饲养牲畜的安排，送给村民猪鸡牛羊等等。石梯村的村民，原来也养些牲畜，但数量不多。养殖文化，在少数民族的高山村寨不发达，而且，村民缺钱，饲料喂不起，买玉米没有钱，自己种也要本钱，少数村民养过些牛马或猪鸡，也就一两匹马、几头牛和几头猪而已。

购入的60头二代野猪猪种和一些牛马牲口，也发到石梯村村民家了。牲畜，村民很感兴趣，但也不能平均分配。分几匹马几头牛出去，那个村民无力喂养，或不勤快，也许会转卖，这个问题，村干部和李朝山，都有预料，非常警惕。他们采用新办法——村民自报，入户调查，再发给牲畜。有养殖经验和生活热情、有能力的村民，一户人家，最多分到了14头小猪。

二代野猪，是家猪与野猪杂交后生出的第一代仔猪，猪种来自本地。当时，山下洪崩河边境口岸小街附近的森林中，有一家公司培育野猪杂交种，在山坡上建了个大铁皮房做猪舍。根据市场预测，二代野猪可能好卖，工作组就买来，送给村民饲养。现在，自然保护管理跟进，那家二代野猪培育公司搬离，他们的猪舍留在了保护区的森林内，空空荡荡，寂寞无声。

村民中，有4家人分到了马匹，6家人分到了牛，9家人分到了二代小野猪。买马给村民饲养，是为观鸟旅游做准备。以后路修好，客栈建成，风景独特而优美，鸟语花香，观鸟旅游业发达了，越来越多的游客进村，会有人产生骑马上山的愿望。骑马去观鸟和拍鸟，多么美妙的设计，多么神奇的经历，游客一定会喜欢。于是做出尝试，给几户擅长养马的村民，送了6匹马。

发给村民种子、化肥、各种果树苗，以及猪鸡牛马等牲畜，如果他不养，或不去勤劳耕种，把地撂荒了怎么办?

这种情况，是可能出现的。遥远深山的村民，长期刀耕火种，砍一片树，烧一片山坡，撒些种子，任其生长就行，缺乏精耕细作的农业种植史，也缺乏详细认真的家庭生活与生产规划，地种不了，就可能丢弃不种。

农业局的副局长李朝山，预估到了这个问题。他说：我告诉村民，国家规定土地不能撂荒，种子化肥发给你，你收下了，如果不种，村里的合作社要把地收回，转给愿意耕种的人家。地不是永远收回，你什么时候要种，马上还给你。

这是非常乡土并富有人情味的做法，善意的小威胁，某种程度上的小哄骗。极度通情达理，朋友般的友好警告。只有一个意思：地必须种，不能撂荒，牲畜要养好，大家一起努力，奔好日子去。

工作组还购买了几千只鸡苗，每户村民发给小鸡几百只。我去石梯村时，看到各户村民家门口，长大的鸡成群结队，来来去去，自由穿行在家门口的院场里，或蹲在吊脚楼下的阴凉处，也有的鸡奔跑在屋后的树林里。

早晨，公鸡伸长脖子打鸣，把整座村子唤醒。

奔跑的鸡，是满地奔跑的生命期望。

二十一、错把故乡当他乡

施工队建出个新村子，村里建了个小广场，广场边建了公共厕所，还建了村集体共有的客栈、村文化活动室，村民出来走动，能看到新生活闪闪发亮。

可是有人不习惯，早上还是睡懒觉，认为起得太早没事干。以前贫穷，前景模糊，无事可做，生活单调，睡懒觉是很多高山村民的习惯。天色大亮，太阳高照，草地和树林里热烘烘的，群鸟叽喳，猪鸡乱跑，山上的村子，还有人在漆黑的杈杈房中躺着，脑袋空洞，半睡半醒。

现在，工作组带 9 个施工队进村，全面规划，水、电、路、通信、住房全部新建，旅游业、农业、林业、养殖业，一起部署。协调多种资源，联络了社会各界的 18 家机构，盖出一个新村子，为村民安排出了全新的生活。一些村民反应不过来，不习惯，早上还是睡，以为没事做。

这叫“梦里以为身是客，错把故乡当他乡”。

在他乡，就不要忙，也不要动，别人家的事，不要你管，睡觉再说。

李朝山说：你们啊，要早起，起床后，会有干不完的事。

他带头，每天早上，天亮就起床，在村子里转啊转，见一户人家开着门，就走进去打招呼。打鸣的公鸡叫累了，太阳正在大树的上方欢快爬动，李朝山笑眯眯地走近一户村民家，朝敞开的门洞里伸头看，赖在床上的村民不好意思睡懒觉，低声叫一声害羞啦，闻声而起，赶紧从床上滚下。

李朝山哈哈一笑，说几句话，转身出门，又去另一家。在山上住几个月，村民都是朋友了，伸头进门，并不避讳。时间久了，村民家家早起，习惯了过新日子。确实该早起，果树要修枝，猪鸡要喂，玉米地要除草，事很多，每天够忙。

村内的卫生环境维持，也够忙，还要各家召集，一起来忙。以前没有卫生概念，荒山野地，杂草丛生，烂泥、灰土、牲口粪便，谈什么卫生？现在，一条宽敞的大路，通进了村子，再通往各家各户的院场。村内还有公共的小广场，如此漂亮的环境，乱麻麻的不行。

以前村里缺水，村民衣服脏了，脱下来朝墙角一丢，捡一件脏衣服穿上。过几天，身上这件穿烦了，脱下，捡换下的脏衣服再穿。如此循环，要说村民不烦，也不可能，可没有水洗衣服，实在无奈。衣服当然要洗，但洗的次数少，洗一次衣服很难。从山下背好多水回家，脏衣服泡一天，揉几下，也就行了。那时，没有外人进村，自己躲在山上，脏乱差地过，无所谓。

现在，石梯村是一个现代化的新村了。

新房子里点起电灯，村道崭新，石板铺路，平坦而宽敞。各家各户的门口，都有几十平方米的石板面新院场，看着高兴，踩上去走走更高兴。起床在家门前的院场里走几遍，感受脚底的坚硬平整，心中欢畅。自来水接到家里，拧开水龙头，干净的水哗哗流出，可以洗衣服，也可以洗澡。

我住在石梯村徐小龙家的客栈，早晨起床，在院子里站着，呼吸新鲜空气。看见徐小龙的媳妇出门，穿过宽敞院场，来到客栈尽头处的卫生间门口洗脸。那里有个洗漱台，她取出一管洗面奶，挤些在手心，在脸颊左边抹几下，右边抹几下，洗出满脸白色的泡沫，动作之熟练，令我很吃惊。

半个多小时后，徐小龙的父亲从院场另一头的卧室出来，走下几级吊脚楼台阶，提着一把牙刷，穿过院场，也来到卫生间门前的洗漱台，刷牙洗脸。看他一本正经的动作和从容不迫的表情，好像这种讲卫生的生活，已经延续了几百年。

下午，徐小龙骑着摩托车出行，沿村道驶去，办点什么事返回，把摩托车停在院场心，转身去吊脚楼的家里，提着一件衣服出来，进卫生间洗个澡，头发湿淋淋，很光鲜地出来，身上换了一件干净衣服。

我心里嘀咕，如此爱干净，是何时开始的习惯呢？

我跟徐小龙面对面坐在院场边的农家乐餐厅里，围着圆形的餐桌交谈，他告诉我，这是几年前村子改造后，村民新的生活方式。

当年，李朝山费力教村民过新的日子，现在，村民对新日子已完全习惯。

事实证明，人类很容易放弃旧的行为，建立新的生活习惯。从前，石梯村宽大分散，四野空阔，人烟稀疏，各家搭个杈杈房住就行。没有厕所，更没有现在被叫作卫生间的东西。内急了，房后找空地蹲下，在山风吹拂和虫子叮咬中，自由解决。小便撒完了事，大便动作多，完了折根棍子刮两下，或扯几片树叶抹抹。说到这里，村民望着我，不好意思地呵呵笑起来。

后来盖新房，每户村民家都做了建卫生间的规划，当时，有些村民不要，说这种东西多余，撒泡尿拉个屎，还要用一个房间？可笑。李朝山说：卫生间必须要。在半强迫的友好命令中，新建好的村民住宅，家家户户有了被称为“卫生间”的小屋。卫生间看上去确实卫生，粉了白墙，贴了瓷砖，有白色的蹲坑和白色的冲水箱，像医院。房顶安装了太阳能，随时可以洗澡，卫生间的门口，安装了洗漱台和镜子。

当时，为推广村内卫生的打扫，李朝山先在妇女中做动员。村民有信奉基督教的传统，每周聚集做礼拜时，内心安详纯净。礼拜结束，妇女带头，领着大家打扫村内卫生。全村人分两组，各扫一片村道，再扫小广场。

村子太大，不一定扫完，慢慢养成习惯再说。后来，观鸟游客增多，村集体客栈有了收入积累，村民小组研究，安排几个人，专门负责村内环境的清洁，公共卫生就更干净了。

我 2020 年去，新村改建已过去 4 年。那天，洪崩河小街的王哥，开着面包车，拉一车日用品进石梯村，在村里摆开，好像摆出一个小超市，油盐酱醋茶，很受欢迎，村民围着看，兴致勃勃，买大米和菜油，买猪肉和蔬菜，洗衣粉和肥皂，买得也多。他们习惯了新生活方式，于是有了我在徐小龙家看到的生动一幕。

宽敞村道，要有明亮路灯。以前当然没路灯，因为村里没有路，只有上上下下的山坡。后来，一条平坦宽敞的公路，从山下通进村里，连通了村内同样平坦宽敞的村道，再连通各家各户，村道两边就装上了路灯。

于是我有疑问：路灯要通电，电费怎么交？电线怎么拉？电杆怎么安装？

李朝山告诉我，石梯村安装的路灯，是太阳能灯，全村安装了 50 多盏，几千元一盏，总投资几十万元。

我问：那么小的太阳能板，能收集多少电能呢？

李朝山说：路灯是 LED 灯泡，耗电非常少，很亮，一天日照收聚到的太阳能电，足够 4 天照明。

红腹角雉

◇ 国家二级重点保护动物，列入《世界濒危鸟类名录》N级，在盈江县，它从红外相机的镜头前昂首而过。

我亲眼看见了，进山之后，晚上站在徐小龙家客栈门前，我把目光投向不远处的村道，只见相隔几十米远的两盏路灯，从高高的灯杆上，投下近乎雪白的光亮，照亮了两团宁静的夜色。

6月底的山村，暴雨刚住，空气潮湿，夜色苍茫无边，四野空寂无人，几只蟋蟀在草丛中鸣叫，声音升起，就被山风吹散。我看到一辆摩托车轰响着，忽然从村外的黑暗中驶入，打破了夜晚的寂静，从路灯下的村道疾驰而过。

李朝山在石梯村，有工作用车，周末可以坐车回县城的家，但山上诸事杂和，不可能按部就班地生活，他最长17天没回家，天天在村里，带着手下的几个人，研究各种方案，解决各种难题。

我进山踏访，亲眼所见，深感不可思议。心想，改变世界的亲历者，内心一定不平静。李朝山在石梯村整整7个月，建出一个自己也认不出的新村子，某日清晨要离开，不再回来，应该有些感慨。

我说：如果是我，一定要搞个告别仪式。

没有，李朝山摇摇头。

他坐在县人大的办公室里，平静地告诉我，村子建设做完，县委书记带着全县中层干部，乘坐一长串汽车，沿新建的公路进山，来石梯村参观，开了个现场会。散会后，县委书记对他说：这边做完了，你赶紧安排一下，去下邦瓦，接着在那里干。

李朝山说：没什么仪式，对照一下工作表上的18项工作，一项一项检查完，我交代了两个问题：一是村里不能脏乱差，环境要搞好。二是产业要保持好，种下的那些荔枝、芒果和西番莲，都是钱啊！

2016年11月初，一个安静的日子，李朝山乘车离开石梯村，去山下的下邦瓦村了。石梯村高居山梁，下邦瓦村在山下，交通方便，山下的村民种甘蔗，有些别的产业，生活水平稍高。李朝山在下邦瓦村又干了 6 个月。

二十二、鸡场歌声

李朝山离开石梯村两年后，最早见证洪崩河发展史的景颇族青年郑永刚，升任盈江县财政局的副局长，也住进村委会，加班加点地干活。郑永刚 2018 年驻村，我采访他时，已住村里两年半。

郑永刚告诉我，太平镇的 3 个深度贫困村，雪梨村算一个，石梯村和大谷地村，是雪梨村委会下属的村民小组，石梯村是老寨，有建档立卡户 28 户，大谷地是石梯分出去的新村，有建档立卡户 18 户。雪梨村是那种被称为“抵边村委会”的村寨，村民的生产生活范围，都抵达了国境线上，与邻国相连。

抵边，就是“抵达边境”的意思。

现在，郑永刚 42 岁，已是身子微胖的中年领导，回忆往事，他感慨时间太快，更感叹石梯村的变化太神奇。他说：根本想不到石梯会变成那个样子，不是村民想不到，是我自己想不到。你想想，当年我在那个地方工作，累得快要死了，生了病吃药的地方也找不着，打针都是乱打。现在，石梯村和大谷地村的村民，都买汽车了，排忠华买的汽车，你见了吗？

我说：我坐了他的车，还新呢，他有些开不熟，小心得很。

哈哈！他笑了起来。

岁月翻过去几页，郑永刚驻守的村子里，也在变化。2020 年 6 月 29 日，我在县城寻访了几个人，与郑永刚联系，去山上的景颇族村，参观在郑永刚帮助下创建的扶贫鸡场。

雨季天气多变，早晨 7 点，蓝天白云，8 点多离开酒店，阴云密布，很快下起了雨。盈江县城湿漉漉的，街面反射着微弱天光，细雨飘飞中，汽车载着我和出版社的编辑小王，驶离县城，绕一段城外的缓坡路，开始爬山，一路盘旋往上。

车窗外是山坡的杂树乱草，也有山地田野顺坡而去。20 多分钟后，雨住风停，鸟鸣声声，车窗外偶尔出现高大树木，浓荫遮住车窗，光线暗淡，很快又明亮了。车子吼叫几声，一阵用力，驶进村口的一条水泥路，在一片空地上停下。

郑永刚笑呵呵地从山村的一幢矮房后走出来，他安排车子接我，自己在村子里等着。

我举目四望，辨不清方向，迷糊地问：这是一个村子吗？

郑永刚说：是的，景颇族的村子。

我问：鸡场呢？在村子里？

郑永刚笑着说：走吧去看，在村外的山上。

他的身边，站着两个三十来岁的青年男子，一个矮壮，一个高大结实，两人都皮肤黝黑，默默含笑地看着我。听郑永刚说走，两个小伙子转身，走向村外，我跟着出村，来到一辆灰色的国产越野车前。

郑永刚说：上车吧。

远吗？我问。

郑永刚说：不远，但路烂不好走。

通往山上，没有路，只有狭窄弯曲的泥道，车子怎么开？我发蒙，坐进了车子。开车的是那个矮壮的青年，他发动汽车，踩油门，松手刹，车子吼叫一声，猛烈摇晃，熄火了。

车子停放的地方，是泥路，我们几个人把车子坐满，载重太大，车轮碾压出大坑，挣扎着走不了。

我说：怕是要下车？

司机小伙子说：不怕，坐着。

他再发动，小心放手刹，车子驶动了。

车子朝村外走，绕一小个圈，立即爬坡。那也是特殊的乘车体验，山上没有公路，狭窄松软的雨季烂泥路，只能步行，不能通车。路并不远，50 多米吧，郑永刚让车子送我如此短促的一段坡路，是因为步行不好走。爬坡累人不说，脚下的鞋子，会陷进半尺深的烂泥中。我的皮鞋肯定会坏，穿户外的登山鞋，也不行。50 多米长的一段烂泥路走完，任何鞋都会报废。坐车就方便，何况，正好村民有一辆车，坐上去，几分钟就到现场了，不必折腾。

但 5 个成年男人坐在车上，载重饱和，车子挣扎着朝山上驶去，车轮在深深的烂泥中不断打滑，车身左右漂移，像船在水面晃动。路很窄，两边的泥坎很高，车速慢，车身轻滑地漂移过去，被泥坎挡住，再踩油门，又漂移过来，挡在另一边的泥坎上。地面全是凹陷烂泥的深坑，车轮很大，车身较高，动力也足，车子挣扎着，在泥地里绕几圈，驶上平地，停在了一片草地上。

我下车，看到车轮和车身上全是稀泥，哈哈大笑。再扭头，看见空阔的山坡上，青草轻摇，野花绽开，林木幽深密集，一幢土屋孤零零地卧在山风中，走近，看到是一排三间，中间的屋子敞开着，外墙上挂了一个不锈钢的金属牌，上面刻有几个字：盈江县太平镇宏胜保种养殖基地。

土屋是很老旧的那种山区少数民族村舍，敞开式，面向世界，无所遮拦。它不像人口密集处的村舍，过日子谨慎，充满防范，每户人家都要盖严密封闭的院墙。云南的高山地带，一片山坡一户人家，老式的少数民族居舍，不盖院墙。除了睡觉的屋子密闭挡风，其他屋子，都敞开。房屋三面围出一块院场，就行。没有围墙，也没有院门。有的住房一字排开，无遮无挡，方便自己出入，更方便朋友来到，省钱省心，向山风、森林和整个世界，敞开毫无戒备的热情。

现在我是客人，受到热烈欢迎，坐进敞开的土屋，高个子的小伙子开始烧开水，我看到墙边靠着一把紫红色吉他，小窗台上有一对音箱，好奇地问：还弹吉他呢？真会弹吗？

小伙子说：会的呀。

我说：弹来听。

小伙子大大方方地拿过吉他，调几下弦，真的弹唱了起来。

弹得很熟练，把位准确，和弦清晰，节奏感不错，唱得也轻松自然，但词听不明白。景颇语与汉语夹杂，大概是很高兴，跟姑娘调情什么，或者是欢迎客人到我家之类。

话进入正题，我开始采访。

原来，这个牌子很大的保种养殖基地，是村里的一个鸡场。3个年轻能干的景颇族小伙子，作为脱贫致富的带头人，给予了扶持。政府按照相关条例，拨给他们规定的经费，大约每人1万元，帮助他们买鸡苗、药水和相应的鸡场使用器具。还把村里一个闲置的猪场，无偿提供给他们做鸡场。

这就让我不懂了，猪场跟鸡场，有何相通之处？

郑永刚和景颇族青年村民带我走出房间，绕过一小片山坡，走进鸡场。我眼前出现一幢低矮的水泥长条形房子，走近看，果然是猪场，很矮的厩墙，几十米长的一个大厩，里面用水泥砌了很多方形隔间。现在，左边的隔间空着，右边的隔间，已用钢筋竹条和细网围住，里面养了很多小鸡。小鸡不出声，三五只一群地挤着，默默注视着我。空气里弥漫着浓重的鸡粪味、鸡食味、青草和泥土的腥味。

郑永刚向我介绍说，这个猪场，原是长江三峡公司对口帮扶支援边疆少数民族地区的项目，盖了猪场，还送过猪崽，后来，暴发非洲猪瘟，猪全部被处理，猪厩就闲置下来，回响着空洞的风声。现在，郑永刚协调，猪厩借给了 3 位景颇族青年办鸡场。他们中的一位，几年前曾去外地鸡场打工，熟悉养鸡技术，打针、喂食种种专业照料都会，是鸡场的土专家。

鸡场养的鸡，叫脱温鸡，这是专业名称。初进场的雏鸡苗，非常脆弱，要进行耐心细致的专业脱温管理。不同鸡种，相同品种却不同批次的鸡苗，对温度的敏感有差异，要“看鸡施温”。

“施温”的程序是：第一，鸡苗进场前 2 小时，开启热风炉，调整好鸡舍温度，热风炉只显示一个点的温度，不是全棚温度，要仔细观察并及时调整，棚前后都要放置温度计，随时调整风带。第二，要选择无污染的林地、林场或果园饲养。树林的荫蔽度要大，防止阳光直射，引起小鸡中暑。棚舍前的开阔林地，要用 2 米高的纱网圈住，供小鸡外出活动。

我所看到的鸡场，就按这个标准在做，非常专业。纱网围住的鸡厩尽头处，有一个小木门，小门打开，通向山上一片用更宽大纱网围住的树林。树林里林木高大，枝叶茂盛，光线幽暗，虫子和各种鸡食肯定多，小鸡白天进树林，晚上回到鸡舍。

小鸡在鸡场的育雏保温室中，待半月左右，生长正常，就算已经脱温，可以放到鸡场外的林子里去玩，也可以出售，供人饲养。脱温鸡成本较高，价格也高。半月脱温后再生长半年的鸡，叫中鸡，中鸡已可做仔鸡食用，还有些好鸡，可留下做后备种鸡。

鸡场的一部分脱温鸡，卖给同村的亲友饲养，鸡养大，鸡场可回收，村民也可以自己出售；未卖出的鸡，养大了，鸡场自己出售。

也就是说，这个鸡场，可以教村民、亲属学会养鸡技术，带动村民致富。

2020 年的新冠肺炎疫情，给整个世界带来巨大破坏，也搅乱了 3 位景颇族青年村民的梦想，云南边境地区的国门，防守很严，一度严禁人口流动，境外人口不能输入。在紧张防疫的气氛中，鸡的销售出现巨大困难，郑永刚书记就想办法，吆喝着卖鸡。

他联系县移动公司，组织和引导移动公司员工，帮助扶贫挂钩村的农户，“以购代捐”，一次活动购买 76 只鸡，支付了好几千块钱。还组织驻村的扶贫工作队队员，亲戚朋友齐上，在微信朋友圈里，一波一波转发，传播鸡场土鸡的销售信息，大家一起出力，帮助村民开拓土鸡的销售市场。

“鸡肉好吃呢。”

“下次还要买。”

微信朋友圈中出现大量吆喝赞美，人人变成营销员，景颇山村的鸡场土鸡，从盈江县卖到外县，从县上卖到州上。雪梨村的挂钩帮扶机构，是州和县移动公司，两家公司利用网络技术优势，帮着村民，发布土鸡销售信息，鸡场的鸡就几千只几千只地卖了出去。

我看到很有创意的一个好玩事：鸡场的景颇族村民，不知受何人启发，还是自己的发明，竟然把活鸡做成礼品包装。他们制作了一个纸盒，上面印了景颇生态鸡的文字，还印了葱绿的草地树林和生气勃勃的健康土鸡，盒子侧面挖个洞，活鸡装进纸盒，脑袋从洞中伸出，好奇地左右晃荡，眼睛骨碌碌转，可让来访的顾客买了，轻松提走。

郑永刚告诉我，他也管着石梯村村民小组，那个地方，现在通车路了，进入很方便。他有空上山巡视，帮石梯的村民做了些事，比如帮他们落实了

原鸡

◇　家鸡的祖先，由于栖息地的丧失和退化以及对食物的过度猎捕，该物种正在减少。

很多公益岗的职位，安排些护林员护边员给村民做，让他们有固定工资，生活更稳定。

我们站在鸡场外面的草地上说话，远处咕咕咕地有鸟叫，我问是什么鸟。郑永刚说是斑鸠。我又听出另一种圆润明亮的鸟声，再问，身边的村民朋友说，是山鹧鸪。

他们都熟悉鸟，鸡场养的鸡，其实也是一种鸟。我在去石梯村的山路上，曾看到过原鸡，长得跟家养的鸡完全一样，奔跑极快，猛然从路边的灌木中蹿出，眨眼就奔进公路另一侧的草丛里。

卷四

生长

二十三、雨水淋湿了答案

听到鸟叫，我想起石梯村村民家房顶的犀鸟木雕。

李朝山协调施工队，在高山建出了全新的石梯村，最后的一个特殊设计是，在每户村民家新建或改建的木屋房顶上，安放了两只木雕犀鸟。那是类似汉族村舍房顶瓦猫类的东西，有祈福之意。两只木雕犀鸟仰起头，各站在屋顶的一方，眺望着远山，无声守望。

观鸟客人真会来很多吗？

那是画在山岗上的一个巨大问号。

观鸟专家小班，根据大学学到的观鸟知识，也根据自己掌握的中国观鸟旅游发展局面，更根据云南保山市百花岭村正在成长的观鸟旅游现实，推断认为，盈江县的观鸟旅游会大有前途。汽车会载着远方的客人，穿过铜壁关原始森林里的公路，浩浩荡荡进村，人喊车鸣，脚步杂乱，是他的美好想象。

可是，其他人都有疑惑，那样热闹的场面，真会成为现实吗？

观鸟旅游太独特，石梯村没修通公路时，就有游客来过，走后却杳无音讯。观鸟旅游的前景，村民心中没底，县里的干部也吃不准。

中国的旅游市场上，确有大量观鸟活动的爱好者，那些旅游人口，会流向盈江县的深山吗？

西南林业大学的韩联宪教授，向我介绍了观鸟旅游市场。

早在2010年，有人就估计中国观鸟人口上升到了10万，但专业人士反对，认为中国有长期观鸟行为的人不足1000。2011年，世界自然基金会项目报告提供的数据是，中国的观鸟人数为2万，这个数字，基本得到了专业观鸟界的认可。

中国观鸟，跟源头处的欧美人观鸟有区别，正是这种区别，导致这项活动在中国发源之初，就孕育着未来的爆发之势。观鸟在中国，很快转向了拍鸟。因为有拍鸟喜好行为的支撑，大众化的中国观鸟爱好者越来越多，庞大的人数远超过专家的统计。

最早出现的中国观鸟爱好者，一上手就在拍鸟了。实用主义的中国世俗文化，促使观鸟人学习摄影，产生了要把个人的封闭式观鸟感受，转变为亲友共享的敞开式欢乐的愿望。那个时期的中国观鸟先驱，限少数商人。当时国人收入低，无法支付长途辗转的旅行费用，更无法支付摄影带来的高额资金消耗。所以，2000 年以前，逐渐扩散的中国观鸟爱好者，人数仍然有限。

20 世纪八九十年代到 2000 年前，摄影器材价格昂贵，胶片消耗和照片洗印，费用也高。钱包瘪下去的速度，跟快门咔嚓响的运动速度接近。胶片时代，摄影是有钱人的爱好，非常耗费资金。购买 100 个胶卷要花很多钱，100 个胶卷冲洗成照片，还有很高的费用支付。最后，能获得三两幅成功之作，已属万幸，普通工薪阶层的人，玩不起摄影。

早期中国大陆的摄影爱好者大多是记者、出版界编辑、国家机关的宣传干部、影视界的职业摄影师。张艺谋年轻时热爱摄影，是因为在工厂保卫科工作，办公室的柜子里，有一台破案用的公家相机供他使用，还有冲洗照片的设备可以练手脚。所以，摄影在中国大陆，曾经高不可攀，这种尊贵意味，也在很多中国人心里，埋下了有钱要买相机的愿望。

2000 年后，中国的观鸟爱好者增多，摄影人数也增加。2015 年起，观鸟人数呈爆发式增长。原因有几个：一是中国人的收入越来越高。二是旅游风气日盛，出门旅行成为习惯，越来越多的中国人加入了旅游拍鸟队伍。三是追求自然和热爱户外活动的中国人增加，野外观鸟和拍鸟最接近自然，富于趣味性，参与者很快增加。四是健身养老热潮兴起，很多退休人员加入观鸟拍鸟爱好者的队伍。五是数码摄影技术出现，摄影发生了颠覆性的历史转折。越来越便宜的数码相机，包括手机摄影能力的提高，大大降低了摄影门槛，强力助推中国观鸟人数的增长。

2019 年，中国大部分省区市成立了观鸟协会，“鸟网”“云南野鸟网”等网站，被热烈追捧。观鸟协会的成员，大多数是拍鸟爱好者。众多影响甚广的观鸟网站，贴满了中国各地数万或数十万拍鸟爱好者上传的照片。所以，纯粹欧美式的观鸟人，在中国并不多，中国观鸟的全新转变令人惊诧，衍化出的拍鸟人蔚为壮观，全球罕见。

韩教授告诉我，现在的中国拍鸟人数，估计有 500 万—800 万。仅中国鸟网一处，就有注册会员 30 万人，加上经常浏览网站却不注册的潜水人群，跟中国鸟网有联系的确切拍鸟爱好者人数，难以统计。

现在，中国的拍鸟爱好者，经常在城市里制造集体围观场面，北京或成都的公园里发现一只奇鸟，或某地出现一只专家眼中的普通翠鸟，拍鸟爱好者也如获至宝，迅速跟进，从不同的城市高楼里出来，热情万丈地蜂拥而去，架起脚架，卡紧相机，换好镜头，长枪短炮瞄准，咔嚓咔嚓摁快门。摄影场面之浩大隆重，堪比国际重要事件中的新闻发布会现场。

这部分拍鸟爱好者中，有人不满足于城里小题大做的玩法，攒足了钱，会定期外出，挎着摄影包，扛着脚架，去远离城市文明的自由环境中，拍摄自由飞翔的鸟，或寻找珍稀鸟种，感受自然美景，呼吸清新的空气，比如前往鸟类资源最丰盛的云南，进入盈江县深山的原始森林中拍摄犀鸟。

欧美人观鸟，必带的器材是望远镜，有人偶尔拍照，使用的只是便携式卡片机，小徕卡之类。野外观鸟归来，他们更愿意写作，记下观察感受，玩法单纯而安静，很学者化。中国人观鸟，必带专业摄影器材，全画幅高档相机、长镜头大包、高级脚架及笔记本电脑等。白天呼朋唤友地进山拍鸟，晚上成群结队地返回旅馆，打开电脑，输入图片，热烈讨论，以多为荣，以奇为荣。观鸟旅行结束，回家与亲友分享照片，再通过手机和网络广泛传播，换回一轮一轮的赞赏。所以，中国人的观鸟和拍鸟，带有鲜明的大众化休闲娱乐特征，极其通俗，趣味性强，人数上升很快。

手机摄影的更新换代和技术升级，使便携式数码卡片机市场彻底崩溃，但是，横空出世的众多中国拍鸟爱好者，却用坚实的肩膀，扛住了专业数码相机器材正在摇晃的生产大厦。中国迅猛增长的拍鸟人数，成功挽救了日本的佳能和尼康相机公司，据说，现在的佳能和尼康相机最大消费人群，是中国的拍鸟爱好者。

一只长焦镜头 8 万—10 万元人民币，价格超高，利润巨大，众多中国人却趋之若骛。我在盈江县遇见的一位拍鸟爱好者，月薪 6000 元，囊中羞涩，上二手网站淘镜头，花 5 万元买来一只长焦，相当满意，逢人就津津乐道。

资料显示，日本佳能公司的总裁来中国，曾邀拍鸟爱好者参加摄影人士见面会，总裁在会上宣布，中国人需要什么相机和镜头，他们就生产什么相机和镜头，一定会提供最满意的服务。现在的全球最大数码相机公司，基本上都围绕着中国的拍鸟人群来安排生产计划。

拍鸟爱好者人群如此庞大，潜在的观鸟旅游市场也就超大。一部分贫困地区，也许就有脱贫致富的翻身机会。这些地区封闭遥远，现代文明程度低，从前是劣势，在观鸟旅游的活动中，却成了优势。因地理遥远和地势特殊，这些地区长久封闭，阻止了人类活动进入，保护了自然环境，动植物资源多，

栗头蜂虎

◇ 蜂虎科的鸟类似乎都特别受到眷顾，都是鸟界美的代表。

鸟类很丰富，正巧迎合了中国户外运动的观鸟产业发展。

云南保山市高黎贡山脚的百花岭村，藏于深山，旅游业持续成长，正好验证了这个道理。百花岭是一个傈僳族、白族等多民族聚居的山村，时间之水寂寞流淌到 2009 年，观鸟人已陆续进入，鸟导老侯已建起村中第一个鸟塘，全村村民的年收入，仍然停留在两三千元的水平。村民的经济来源，仍然是种地、伐木和打猎，按今天的扶贫标准，百花岭村的村民，大多数都可列为建档立卡贫困户。

高黎贡山是重要的自然保护区，随着政府环境保护力度的加大，伐木被禁，捕猎终止，猎枪和弓弩全部被收缴，村民种地吃饭，卖山货挣钱，生活辛苦。那时村里不通汽车，村民赶街卖山货，要步行 10 多公里，辛苦往返，也卖不回几个钱。早年的百花岭村青年男子，能娶到外村的穷媳妇，实属万幸。早年嫁到白花岭村的姑娘，当然是走投无路的穷女孩，她们要哭好几天，满心天塌地陷的悲伤。

现在，姑娘嫁到百花岭村，满脸幸福，外出就业的大学生，很多辞职回村。村民老杨，想不到自己会变成高级酒店老板，他家在百花岭村投资 300 万元，建盖了一座高档观鸟客栈。客栈有 15 间客房，装修讲究，品质很高，充满艺术趣味，配齐了无线网络和智能马桶。

从前，村民认为厕所多余和可笑，天是房，地是床，树林是茅房，哪里都可以方便。后来有了厕所，躲在里面方便，习惯了也觉得好，但他们坚持认为城里的马桶可笑，坐着拉不出屎。殊不知几年过去，百花岭村的村民，也在家里用上了智能马桶。

投资那么大，是因为去百花岭村的游客非常多。

2016 年李朝山离开时，盈江县的石梯村，也家家户户建起厕所，村里建盖了50万元的旅游公共厕所，几户村民家的客栈，都有配套的卫生间和马桶。

万事齐备，只欠客人。

观鸟旅游，不只云南在做，中国的若干地区，也早就在开发观鸟活动，名声在外，游客见涨，盈江县能分到中国观鸟旅游市场的一杯羹吗？前往盈江县的观鸟游客，会跟百花岭村一样多吗？

站在石梯村崭新木房顶两只角上的木雕犀鸟，沉默不语，眺望山梁之下莽莽苍苍的森林，小鸟一闪而逝，山风轻摇，细雨如丝，空气中没有答案。

二十四、悬念何时落地

盈江县的观鸟产业，是一个悬念，类似于小说故事，人物躲闪，时隐时现，可疑气息摇晃，最重要的撞击却未发生，敞亮的结局迟迟未现，读者坐立不安。

故事悬念的文化核心，是本地拥有的巨大自然资源，这些资源现在还成为资源，就是因为人类活动未能进入。

这就麻烦了，迄今为止，因人类活动造成的自然界满目疮痍之痛，比比皆是，森林消失、河流干涸、空气污染、动植物灭绝，惨不忍睹。既然设了自然保护区管护局，就要做到有效管理和保护，严防自然资源受到破坏。

我对此有很大的担忧，更有很多疑问。

盈江县修公路、建乡村客栈、培训村民做鸟导，我认为很好。改善村民生活，帮助贫困人口致富，更好。但是，依靠人类硕果仅存的珍稀自然资源，鼓励游客进入深山的原始森林，当地的自然环境如何有效保护？所以，我去到云南德宏州府的芒市，首先就拜访了铜壁关自然保护区管护局的张永生副局长，向他请教盈江县观鸟旅游如何推动。

很巧，张副局长就是盈江县人。

他 2017 年从盈江县住建局调到县自然管护局任局长，2019 年调离故乡盈江县，来到州政府所在地的芒市，任州铜壁关管护局副局长，现在没有局长，他暂时主持工作。

张副局长告诉我，云南德宏州的铜壁关自然保护区管护局，下设三个分局，盈江县一个局，陇川县一个局，瑞丽市一个局。三个分局，各管一个县市的片区。其中盈江县面积最大，动植物资源包括鸟类资源最多。盈江县也最偏远，贫困人口较多。如果能借观鸟活动，提升当地的经济发展，当然值得鼓励。

但是，工作难度很大。

盈江县的观鸟旅游资源，来自自然保护区，更来自侥幸生存于那片原始森林中的特殊地球生命，观鸟活动做得好，对盈江县和全州的旅游产业都有推动，做不好，破坏了生态，会被立即叫停。

这就面临着两难悖论：一方面要扶持观鸟旅游，帮助盈江县吸引游客进入；另一方面，要严格管护自然保护区，防范破坏和过度开发。但人类历史的进步，何时不是在两难悖论中前进？事情并非不可为，是要知道怎么做。

如此思考，就有了工作方向，州管护局要做的事，是政策支扶、技术培训和行为规范。

村民正在学习做鸟导，喂出了鸟塘，等待着游客来到。鸟导可以做，但要知道怎么规范地去做，村民不能恣意妄为，管护局不能不加分析地卡死。要研究思考，做出正确判断，宣传自然保护政策，提供相应的技术操作规范。

于是，保护区管护局做了几件事：

一是培训村民。跟盈江县的管护分局配合，安排专家去村里给村民讲课，介绍鸟类知识和环保知识。

二是为做鸟导的村民办了鸟类监测员的手续，教他们在观鸟棚里定时监测，记录鸟类的活动规律。

三是给村民建于林中的观鸟点发放迷彩帐篷，既方便游客观鸟，又不惊扰鸟类。有些观鸟点很特殊，比如某个犀鸟窝，距离较远，恰好在不可进入的核心保护区，就不能在林中搭建木头房子观鸟，只能使用专业帐篷。帐篷每个3000元，管护局无偿发给村民，观鸟季展开使用，季节过去，收回家中保存。

四是在村民的观鸟点做动物保护宣传，强调环保知识的专业性与严肃性。制作海报，粘贴到木牌上，固定在观鸟点。海报的文字中，有鸟类图片和详细的鸟类知识，并标有经纬度坐标的定点定位。

五是对能干的村民鸟导进行专业培训，给予物资上的帮助，培养其成为规范操作的榜样。

然后，为观鸟棚做环保命名，定义为鸟类监测点。这非常重要，具有保护与支持双重意义——支持了村民做观鸟，也强调了观鸟活动中的环保意识，推广了环保概念。鸟导村民被任命为鸟类监测员，要求他们不能让鸟受惊扰，还要记录鸟的行为，观察鸟的健康成长过程。

再利用政府资源，帮助做推广。

云南省政府为推动旅游，曾跟腾讯合作，运用最新的数字化智慧技术，打造了“一部手机游云南”的App运用系统，该系统是腾讯集结28个部门46个团队的大批专家，花几年时间建成的云南旅游大数据中心。里面有2个管理平台、3类旅游应用端口、5套工作体系。下载“一部手机游云南”App到手机上，打开进入，能很快搜寻到云南旅游的所有吃住行资料。

对于盈江县的观鸟，这是一个很好的推广窗口。

德宏州保护区管护局，拥有这个省级的重要旅游宣传资源。因为，全省收集旅游资料，首先与州里的专业机构联系，他们承担着全州自然资源资料的报送工作。于是他们把盈江县的鸟资源作为重点，做了一个《网上动物园》专栏，发布到“一部手机游云南”旅游平台，向全国和全世界，大力介绍盈江县的观鸟旅游，给予当地村民强有力的支持。

我也去拜访德宏州文旅局，了解他们对盈江县观鸟业的支持。

州文旅局的领导告诉我，他们把在盈江县的“中国犀鸟谷”旅游命名，推送到了“一部手机游云南”的 App 系统里，里面的德宏州旅游专栏第一幅图片，就是盈江县的犀鸟。

说到“中国犀鸟谷”的名称，需要解释。最初，我第一次随团采访，进入盈江县的铜壁关自然保护区，曾在半山看到路边矗立着几个粗大木柱，每个木柱的最上方都安装了一只巨大的木雕犀鸟，犀鸟站立在粗壮木柱的顶部，木柱上刻了“中国犀鸟谷”几个大字，字上涂了醒目的红油漆。

这是抢占先机的文化命名与商业注册，“中国犀鸟谷”的命名创意，最早出于何人的脑袋？我来不及调查，但这个旅游品牌名称策划，无疑是非常智慧的。在杳无人迹的深山老林中，先立几根柱子，雕几只鸟默默站立，等待开发，会比发展起来再做，效果更好。

因为，先有命名，最方便强力宣传。

州文旅局对盈江县的“中国犀鸟谷”文化旅游品牌命名非常支持，在全州的旅游规划中，对此做出了醒目推广。同时，石梯村的观鸟旅游环境打造，州文旅局也出过大力，前面所述石梯村小广场旁的漂亮公共厕所，就由州文旅局出资 50 万元建成，村内建文化活动室的资金，也出自州文旅局。石梯村建移动信号基站和电网线路，州文旅局给予配合，协调相关单位，在手续报批中，做了旅游发展和脱贫致富的政策解释。

中央电视台曾在一个节目中介绍云南德宏州，州文旅局立即安排盈江县的傈僳族鸟导小蔡伍进京，在央视的节目中，向全世界介绍自己的家乡。后来，州文旅局又把小蔡伍推荐为全国的“乡村旅游能人”，让他每年获得一点国家经费，帮助他成长，也帮助村民成长。

这当然不够。

太平镇是直管石梯村的基层政府部门，我采访了镇政府的沙永胜书记，他告诉我，为了培育石梯村的观鸟旅游，他曾率几个村民，乘车去保山市的百花岭村参观，车上坐着的人中，就有村民彩四。正是那次现场参观考察，教会了彩四喂鸟塘，也教会了她坚持和等待。受那次出行的 8 个村民的影响，从百花岭村参观回来后，做鸟导的村民就逐渐增多了起来。

大家都在努力，大家都在等待。

悬念仍未揭开。

游客何时大批来到？

二十五、观鸟节的意义

云南保山市高黎贡山脚的百花岭村村民，偶然与世界的观鸟活动相遇，参与了高端的自然观察与环境保护工作，成为职业鸟导和乡村旅游经营者，收入大增，过上富裕体面的生活。相邻的盈江县受启发，也想开发深山的观鸟旅游，帮助村民致富。

两个地区的发展，方法全然不同。

百花岭村的经历，叫作自我成长，它是不慌不忙，在自发状态下升温，成功后引起关注，才成为热搜目标的，呈现由下至上的发展线路。盈江县的观鸟旅游推广，有考察和谋划，有专业人士介入，有理论和计划，有上级机构的大力支持，目标明确，心情焦急，可称为由上往下式。

有小班这样的本地青年观鸟专家，有对盈江情有独钟的北京观鸟专家，有两任盈江县旅游局局长接力棒似的交接推广，有多部门倾力帮助，情绪饱满，力度很大，却有可能是一厢情愿，不见芳影。

于是，盈江县有了举办观鸟节的想法。

办节，是近一二十年中国各地最泛滥成灾的活动。桃子办个节，花生办个节，枣子办个节，芝麻办个节，也有可能，甚至已经在某地办过。这节是越办越大，还是越办越小呢？效果究竟如何？有没有必要办呢？

20世纪80年代，中国政府与国外合作，首创了中国的第一个观鸟节，并在观鸟节举办期间，相应组织了国际上流行的观鸟比赛，产生了重大影响。之后，观鸟活动在中国的东西南北扩散，一批中国观鸟摄影家脱颖而出。北京的孙晓宏就是其中之一。

如果，遥远的盈江县也办观鸟节，对观鸟旅游的推动，会产生什么作用呢？观鸟节跟其他产品节庆有很大不同，观鸟是非生产项目，属旅游业。旅游不是生产，是文化与自然资源支撑下的生活理念销售，盈江县的观鸟产业，既为后进的由上往下式操作，就要主动出击，因为它很难自我成长。

大地之上，群鸟翻飞，有奇鸟和众多鸟种的地区很多，观鸟人所到之处却不多。因为，有些地方山高路险，有些地方生死难料，有些地方无法到达，更有些地方无人所知。

鸟种很多，游客不知道，资源等于无。

银胸丝冠鸟

◇ 鸟江湖中最有义气的，一只出事，同伴蜂拥而上，团队作战，不离不弃。

盈江县的首要难点，是在中国观鸟界缺乏知名度。

县里做出的最初推广，是请来北京的孙老师等中国观鸟旅游名家，带他们进入盈江县山区拍鸟，见识浩瀚的铜壁关原始森林，辛苦而兴致勃勃地搜寻犀鸟，体验自然发现之乐。但一个孙老师，不足以带动大批游客到达。观鸟人数很多，但还是小众，非常特殊，必须吸引全球观鸟人的目光，才会有足够多的游客进入。

2015 年，盈江县成立观鸟协会，小班任会长，移居盈江的湖南青年鸟导曾祥乐为秘书长。协会招兵买马，推广观鸟文化，吸收会员，在其他部门打造观鸟旅游环境时，盈江县的观鸟协会，也紧锣密鼓，开始筹备盈江的首届中国观鸟节。

2015 年 4 月 30 日，在鸟类活跃的春夏之交，借“五一”小长假之机，首届盈江县中国观鸟节在县文化广场上亮相，正式启动了。

那个小广场我去过，位于县图书馆门前。它的奇异之处，是把官办机构与百姓生活完全融汇，生活气息很浓。图书馆门前一块不大的空地，本应是读书人过路的沉思默想之处，却架起两个篮球架，建成了球场。每天下午或晚上，都有人在球场上大汗淋漓地奔跑，热烈紧张的喧哗之声，四处扩散。

球场一侧，是安静沉默的图书馆大门，另一侧，是人车晃动的街道。街道的再右侧，是一片开阔地，站立了几棵高大榕树。很多老人坐在枝叶茂盛的树下休息，目送着车流和行人从街上匆匆而过。

首届盈江观鸟节，冠有“中国”二字，让我心中一亮，目标定位整个国家，不只是起点高，还是一个正确选择。云南鸟类资源丰富，观鸟活动却发源于外省，观鸟人群，也主要聚居于中国各省和外国，要在距离云南省会城市很远的盈江县推广观鸟活动，就要吸引全中国的观鸟爱好者。

但是，初次举办，会有多少中国观鸟人来呢？

无法想象，在盈江县城那块稍显拥挤的场地，如何举办中国观鸟节开幕式。

我注意到，资料中出现了中国朱雀会，这是一个非同凡响的信息。朱雀会的钟女士真的来到了盈江，在一幅活动现场的照片上，钟女士与到会的五六个人一起，伸手触摸一个透明大球，点亮了盈江观鸟节的召唤之灯。这极其重要，北京的中国朱雀会，影响很大，这家专业机构，拥有与中国各地的观鸟爱好者充分联系的资源。

看得出来，初办人有些忐忑，心中无底，就在首届盈江县的中国观鸟节中，加进了地方性的“美食节”。这个加入的内容，类似上保险，能保证活动的热闹。民以食为天，不爱观鸟，总要吃饭。“美食节”的概念，宽泛而安全，不论何人，都会对食文化有兴趣。如果外省观鸟朋友来得少，本县和邻县，以及云南各地的客人，也会来“美食节”凑趣，观鸟节的人数，似乎不必担心。

首届观鸟节的“欣赏飞鸟，开启心智”主题，有些意义模糊，文字指向不清晰，让我再次读出初办者的焦急和迷茫。观鸟的核心内容，是走进自然，观察自然，暂时离开城市文明记忆。“欣赏飞鸟，开启心智”的表达，却过于复杂，其文字含义，仍在城市文化的功利追求中徘徊。

不过，盈江县终于办成观鸟节，是大好事。这个节与远在北京的中国朱雀会建立了联系，并把朱雀会的理事长钟女士请到了盈江县，一步到位，更好。首届盈江中国观鸟节，做了尽可能广泛的动员，数十名中国各地的观鸟爱好者远道而来，活动中开展的观鸟赛，严格按国际流行的标准进行，既有科学性，也有趣味性。观鸟客人团队合作，分头出发，进入森林，去往河边，仔细搜寻和认真观察自然环境中的鸟种，每天上报观鸟数字，多者为胜。

初次举办取得成功，2016 年 4 月，盈江县又举办了第二届观鸟节，这次节庆的名称有改变，升级为国际性，叫“盈江国际观鸟节”。这是更准确的操作，观鸟活动起源于欧美，目标指向国际，邀请国外观鸟人士参加，更规范和专业，能在中国观鸟界确立地位。

一个重要表达，在本届活动的新闻资料中出现——盈江县的第二届观鸟节，由中国北京的朱雀会承办，这是非常关键的信息。我查阅历史资料时发现，首届盈江观鸟节的报道中，已经有记者写了由朱雀会承办，但文字内容未展开。所以，我个人认为，北京朱雀会真正操刀承办盈江观鸟节，是始于2016年的第二届。初办时双方认识、观察并建立信任，真正的合作始于第二届，顺理成章。

我对这个并不复杂的信息，在书房里进行纸上推测，原因是在盈江县踏访时，过于匆忙，关注点极多，某些信息有疏漏。但我的推测不重要，重要的是朱雀会确实介入了，盈江县会有出名之机。

第二届盈江国际观鸟节很隆重，加拿大与德国的两支观鸟队到来，中国福建、湖北、河南、贵州、重庆、台湾、江苏、广东、海南、广西、云南等地，共26个省区市的鸟会和观鸟爱好者出席。

一个意味深长的现象，出现在了第二届观鸟节上——参加活动的人群中，有了盈江县的本地观鸟爱好者。这是重大成就。5年前的盈江县，只有小班一个被遗忘的观鸟人，现在，观鸟活动在全县推开，观鸟协会创办了一年，本县的很多摄影爱好者，就纷纷加入观鸟协会。

中国观鸟爱好者的基础，是众多摄影爱好者。他们从前拍风景，现在拍风景中的鸟；从前拍人文历史，现在拍自然地理环境中的鸟类生活。以前的经验，成为现在的技术支撑，合情合理。

但实际产生的意义，远比这个变化深刻。摄影题材和摄影类型的改变，会导致摄影家的内心变化，推动社会进步。比如，摄影家爱上拍鸟，会产生崭新的环保价值观，从而热爱故土，尊重自然，关心地球生命，精神品质有极大提升。这正是盈江县在小班和小乐之后，发展出一批观鸟爱好者的重要价值，这些新会员，将在本县传播自然观察知识和自然保护的思想，帮助人们建立起环境和动植物保护的观念。

我在盈江县认识的何海燕老师，就是如此成长和转变的观鸟摄影家。他做中学老师多年，业余爱好摄影，调到县委宣传部，也负责摄影。观鸟活动在盈江县出现后，何老师学着拍鸟，从此迷恋上了深山老林。2020年的观鸟季，何海燕老师在近50天里，每天驾车，离开县城的家，进入深山，蹲守在森林的观鸟棚里拍鸟，风餐露宿，乐在其中。后来，他拍的犀鸟视频被央视采用，成为国内重要新闻。

何老师迷恋上了观鸟，跟盈江县接连几届观鸟节的推动和强有力的观鸟推广有关。可以想见，第二届盈江国际观鸟节上，中国26个省区市的观鸟爱好者到来，聚集在遥远的云南盈江县，拍到珍稀鸟种，看到了无比隆重的原始森林奇观，通过网络传播拍鸟收获，远方的更多朋友，会爱上盈江的鸟，爱上美丽的雨林，爱上石梯村。

事实正是这样，第二届盈江国际观鸟节为中国做出了两大贡献：一是观鸟比赛的60个小时中，发现和记录了377个鸟种，这个数字，高居中国各地观鸟节的记录之首，成为美谈。二是观鸟节上发现的短趾雕等珍稀鸟种，是中国鸟类调查的最新成就。广为流传的数据表明，盈江县的鸟资源，居中国之冠，其快速上升的影响力，有效吸引了国内外观鸟爱好者的目光。

老牌的观鸟区云南保山市受惊动，赶紧举办首届高黎贡山百花岭观鸟节。

2019年4月12日，第四届盈江县国际观鸟节如期开幕，来自全球不同国家的参赛队增加到11家，描绘出盈江县观鸟产业宽阔的国际影响力。包括台湾和香港在内的国内共 30 余个省区市观鸟爱好者，兴致勃勃赶来，场面令人鼓舞。观鸟节中举办的挑战赛，再次刷新纪录。一天半时间的 36 个小时中，有效记录和观察到的鸟种高达 285 个，最短时间内获得的最大观鸟数据，又领先国内所有观鸟节。

2020 年，新冠肺炎疫情破坏了全世界的生活秩序，盈江县深受干扰，国际观鸟节未能举办，外省和外国的观鸟爱好者想来观鸟，不能获得准许，边境村寨的村民护边员，正集中住宿和训练，每天外出值守，在各个要道和路口哨卡站岗，拦阻缅甸方向的境外人士进入。

群山沉默，犀鸟木雕在石梯村的房顶眺望。

我站在徐小龙家院场前，遥望山下的森林和远处的群山。

不管怎么说，盈江县的观鸟旅游，已经推广成功，一部小说的叙事，获得了强大的内在逻辑推力，好情节接连出现，人物命运好转，惊喜不断。

接连几届观鸟节，对盈江县的观鸟，产生了最为有效的直接推动。正是这些节庆的推广，使盈江县涌现出越来越上升的观鸟旅游热潮，所有参与喂鸟塘并成为鸟导的村民，全部受益。他们从最初的听不懂到谨慎参与，再到极度兴奋地见识众多观鸟人到来。其中的小蔡伍做鸟导很成功，作为村干部，他还帮助村民做观鸟致富，所以被请到中央电视台的演播厅，向世界介绍故乡美丽的犀鸟。

我在石梯村采访小蔡伍时问：以前你坐过飞机吗?

他说：没坐过。

我说：坐飞机去北京，有什么感觉?

他笑了笑说：没什么感觉。

哈，我笑了，这个回答真让我没感觉。

眼纹噪鹛

◇ 它的叫声是吸引人的特质之一，悦耳，富有变化，十分美妙。

我以为他会回答说机场如何稀奇，飞机如何了不起，没想到他的回答是坐飞机没感觉。但作为一个村民，他这个回答肯定是真话，我没有摆出一副要他说空话和假话的样子，我坐在他面前，就是一个普通朋友，一起聊天吹牛，他很容易说出真话。他的没感觉，也许是把飞机想得太神奇，坐进去才发现跟坐在家里差不多，密闭的机舱像一个办公室，没给他带来太特殊的感受。还有，他没坐过飞机，但早就见过太多坐飞机的人，见过北京人和上海人，见过中国人和外国人，盈江县几年来涌现的观鸟热中，小蔡伍接待安排过很多观鸟客人，他见惯不惊，对世界之大，已经太熟悉。

二十六、小蔡伍的传说

盈江县的观鸟旅游活动兴盛起来，鸟导村民大蔡伍挣到了钱，小蔡伍挣到了钱，徐小龙挣到了钱，外出打工的傈僳族村民密大，偶尔回村，听说村里人在玩观鸟，跟着人家做，很快也挣到钱，高兴得哇哇叫好。

小蔡伍做鸟导最成功，他已成为盈江县村民鸟导中的一个传说。这个傈僳族青年出生于 1986 年，身兼数职，是普通农民，又是担负责任的村干部，还是护林员和鸟导。

小蔡伍有 3 个孩子，妻子是缅甸人。边境线上的中国小伙子，娶缅甸女孩的很多。因为，国境线两边是同一个民族，语言与文化相通，改革开放后，两边的交往很频繁。有中国村民去缅甸打工结识当地姑娘，另有的中国村民，是在盈江县本地结识了来中国打工的缅甸姑娘。我在现代化的盈江县城餐馆里吃饭时，跟端菜的女孩说话，她们微微一笑，表情茫然，并无反应。问了餐馆老板，才知道是缅甸来打工的姑娘。

小蔡伍的妻子，是他去缅甸密支那哥哥的摩托车铺干活时认识的。

早几年，早生荣做局长，去大谷地村教大蔡伍和小蔡伍做鸟塘，一个多月后，他们的鸟塘里引来了鸟。最早喂出的是灰孔雀雉，后来，原鸡和黑鹇，也在鸟塘里出现了。早生荣带来的游客很喜欢灰孔雀雉，小蔡伍不以为然，这种鸟他从小见得多，他只为客人支付了费用高兴，真的挣到了钱，太让他兴奋了。

然后，就进入了寻找犀鸟的戏剧性情节。

小蔡伍最初找到的一个犀鸟窝，第二年不见犀鸟归来，只得另找。原因是那个犀鸟窝外面的树枝断了，光溜溜的粗大树干上，只有孤独的树洞，没有落脚之处，犀鸟无法进窝。

犀鸟不似啄木鸟，长有锋利爪子的脚，可以钩住树皮，甚至把脚爪刺入树干站稳。犀鸟的脚趾更像人手，肥厚扁宽，擅长紧握，无法钩紧或刺进树皮，支撑身子的重量。它选择的树洞，总有几根树枝或一个突起节疤，供归巢时站住，或在喂食时站稳。没有树枝做立足支点，树洞的鸟窝只能放弃。

小蔡伍联络几个村民，重新寻找，他们花了很大力气，9 个人联合行动，分几块区域搜寻，又找到一窝花冠皱盔犀鸟。9 人出力，今后的观鸟收入所得，就由 9 人一起享用。

犀鸟很警惕，找到不容易，村民就极其谨慎，最初找到鸟窝，小蔡伍他们很兴奋和紧张，不敢搭建观鸟棚，记住犀鸟窝的地点，赶紧离开。游客来玩，带进树林，小心摸索到离犀鸟窝不远处，找个大岩石，叫客人躲在后面，头上拉一块塑料布盖住，不让鸟看见，玩得费力费事。

后来，有摄影家带来了迷彩网，蒙在塑料布上，隐蔽性更强，但人蹲在隐蔽的布篷下观看和拍照，非常吃力，总是玩得很累。这累，不仅体现在蹲在石头后的窥视辛苦，还体现在犀鸟经常不归窝，人只能空等。

四数木很高，五六十米处的树洞，近似人类的20层楼，犀鸟站在高处，能清楚看到树下的异常动静，森林一块岩石后面出现了人，其实犀鸟早就发现了，它不为所动，站在远处别的树上观察，一直不回窝。

这是犀鸟最常用的一招，它从未发现人类离自己的窝如此之近，这个危险的事实，让它不知所措，于是就不归窝，想把人引开，或者熬到让人离开。所以，小蔡伍第一次带客人进山拍犀鸟，守到天黑，犀鸟才从树林里飞出。整天躲在一块大岩石后守候，天黑时，才隐约看见犀鸟出现，小蔡伍很抱歉，游客却已经满足。难以得到，谁都会珍惜，而且长久难忘。

后来，游客去得很多了，犀鸟从未遇到过危险，就比以前大胆了，一天若干次，在大树上飞来飞去地放心出现。小蔡伍他们，也才敢在足够安全的距离，小心搭建了一个观鸟的木棚。

不只是小心伺候犀鸟，村后树林里喂出的普通鸟塘，最初，小蔡伍也不知道如何伺候，不会搭建观鸟的棚子，怕吓走了野生的鸟。所以，小蔡伍最早搭建观鸟棚，远在鸟塘的100米之外，很难看清鸟。客人用相机的长焦镜头把鸟拉回来，效果欠佳，而且，距离太远，视线前方的枝叶遮挡物多，很麻烦。后来，小蔡伍尝试着朝前移动棚子，几米几米地靠近，最终找到了合适的十几米位置。

小蔡伍善于动脑筋，以前他喂鸟塘，每天早晚喂两次，后来发现，喂得越勤，鸟来得越多，就尝试着改变，每天反复多次去喂，但每次不喂太多。如此多餐少食地投喂鸟食，鸟增加得很快，来得也很勤，很多鸟反复多次出现在鸟塘中。他每次喂鸟，都哦哦哦地叫几声，像喂鸡。鸟习惯后，人一叫，放点食，就一群一群地飞来。

小蔡伍的鸟塘最受客人欢迎，他手机里的观鸟客人朋友圈，有 200 多个人名，涉及国内所有观鸟热点地区。他能说出 100 多种鸟的专业名字，镇政府和县政府，都为想做鸟导的村民做过培训，小蔡伍学得很好，他还从游客的口中学知识，现在又学会了从手机百度上查鸟种和鸟名，学的鸟类知识就更多也更快。

2017 年，村干部小蔡伍曾主动带着几个村民，去百花岭村参观，回来后，村里加入观鸟活动的村民立即增加几倍。现在小蔡伍已经买了汽车，跟百花岭村那边的村民成为朋友，经常开车去 200 多公里外的百花岭村接客人，或者送客人回去。

小蔡伍的鸟塘里，来过一只非常珍稀的鸟，叫棕颏噪鹛。这种鸟栖息在高海拔区域，那类区域人类活动少，鸟很多。能让鸟离开安全的高海拔区域，飞入中海拔地区的小蔡伍家鸟塘，很不容易。它是受到大群鸟聚集的感染，好奇飞来，从此流连不去。

国内无任何地方有过棕颏噪鹛的发现记录，小蔡伍在山里长大，也没见过那种鸟。棕颏噪鹛跟画眉大小近似，貌不惊人，却因珍稀，广受追捧。有游客在小蔡伍的鸟塘里拍到了棕颏噪鹛，消息传出，中国各地观鸟爱好者蜂拥而至，小蔡伍手机被打爆，那年收入最多。

老侯已成小蔡伍的老友了，老侯在百花岭村的家里，做观鸟旅游的吃住行一条龙服务，项目多，收入高，小蔡伍很羡慕，但是做不了。石梯村的徐小龙家有客栈和餐厅，可以接待客人吃住，小蔡伍不行，大谷地村已经搬迁了，森林中的村庄原址，不能建盖客栈。小蔡伍现在只能做鸟导，他会开车，也买了汽车，观鸟季节来到，经常接人送人，或开车带人进山观鸟，收入也很高。有些人喜欢游走式观鸟，整天到处跑，小蔡伍提供贴身鸟导服务，每天收费几百元。

现在，每年12月到次年5月，洪崩河旅馆就住满游客，2019年12月疫情暴发前，洪崩河小街也曾人满为患，次年春节，武汉封城后，小蔡伍故乡的中缅边境，才禁止游客进入。

但是，我没从小蔡伍脸上看到悲伤，他跟我聊天，一直笑得灿烂，轻松自如。有钱挣很好，没钱挣，就种地和做些修整的准备，为生活恢复正常做准备，比如，徐小龙就重新建盖了家里的餐厅。

这些遥远深山的村民，对自然和生命，持有一种与生俱来的特殊敬畏，物质欲望不太强烈。他们会努力工作，却不贪欲，不会为一时的物质损失长吁短叹。我能想象游客大批涌入村子后，村民鸟导们的兴奋与忙碌，现在，却看到他们坐在无人光临的寂静中，目光保持着山泉般的清澈，表情不急不躁，娓娓回答我的提问。

我想，这种深山里宽阔自然给人带来的平静与镇定，也许是观鸟爱好者迷恋出行、迷恋自由的飞鸟的原因。这种活动，让他们从自然中获得启发，知天达命，暂时忘记城市里患得患失的心情，心灵得到雾气的擦拭和雨水的冲洗。他们一次次从城市出发，不只是为了观鸟和拍照片，更是为了从鸟的身上，暂时得到飞鸟般的无拘无束之感，这是很宝贵的生命收获。

二十七、密大告别江湖

有一个村民叫密大，做鸟导也彻底改变人生，他的故事非常有趣。我也是经徐小龙帮助，找到密大，在石梯村徐小龙家院子里完成采访的。

密大这个名字，感觉是魁梧的大个子，其实他较瘦小，但非常机灵，说话表情丰富。他是石梯村的傈僳族，从小跟村里的景颇族朋友亲密相处。密大5岁时，父亲病逝，母亲太老实，挣不来钱，用密大自己的话说，母亲脑子不够用，家里生活很惨。可看他一副机灵聪明的样子，我无法想象他的母亲会是笨女人。

人类文化记录，有从神话传说到真人历史的过程，景颇族的神话中，记录过先祖被犀鸟引路，找到幸福之地的传说。密大的生命经历，正好验证了一遍久远的犀鸟神话。

他的“密大”这个名字，再次体现出傈僳族人取名的轻松随意。他是老大，就取名“密大”了，家里9个姐妹，父母养不起，送过一些孩子给别人。这是人类生殖与养育的冲突，古已有之。当地的文化是，孩子送给别人，不会跟生父母断绝信息。现在，密大跟在别人家长大的亲兄弟保持联系，他们有空会回石梯村来，彼此关系融洽。

密大33岁，为了挣钱养家，更为了首先养活自己，他13岁辍学外出，行走江湖，去到100公里外的盈江县城打工，先做木活，学着锯木头。年纪小，工价低，每月300元，干几个月他就换工作，改学烧石灰。

听到这里，我皱起了眉头，想象着一个13岁的饥瘦少年吃苦受累的样子，不禁有些心酸，可他哈哈笑着追忆往事，不以为然。但是，石灰白粉及石灰发热后热气蒸腾的场面，让我心生恐惧，没想到他13岁就去干这种活。

烧石灰每月600元，他咬牙坚持一年，吃不消赶紧撤退，返回去再干锯木头的活。这年他长大2岁，力气增加，人也灵活，可以干计件，收入多了起来。但锯木头是重体力活，也不好干。先锯西南桦还算好，后来锯柚木，非常费力。

柚木是世界公认的珍贵木材，成材期50年以上，密度和硬度都很高，是奢华宫殿、高级别墅、豪华游轮经常使用的装饰木材。世界范围内，泰国和缅甸的柚木最佳，但泰国禁伐了，只剩缅甸还在出口柚木。柚木的硬度，来自这种木材的内部富含铁质和油质，所以它不易磨损，锯时会出油，经常打滑。

小小年纪的密大，去打工学锯柚木时，每天脱光上身，跟锯片差不多的单薄身子，让人看了心酸。但他态度认真，细腿蹬紧了木料，细胳膊绷紧，浑身冒汗地拉动宽大锯片，整个上午，锯片吃进木头的深度，只有几公分。

效率极低，老板就有谋算，让他全承包。包锯出地板片，再包租窑烤干木料。全承包更辛苦，但密大卖命干活，挣钱会多一些。可因为全承包工序多，技术性强，他又年纪太小，就遭遇了事故。一批锯出的地板料没烤干，板子中间生霉，挣的钱又赔光。

后来，密大换一个方向出发，继续前进，越走越远，过境去到缅甸，学着种香蕉。这让我想起马尔克斯早期小说中经常提到的香蕉公司，缅甸土地上种的香蕉，跟马尔克斯的故乡哥伦比亚一样，不同的是，缅甸的香蕉公司，是中国福建人办的，他们去缅甸租地，再雇人种香蕉地，雇的农民，多是密大这类中国边境村民。

密大跟福建老板承包，揽下了香蕉种植中的所有劳动和管理工序，待香蕉有了收成，卖掉赚了钱，跟老板三七分账。收入可能多，风险就可能大。如果香蕉生病，或收成不好，就要亏大钱。提心吊胆地干几年，他就吃不消，因为风吹雨淋太辛苦，还因为最终到手的钱，并没有想象的那么多，说的是三七分成，但老板扣除了先为他支付的一年生活中的饭钱，剩下的钱也就不多了，这让密大很失望。

于是，从村子里消失很久的密大，告别江湖，从秘密传说中归来，重新出现在故乡的石梯村了。他好奇地发现村里的朋友议论纷纷，正在为一种叫作观鸟旅游的工作兴奋，很惊讶，又觉得好笑。

人家告诉他，找到一个犀鸟窝，就是找到了一家银行。

他双臂高举在空中，舞几下大笑说，哈哈太简单啦，好吧我们去找“银行”。

密大是快乐的男人，吃苦耐劳，第二天就约了村里的几个好朋友，上山去找“银行”。他儿时见过犀鸟，知道犀鸟育儿出巢一两个月，就全家飞回缅甸那边的树林去了。他讲述时，为我做了一个比喻，说犀鸟的来去，有些像人长大了出去打工，中国这边的树林是犀鸟老家，在外面打工回来，下蛋生个小儿又带走。

我逗他问：犀鸟打工，是去烧石灰还是锯木头呢？

他愣了一下，马上大笑。

密大开心地说，那次，才几天，他们就找到了“银行”，在森林里真的发现一个犀鸟窝。

我陷入沉思，笑不起来了。

我拜访的鸟类专家，持续10多年进山，在密大故乡一带的森林里广泛调查，从未记录到犀鸟活动。曾有专家20年前偶然发现了散落在村民家的犀鸟头，竟无法辨认。所以，在观鸟旅游出现及当地村民找到犀鸟前，鸟类学家并不认为犀鸟在当地存在。

现在，为什么村民纷纷找到了犀鸟？

徐小龙坐在他家的餐厅里，陪着我采访密大。我把这个疑问提出，请两位成功寻找过犀鸟的村民亲历者解释。徐小龙读过初中，在村里文化最高，略微思索就给了我答案。他说，这里是边境，鸟类学家进山来搞调查，可能时间不对，刚好犀鸟在缅甸一方，专家就看不到了。

密大的说法是，犀鸟行为特殊，只在产卵育儿时双双飞来，如果鸟类学家进山调查，不是犀鸟的产卵育儿季，就无论如何遇不见犀鸟。

徐小龙补充说，犀鸟窝的位置很偏，人迹罕至，悬崖峭壁那些危险的地方，鸟类学家不容易去到，加上犀鸟窝在四数木最高达几十米处，难以发现，没看到它们很正常。

我认为有道理，正因为从未见犀鸟，鸟类学家进山调查，目标就不在犀鸟。这片资源丰盛的树林里，值得研究的珍稀鸟类很多，有些鸟很小巧，毛色灰暗，毫不起眼，却有重大的生物学意义。

犀鸟主要吸引的人群，是观鸟爱好者，观鸟热兴起，犀鸟作为拍摄素材，相当漂亮，就成为热门话题。我们的谈话沿着犀鸟的方向前进，一路寻找神奇风景。徐小龙介绍说，花冠皱盔犀鸟吃素，冠斑和双角犀鸟吃素也吃肉食，会吃小蜥蜴、小蛇、小螃蟹这些。食肉的犀鸟，常飞往密林深处空无人烟的瀑布地，先站在高高的树上观察，确认无人，就落到水边，啄食小动物。犀鸟也会飞往险峻的悬崖顶，落到人不敢去的坡顶，守候小动物，还会在树上寻找，发现别的鸟窝里露出小尾巴，有幼鸟蠕动，就飞去叼走。在小犀鸟出蛋长大和母犀鸟即将出洞前半个月，公犀鸟常觅小动物，叼去窝里喂食。

公犀鸟和母犀鸟都很少下地，这是犀鸟有别于其他鸟类的重要特点，犀鸟脚掌长成擅长抓握树枝而不是在地上行走的样式，飞累了，它们都是落在大树顶端休息，一般人不会有机会看到犀鸟落地。

这也是犀鸟很难被发现的一个原因。

密大和他的朋友运气好，几天之后，就成功找到了犀鸟窝，但寻找的过程，也很辛苦。他先约朋友凑钱，每人出资 200 元，买个高级望远镜，提着进山，站在山坡和树林里，举着望远镜搜寻。一片地区一片地区地扫。当然有发现，某日犀鸟从密林上方的树枝间飞过，他们赶紧追去，头顶大树高耸，枝叶浓厚，重叠交叉，遮挡物太多。他们在乱草杂藤间吃力跑几步，再举起望远镜，

蓝须夜蜂虎

◇ 全身蓝、绿、黄的渐变，是个捕猎高手，食物全为飞虫，尤以蜂类为多。

犀鸟已经消失，不知去向。

跑了几天，劳而无功，他们并不气馁，想到是上山找一个“银行”，又有了力气。

忽然有一天，他们从森林中出来，准备返回村子，在公路上方发现头顶很高处飞过一小片黑影，赶紧站住，举起望远镜观察，看准是犀鸟，盯牢它的飞行方向，紧紧跟去，终于在站立着几棵四数木的地方，从望远镜里找到了大树绝高处的一个树洞。

可是，犀鸟狡猾地发现了人类的跟踪，不见了。密大守到天黑，不见它进洞归巢，只好回家。次日起，他们几个村民轮流出发，坚持守候，再次发现犀鸟。它每天从树林里飞来，远远地藏在另一棵树上，拒绝进窝。有时朝更远的树飞去，想把人类的目光引向错误的方向。

犀鸟站在几十米高的树上，隔着密集树叶，谨慎观察山坡上出现的人类。黄昏沉重地降临，光线从森林里退走，灰褐色的雾气上升，风静声息，空气冷却，密大和他的朋友熬不住，回村了，犀鸟是否进洞，无人知道。

一星期后，密大天不亮赶来，悄悄蹲在树下，举起望远镜，看到犀鸟出洞，确认了犀鸟窝的位置，兴奋返回，召集村民朋友前来。这时，村民已学会在离犀鸟窝不远的安全之处，搭建观测棚，密大也学着做。他们几个人动手，在离犀鸟窝较远的地方，轻手轻脚搭起一个观鸟棚，用伪装布覆盖得很隐蔽，坐进棚子，捂住嘴傻笑。

密大高兴得太早了，最初找到的那窝花冠皱盔犀鸟，位置太偏远，游客在原始森林里行走太辛苦，少有人去，只好放弃，另外寻找。

密大家的一个亲戚，他姨妈的儿子，告诉他有一窝冠斑犀鸟在山中某处，他赶紧再找。这次带了两个望远镜，耐心找一星期，发现了犀鸟。那条路不远，但坡度大，石头多，很陡峭，脚下太滑，攀爬困难，客人喜欢吗？他不知道。密大打电话，把发现一个新的犀鸟窝的消息，告诉外省的观鸟游客，几天后有人从外省赶来，辛苦爬去，看了那窝犀鸟后，大赞。

为什么呢？密大不懂。后来他懂了，游客告诉他，那地方视野开阔，苍莽群山扑面而来，风景极好，拍出的照片很精彩。

密大那个犀鸟观测棚，后来游客最多。

密大从江湖归来，有些稍晚，日子已经大变。很多村民变成专业的鸟导，他还是一个外行。早局长和小班，包括小乐，早就进山帮助过村民，给他们上课，办鸟类知识培训班，用图片教村民识鸟，教村民旅游带团，教村民收费及陪伴游客拍鸟。

密大来晚了，轰轰烈烈的观鸟旅游，正在故乡的深山老林里发酵，这个从盈江县城里打工回家的后来者，江湖游子，赶紧跟上，找到犀鸟窝，又学着喂鸟塘。某日他跑去山腰的大谷地村玩，听说镇政府要为村民办鸟导培训班，自由报名，免费上课，密大赶紧报名，几天后乘车进城，住进了盈江县委党校，每天上课，好吃好在，不收费，还有人教赚钱，舒服得要死。那次，石梯村两个人报名，其中一个就是密大。大谷地去的人最多，这个村先喂出鸟，村民很积极。

外出闯荡过江湖，吃苦太多，回家做鸟导，玩玩就有钱挣，密大觉得这种日子太幸福。密大后来主动学习，约了村里的 6 个朋友，自费去保山市的百花岭村参观。他脑筋灵活，看一眼就明白道理，马上发现百花岭的鸟资源不如盈江山区，他们的鸟塘也太近，离家才几百米，大多是普通鸟种。

这就是青年村民密大的鸟导成长之路。

密大最初找到犀鸟窝，观鸟季快过了，只挣了两个月的钱，密大和他的朋友共 4 人，每人分七八千块钱。他给我解释说，观鸟季晚的意思是，他回来时已是 4 月份，过了 2 个月，就到了雨季，每天大雨小雨中雨，客人不敢来了。

次年，春节过后，密大的犀鸟窝里，一对老犀鸟归来，他兴高采烈，每天进山，守在棚子里，翘首朝很高的树上看，观察犀鸟的活动。有上海的游客联系他，要看犀鸟，密大不敢答应。犀鸟没进窝，游客大老远来了，犀鸟飞走，就糟糕，人家会生气的。

果然，密大担心的事发生，几天后，犀鸟不见了，密大那几天蹲守在观鸟棚里，从早到晚，都不见犀鸟的踪影。

犀鸟发现危险，会离开，出什么事了?

危险有几种，一是发现树下的观鸟棚，认为不安全。可棚子并非今年新建，去年就搭建好了。犀鸟回避人类，也很会思考，接连几次见过人，未出现危险，它就明白是安全的。密大早就发现，石梯村一带的 3 种犀鸟中，双角胆子最大，冠斑和花冠皱盔胆子小，其中冠斑胆子最小。人在树下举起望远镜，它就会从镜片反光中发现可疑，立即飞走，几天不进窝。

密大找到的那窝犀鸟，正是最胆小的冠斑。

它会被什么吓跑吗?

密大只好耐心观察等待。

第三天下午，密大守累了，正欲回家，回头看一眼，发现了秘密，原来是一只飞鼠，钻进了犀鸟的窝。飞鼠又名鼯鼠，当地村民叫“飞落”，是一种鼠类动物，会从大树上飞下来，落到地上，再爬上去。它四肢张开时皮膜绷紧，可以滑翔飞行很远，轻松落地。

密大心头紧缩，暗叫不好，举起望远镜再看。只见落到地上的飞鼠，忙碌一阵，顺着树干又飞快地爬上去，钻进了树洞。毫无疑问，犀鸟发现了飞鼠出现的不祥，所以离开，飞走了。

密大的“银行”倒闭了。

他很沮丧，但两天后就恢复了平静，他又找到一个犀鸟窝。

那是密大加入鸟导队伍的第三年，他对森林里的各种鸟，已经有了很多理解和经验。那窝犀鸟所在地环境优美，背景宽阔，茂密幽静，参天大树层层叠叠，十分震撼，犀鸟在如此遥远宽阔的森林上方飞翔，美妙至极。

有一次，客人打来电话，请密大去飞机场，把自己接来村里。他一下子就蒙了。飞机听说过，可是没见过，更没有坐过，密大不知道机场在哪里。当时，有的村民已经买车，接客人很方便，密大没有车，怎么办？他当然有办法，问几个人，就知道如何操作了。他胆子大，在洪崩河租一辆车，马上赶去腾冲机场，把客人接进了石梯村。

那一年，密大收入很多，“银行”业务繁忙，有时一天进账几千元。

二十八、红腿小隼的侠客生涯

一个核桃大的黑影，从树上射出，像子弹击中一只空中的小鸟，然后敏捷返回，停在树上，快乐地撕扯嚼食。这是世上最小的一种隼，凶狠而可爱。

隼是人类熟知的鸟，凶猛、快速、嗜血，展翅出击，凌厉捕杀，很少失手。草原民族的古老玩法之一，就是饲养凶猛的隼，教它捕猎。阿拉伯人至今还有养隼的喜好，苍茫草原或沙漠上，站在手腕上的隼拍扇出击，准确扑向一只逃命的小兔，或一只飞鸟，再现了弱肉强食规则的无情。也有人饲养更大体形的猎鹰，教它们捕杀野狼，场面很血腥和暴烈。

但云南盈江县石梯村森林里的一种隼，像江湖上的隐侠，无人所知，也无人所见。它体形极小，在森林中神秘出没，无影无踪。凶猛捕食昆虫和小鸟，毫不心慈手软。世居高山的村民，从未见识过这种鸟。

这种鸟叫红腿小隼。

红腿小隼是异常神秘的小型鸟，石梯村的村民祖祖辈辈与原始森林为伴，居于深山密林边，却从不知道山上藏了一种毫不起眼的猛禽。这种鸟只有麻雀大，远看也很似麻雀，却有锋利的嘴和脚爪，有猎鹰的凶猛和利索，以肉为食，擅长捕食活物。

红腿小隼是已知的世上最小猛禽，栖息于山脚平原的开阔森林中和森林的边缘地带，尤其喜爱栖息于河谷区的树林中，属留鸟，长期定居，成对活动，以小鸟、蛙、蜥蜴和昆虫为食，数量很少，极为罕见。1980 年，鸟类学家首次在中国云南的盈江县，发现并记录到了红腿小隼。

红腿小隼飞行速度极快，常扇动两翅，从树林中快速闪过，也会顺风滑翔，轻松落到树上。这种小鸟跟所有鸟类的最大不同，是专选森林中腐朽的枯树枝落脚，并在朽破的枯树上做窝育儿，很奇怪，又是非常高明的选择。枯死的腐朽树干，脆裂破碎，更容易掘洞筑巢，而且，枯树溜光无叶，通体暗淡的灰褐色，正好与红腿小隼背部的颜色接近，有利于隐蔽。枯树无枝叶遮挡，视线开阔，方便无所遮挡地出击捕猎，也最方便发现危险来临。

红腿小隼的特点，是腿部羽毛为红色。另有一种小隼，叫白腿小隼，模样跟红腿小隼一样，但腿为白色，分布地区不同。红腿小隼生活于云南盈江县，白腿小隼发现和记录的地点是江西东北部上饶市的婺源县。世间两个极小的猛禽，非常近似，却天各一方地居留，世界的复杂性又有体现。

大多数时间，红腿小隼静静地栖息在枯树树梢，偶尔发出尖厉高亢的叫声，召唤同伴。我在石梯村寻访时，陪我出行的村民徐小龙，忽然指着山坡上高出很长一截的灰褐色死树说：那里有红腿小隼的窝。

我扭头扫一眼，反应不过来，不知光秃秃的死树上怎么会有鸟做巢。

小班调出电视台，专门负责观鸟后，曾经提着相机，跑进铜壁关的原始森林，搜寻传说中的“江湖小侠”红腿小隼。他是懂行的专家，知道红腿小隼是世间最罕见的独特鸟种，唯盈江县才有。

那时不通公路，小班骑着摩托车，一路颠簸爬山，去到山梁上的石梯村，挎着相机，提着望远镜钻进森林。绕了半天，没发现红腿小隼，宽大的森林里找一种小鸟，类似苍茫大海里捞一条小鱼，劳而无功很正常。

2017 年 5 月，密大陪一位台湾的观鸟爱好者上山，做全天移动的野拍陪护鸟导。那台湾人很专业，见多识广，经验丰富，去到半山的四级电站调压井附近，举着相机拍几张，忽然惊叫：啊呀，你们这里有这个鸟！

密大问：什么鸟，这样大叫？

台湾客人指着山坡上一棵孤零零的高大枯树说：这种鸟啊！红腿小隼，你们这里也有啊，不得了！

密大看了台湾客人的相机显示屏，觉得好笑，一只不起眼的麻雀，竟如此惊叫？

台湾游客问：你知道这叫红腿小隼吗？

密大摇头，蛮无所谓。

台湾朋友放大了相机显示屏上的鸟，指给密大看，告诉他这种鸟不是麻雀，是鹰，个子小，但很凶猛。

密大吓一跳，他从小捕惯了鸟，很熟悉鹰隼，却不知道有这种小隼，更不知道这种鸟非常珍贵。

现在，盈江县的红腿小隼，已广为石梯村村民和观鸟朋友所知，成为中国观鸟界热追的拍摄对象，网上的观鸟圈中，有很多红腿小隼的照片。看上去相当可爱单纯的红腿小隼，一只爪抓牢了树枝，一只爪举到嘴边，正用力啄食一只羽毛散乱的小鸟，或抓住一只昆虫正往嘴里塞，令人惊讶。

红腿小隼爱吃肉食，喜欢捕食活物，却跟体形很大的犀鸟一样，无法通过人工投食方式，引诱到鸟塘里近距离观看，只能在纯野外的天然环境中拍照和用望远镜欣赏。庆幸的是，红腿小隼在孤零零的高大枯树上筑巢，很显眼，没有遮挡，观赏方便。

也许因为体形小，从未被人类发现，就没有被人类伤害的记忆。红腿小隼不怕人，胆子很大，不似犀鸟对人类充满警惕，极不信任。红腿小隼是人类天生的朋友，站在光秃秃的枯树枝上，面对不远处人类相机的镜头闪光，无所顾忌，叽叽喳喳，不断发出类似笑声的尖厉鸣叫。

现在，独一无二的红腿小隼，已在世界范围内急剧减少，在石梯村的原始森林中，这种鸟受到村民严格保护，平时路过，绝不惊扰，观鸟客人来了，村民鸟导会带他们悄悄躲进观鸟棚，静静地观鸟和拍照。

红腿小隼也是石梯村村民兄弟的一个小银行，中国各省的很多观鸟爱好者，冲着这种罕见小鸟，不远千里，多次来到盈江县，拍出很多精彩作品，在观鸟界赢得了大量赞美。

在盈江发现的另一种鸟，也很小，同样震动了中国观鸟界。

这种鸟叫鹳嘴翠鸟。

二十九、一只鹳嘴翠鸟的告别

密大加入鸟导队伍，很快成为土专家。这个说话脸上挤出很多表情的村

鹳嘴翡翠

◇ 为何它还要长出鹳雀的粗宽大嘴？没有答案。生命演化衔接的奇妙，无比强大而神秘，轻易不可知。

民朋友告诉我，选位置、造水池、固定投放食物几方面做得好，有的人个把星期就能把鸟引来，做成了鸟塘。运气差，有人就要喂几个月，最少也要喂两个月，投入成本高。因为，选的地点不一，投喂的食要有区别，不会动脑筋，就很惨。

鸟塘所在的位置，海拔高低不同，坡地和平地不同，树林疏密有别，鸟类的分布就不同。不同的地点，生活着不同的鸟种，不同的鸟，习性差别很大。有些鸟爱吃面包虫，有的鸟要喂苞谷面。如果，选择做鸟塘的地点海拔低，靠近水边，那些地方就会出现爱吃鱼的翠鸟，翠鸟很受观鸟爱好者欢迎，要让鸟塘里出现翠鸟，就要在鸟塘的人造小水池里投放小鱼。但小鱼很难养，死在水池里无人发现，水就发臭，鸟也不会再来。

翠鸟是被人追捧的拍鸟题材，它颜色漂亮，蓝色的身体会反射出金属闪光，长嘴很突出，性格羞涩，觅食专注而虎视眈眈。它在鸟塘里玩水，周围青翠葱绿，优雅宁静，观鸟人很容易成功拍到飞鸟捕鱼的水花飞溅画面。

翠鸟属中型水鸟，嘴粗直，长而坚硬，远看像啄木鸟，已发现的翠鸟有15个品种，48个亚种。中国地区记录到的3种翠鸟中，普通翠鸟最为常见。它们常独只站在水边的树上或岩石上，伺机入水猎食。翠鸟能在入水后做出迅速调整，保持极佳视力，清晰而准确地追踪小鱼和昆虫。

2018年，一个重要事件发生。

观鸟爱好者在云南盈江县那邦镇的观鸟棚里，意外拍到一只奇异的鹳嘴翡翠，照片发到网上，引起了中国观鸟界的大片惊叹和围观。一只鹳嘴翡翠被发现，极其罕见。普通翠鸟为蓝色，鹳嘴翡翠是黄色，翅膀为纯绿色。它的嘴比普通翠鸟大很多，粗直又宽厚，好像大脑袋的鹳鸟嘴安错了位置，给人童话般头重脚轻的笨拙感。

一般的普通翠鸟，已能轻易捕食，为何鹳嘴翡翠还要长出鹳雀的粗宽大嘴？没有答案。生命演化衔接的奇妙，无比强大而神秘，轻易不可知。鹳嘴翡翠广泛分布于东南亚各地及印度，但中国从未有过观察记录，这就是它被中国观鸟爱好者追捧的原因。

一只鹳嘴翡翠独鸟，飞到了盈江县的境内，再次说明了这片地区鸟类资源的独特性，毫无疑问，那是一只偶然从境外进入的“跨国”小鸟。长期观鸟拍鸟的人，养成了逐鸟而去的习惯。他们知道鸟是灵动的飞禽，候鸟来到，过时不见，即使留鸟，也常常一闪而逝，难觅踪影。盈江县的中缅边境地区，偶然出现一只鹳嘴翡翠，也许十天半月就会永远消失。于是，中国各地的大批观鸟爱好者涌向机场，或驾车出发，扛着长枪短炮的摄影器材，迅速赶往盈江县，抢拍这只鹳嘴翡翠。

那只神秘的鹳嘴翡翠，在那邦镇待了近半年，共197天，为什么人们清楚记得它出现的天数？因为它太珍稀，还因为发生了悲伤事件，某日鹳嘴翡翠不见了，客人去鸟塘，无所收获，略有怨气。尽管村民鸟导早有提示，野生动物的活动，无法控制，看不到鸟，免收观鸟棚的费用。可人家千里迢迢来到盈江县，就是为了花钱看鸟，劳而无获，即使你不收费，游客也很伤心。

鸟塘主人和观鸟爱好者，接连几天不见鹳嘴翡翠，并没有意识到不幸降临，飞鸟的躲藏与消失，不足为奇，何况水和小鱼并非只出现在鸟塘，村子附近有几条河，也许鹳嘴翡翠飞去了河边？也许它飞回缅甸不再来？想到后面一层，人们有些慌张。

忽然传来令人绝望的消息：有人在那邦镇街上，发现了死去的那只鹳嘴翡翠，它摔落在镇街子一家楼房的下面，身体冰冷，略有些发干。人们仔细检查，发现它的脑袋有撞裂伤，于是断言，这只鸟是撞击楼房的玻璃幕墙而死。

冠斑犀鸟

林中的武士，粗重的“头盔”放射出金属锋利的光芒，身披黑色战袍，在大树顶端守卫美丽的森林。

红腿小隼

云南西部森林中最神秘的侠客，藏而不露，个子小巧，身手不凡。温柔天真的外表下，掩盖着凌厉的杀气。

消息传开，中国观鸟爱好者所在的各种网络媒体上，回响起长久不散的悲伤，我 2020 年 6 月底去盈江县寻访，还能听到并未散尽的怅然余声。人们给我讲了有关鹳嘴翡翠之死的各种小故事。有人说它发现楼上的玻璃幕墙里出现一个同伴，高兴地飞去迎接，撞墙而亡；有人说它生气，认为这个地盘属于自己，别的鹳嘴翡翠不可进入，飞身撞击玻璃里面的同类，不幸亡故。

我能接受这些充满怀念的小故事,却不认可它们的真实性。这些错误猜测，包含了当地人深切的无奈和追怀，却不是正确答案。一只从缅甸乡村小河边飞来的翠鸟，不熟悉有着久远边境贸易史的繁华那邦镇，不熟悉镇街子上的高楼。那种被称为玻璃幕墙的建筑装饰材料，能映照出逼真的天空，早在世界各地制造过飞鸟撞击而亡的惨剧，鹳嘴翡翠没见过大面积的玻璃墙，不慎撞了上去。于是，飞翔在那邦镇的一只鹳嘴翡翠，也被写进了撞墙亡故的世界飞鸟哀悼史名单中。

云南中缅边境的那邦小镇，街上最高的楼房也就三五层，楼上装饰的玻璃幕墙，无非大门上方一个窄长条，面积不大，但已经足够让飞鸟产生生命的错觉了。

我去采访时，时间过去了一年，盈江县的朋友还在深情追忆，让我想起古人凭水远望，在山西鹳雀楼上写的几句诗：白日依山尽，黄河入海流。欲穷千里目，更上一层楼。

“更上一层楼”可以理解为是在搜寻远逝的鹳嘴翡翠魂灵。因为，那座建于约 1500 年前北周时期的山西古楼，位于黄河边，曾经有大批鹳雀绕楼飞舞栖息，故名“鹳雀楼”。那些鹳雀，跟那邦镇出现的这只鹳雀，属不同品种，却共同拥有一个“鹳”字，也就共同拥有类似的粗壮鹳嘴。唐代王之涣登楼，写下的诗长久流传，那座古楼，也就名声远扬。

大灰啄木鸟

◇　最近20年，人类活动范围扩大，原始森林锐减，大灰啄木鸟种群快速减少，生存出现了危机。

诗人登楼，沉思默想，追索生命意义；鹳雀在河边长久蹲守，是为了谋食捕鱼。写诗之虚幻与谋食之实在，看似不相干，其实是存在的两极，把人、鸟的生命，联系到了一起。可见，世间的生命，环环相扣，难以独立。

还有一个诗与生活的有趣联系是，王之涣《登鹳雀楼》诗，哲理性启发后人，贡献很大，飞临盈江县的鹳嘴翡翠，也给村民带来了巨大帮助。中国各地近 3000 名观鸟爱好者赶往盈江县，在 197 天时间里，那只鹳嘴翡翠，为那邦镇人创造的各种收入进账，约为 50 万元。

这笔账，体现的是庸俗还是深刻呢?

生存，是世间最深刻的事实。

密大也收藏了一个翠鸟小故事，他和村里的朋友密麻干，联手喂养的一个鸟塘里，有一天飞来过翠鸟，一只三趾翠鸟，那鸟也珍稀漂亮。密大手机拍照，赶紧发出信息，立即有外省的朋友打来电话询问，几天之后，有人络绎赶来，密大和他的朋友挣了几十万元。

密大还在森林里找到了一个大灰啄木鸟的窝，正是这种大灰啄木鸟丢弃的树洞，或大灰啄木鸟修整好的四数木上的大洞，会成为犀鸟的巢。大灰是体形最大的啄木鸟种，身长近半米，飞翔时很笨重，翅膀有力地扇动，发出巨大的声响，常五六只一群地聚集活动，相互追逐，边飞边鸣叫，从一棵树飞向另一棵树。进入森林的游人，看到山谷上方的天空中，有巨大的啄木鸟从头顶笨重飞过，翅膀有力地摆动，会恍然觉得穿越进了远古时光。

大灰啄木鸟以蚂蚁和昆虫为食，也吃植物果实，但最爱吃白蚁，对植物的保护有益。最近 20 年，人类活动范围扩大，原始森林锐减，大灰啄木鸟种群快速减少，生存出现了危机。这种鸟已被列入世界濒危物种红色名录，也被中国的国家林业和草原局重点保护。

独特的大灰啄木鸟，也只能在云南看到。云南山高地远，有较多保护良好的原始森林。处于中缅边境的盈江县铜壁关自然保护区，拥有中国唯一的高山热带雨林，森林极其茂密，适合大灰啄木鸟生存。密大和他的朋友带人观赏大灰啄木鸟，又挣过十几万元。

让人惊喜的是，2020年，另一只鹳嘴翡翠，在我去盈江县寻访的前两个月，悠然出现在了那邦镇。新来的翠鸟行踪不定，活动并无规律，一两个月中，每天定时出现在村民的鸟塘里，快乐地洗澡和啄食小鱼。忽然之间不见，再不出现。一个月过去，它又拍扇降临，在鸟塘的水池里扑通玩耍，仿佛上次那只鹳嘴翠鸟的灵魂，莫测飘忽，时隐时现。

三十、公犀鸟之死

2019年4月，犀鸟归来的孵蛋期间，傈僳族村民彩四早晨外出，在森林中行走，忽然看到地上躺着一只犀鸟的尸体，大为震惊，走近细看，不见伤口，四处观望，空无人影，赶紧打电话报告。

小蔡伍闻讯赶来，一望而知，是自己家犀鸟窝里的公犀鸟。他每天守在鸟棚里观察，对鸟的长相太熟悉，那是只双角犀鸟，体形很大，身长1米，翼展宽度1.8米左右。

小蔡伍的那个犀鸟窝非常热门，每年有10多万元的收入。犀鸟观鸟棚里有22个机位，每个机位每人收费100元，观鸟旺季游客多，棚里每天至少换两拨人，一天的观鸟棚机位费，最少4400元。加上吃饭、背包、交通用车种种，进账很多。小蔡伍买了汽车后，除了不能提供住宿，其他各种服务都可以挣钱。

但公犀鸟死了，小蔡伍脑袋里立即闪现的担心，不是挣不到钱，是封闭在树洞里的母犀鸟怎么办。

所有人脑袋里冒出的第一个担心，也都是母犀鸟怎么样了。

母犀鸟产蛋后，自我封闭在树洞中，留一截长嘴在洞外，把命交给了公犀鸟。从那天起，公犀鸟要辛苦捕食，喂养躲在树洞中的母犀鸟。几个月后，小犀鸟出蛋壳，母犀鸟才出窝。现在，公犀鸟死了，问题很严重。

我在采访中获知，这片地区的少数民族古老文化中，充满了对犀鸟的崇敬。傈僳族老人说过，犀鸟死一只，全家都会死，不能猎杀。所以，那只公犀鸟的死讯，首先惊动了全部村民，众人议论纷纷，很担心树洞中育儿的母犀鸟，更担心小犀鸟。不知道被泥封在洞中孵蛋的母犀鸟是否会死，也不知洞中的小犀鸟是否出了蛋壳，还能不能看到这个新奇的世界。

我在德宏州芒市采访州委宣传部的郑彬时，她告诉我，公犀鸟之死的事件发生，她恰好是现场见证者，参与了全程救助活动。当时，国内的顶级生态专家，北京林业大学的教授陈建伟也在现场，他是中国濒危物种管理的领导，有很多见识和危机事件处理的经验。

不幸事件发生于 2019 年 4 月 10 日，正逢盈江县举办新一届观鸟节，郑彬去盈江县，是为了参加观鸟赛。她跟小班、小乐、何海燕组成了一个 4 人参赛小组，刚信心十足地出发，上山进入森林，准备拿出好成绩，就传来了不幸的消息。

消息惊动州、县、乡几级政府，加上国家级的专家陈建伟，从北京的国家林草局到深山老林中最后一级组织的石梯村，都有人在场。一个人数众多层级齐全的危机处理团队在现场成立，紧急开会，研究拯救洞中母犀鸟的方案。

管护局的专家赶到，带走了公犀鸟的尸体，现场弥漫着伤心的气氛。那只公犀鸟名气很大，是全州的名鸟，德宏州美丽生态的象征。郑彬从 2016 年

蓝枕八色鸫

◇ 色彩艳丽的小鸟，叫声轻柔，在森林的底层边跳边觅食。

起拍犀鸟，都是请小蔡伍做鸟导，拍的也都是这只公犀鸟，她对这只鸟很有感情。几个国内国际重要的环保生态纪录片摄制组，来到云南德宏州，郑彬带着导演多次去拍过这只公犀鸟，它几次上过中央电视台屏幕，为德宏州带来了太多荣誉。

忽然之间它落地死了，令人悲恸。

专家对公犀鸟尸体研究后发现，它已经死亡三天，可犀鸟窝里仍无动静。事不宜迟，众人来不及悲伤，紧急商议，派人原地守护，密切观察树上的犀鸟洞。犀鸟危机事件的处理团队电话联系了国内的顶级鸟类专家，并几经周转，联络上了远在泰国的国际犀鸟专家皮耐。泰国犀鸟很多，皮耐博士一生观察和研究犀鸟，她接到求助电话，遗憾地说：这种事我也没碰到过，不知道怎么办。皮耐的话让大家非常不安，心头被不祥之感笼罩。

传说，一只犀鸟死了，另一只会绝食而亡。这个说法究竟是事实，还是人类附加的爱情期望呢？谁也无法回答。泰国的犀鸟专家也未见识孵蛋期间的公犀鸟之死，现场人员更束手无策。最后，犀鸟危机事件处理团队决定，观察两天，如果树洞里无动静，立即派村民爬树，敲碎犀鸟洞的封泥，帮助母犀鸟出洞。

根据目测，那棵四数木极高，接近60米，现场处理团队电话联系了消防队，又访遍附近几个山村的爬树高手，无人敢往树上爬。人们拼命回忆，寻找线索，联系了全州的攀爬高手，比如那些山村中采摘岩蜜的高手，他们能徒手爬到几十米高的悬崖。好多人打不通电话，最终找到的一个人，远在约200公里之外的德宏州陇川县。

忽然，好消息传来。这边刚刚通知陇川县的爬高村民出发，那边，盈江县山中观察犀鸟窝的人，就从望远镜里发现动静，母犀鸟好像有动作，树洞

栗颈噪鹛

◇ 颈侧具特征性的栗褐色块斑，性情活泼又胆大，成群结队地活动。

之处，似有细小东西抛出，大约是母犀鸟在啄洞，丢残渣出来，准备自救逃离了。

消息传过来，现场研究拯救办法的团队成员欢呼，赶快叫陇川县那个爬岩高手暂时等候。

当天下午，洞中的母犀鸟伸出长嘴，再伸出脑袋，哗啦一声挣扎着出了洞。

消息从森林中的观察点传来，人们一颗悬起的心落地。

但也有担心，不知这只母犀鸟，能否长距离飞行。因为，犀鸟有个特性：母犀鸟生蛋进洞后，会在孵蛋期间换羽毛，身上的飞翼和尾羽大量脱下，慢慢长出新羽。现在母犀鸟自救，提前出洞了，会不会没长满飞羽，无法飞行？或者飞行不稳定？

所有鸟都会换羽，一般每年两次。有些鸟是在正常活动中逐渐脱羽，长达几个月完成新羽更换。有些水鸟，如雁和红鹳，会躲藏在湖泊的水草中，脱光旧羽，长出新羽，重新起飞。无论何种方式，新羽的生长，都需要充足的能量支持，还需要时间。

所以，鸟类不在繁殖期换羽，因为这个时间里，能量消耗最大，难以换羽。

唯独犀鸟除外。

母犀鸟进洞生蛋后，全力孵儿，接着就进行换羽。原因是母犀鸟不再出洞，只等公犀鸟辛苦伺候。其他鸟类，生出了蛋，母鸟要自己孵蛋，还要外出觅食，无法积攒足够的能量换羽。

母犀鸟进洞后，食量大增，并有肉食需求，公犀鸟每天飞来飞去，不敢怠慢，不敢马虎，不会叫苦，也不会休息。徐小龙告诉我，公犀鸟每天十几次，在大树高处飞来飞去，忙得羽毛散乱，瘦削脱形，看到它累得很瘦，就知道时间差不多，母犀鸟快要出洞了。有人拍到公犀鸟捕了一只小猫头鹰，啄来

洞口喂母犀鸟的生死交汇照片，让我看了很惊讶。

公犀鸟如此辛苦忙碌，只为等到母犀鸟和小犀鸟出洞的团聚时刻，待母犀鸟换完羽毛，小犀鸟孵出蛋壳，一家三口见面，就万事大吉。可是，忙碌的公犀鸟突然死亡，泰国犀鸟专家一生未遇见的事故发生了，即使母犀鸟成功自救，提前出洞了，它又会不会落地坠亡呢？

救助队专家不能去现场惊扰，只能在几公里之外，仔细听取森林观察员传来的消息。现场传来的报告是，母犀鸟在树洞外站着，忽然飞起来四五米，停在树枝上，大约是飞不动了。这太让人担心，人们最怕它掉下来。树下是深谷，坠落就没命了，人类无法施救，只能哀叹。接下来的报告是，犀鸟用力拍翅膀，挣扎着飞了几次，差不多六七次吧，飞起落下，再飞起飞落，每次起飞和落下，都令人揪心。

母犀鸟最后一次飞起，非常吃力，却越飞越远，越飞越小，最后不见了。小犀鸟不见出洞，大约还没出蛋壳吧？

专家们面面相觑，一片沉默。

母犀鸟没有回来，生死未卜，不知所终。

人们只能祈祷它获得了生路。

时间过去一年，我去石梯村采访，仍然听到有关公犀鸟之死的各种传闻。有人说出事前几天就显出异象，某日那只公犀鸟觅食返回，竟然找错了路，去到别家的犀鸟洞边，喂食给别的母犀鸟了。那家树洞里住的是花冠皱盔母犀鸟，双角公犀鸟跑来喂食，立即引起花冠公犀鸟的愤怒，两只公犀鸟就在树上打架。

这只双角公犀鸟，究竟是老眼昏花，还是有意找别人调情？令人难解。另一天，公犀鸟又犯错误，大老远飞回来，不是叼来食，是叼来了一枝花，送给从洞里伸出长嘴的母犀鸟。它是早有预感，来向母犀鸟告别？

还有的说法是，母犀鸟挣扎着出洞，并没有当天飞走，它在树枝上站着，反复拍打翅膀，练习飞行，静静地蹲到天黑。次日开始，母犀鸟接连几天，从早到晚站在四数木高处的树枝上，伸长脖子，巨大的嘴巴直指森林上空，发出一声接一声的响亮鸣叫。叫声震荡着寂寞的森林，把悲伤和疑问传递得很远。大声呼唤几天，不见公犀鸟回应，母犀鸟就拍几下宽大翅膀，孤独地飞走了。充满思念与迷惑的响亮鸟鸣消失，森林变得惆怅而空旷。

2019 年我去盈江县采访，最初听说这件事，问彩四：母犀鸟明年会回来吗？

她说：晓不得呀，晓不得它会不会找个小老公，一起飞回来下蛋。

一年之后的 2020 年 6 月，我再去采访，获知了好消息：小蔡伍家负责观察的那个犀鸟窝，孤单的母犀鸟带着一只公犀鸟，回来下蛋育儿了，人们的担心烟消云散。

死去的公犀鸟，被制成了标本，展开 1.8 米的宽大翅膀，大嘴巴仰起，高高地站在州林草局自然保护区管护局标本室的基座上，长睫毛下的眼睛用力睁开，目光朝上方投出，搜寻着记忆中苍莽的雨林。

三十一、扶贫观鸟经济学

前面讲过，贫穷与富足的距离，有时候很近，仅为一页纸的厚度，有时候很远，十万八千里，几代人追不上。有时候是 10 公里，修通了山路，世界就敞亮了。但这 10 公里可能永远无人问津，或永远修不通。深山森林中迷人的鸟鸣，外部的世界可能永远无法听到。

长尾阔嘴鸟

◇ 2020 年 6 月，摄影爱好者在德宏拍摄到了这种国家二级保护动物的高清影像照片，进一步丰富了芒市珍稀鸟类高清影像资料，同时也标志着以芒市城为中心，半径 10 至 20 公里的菲氏叶猴及鸟禽观测拍摄圈已经形成。

扶贫济困是一个古老话题，中外皆然。万年前最古老的人类，集体聚居，食物共有，平均分配，吃光了事。后来，个体分散，食物稍多，财产有些结余，人类仍保持着平均分食的互助习惯与感情，至少在食物的分配上常常见者有份，不会看着别人饿死。直到 50 年前，某些云南深山，还流行古老风习，山上扣到一只小鹿，路人看见，肯定割一条腿给你扛走。村民的家门，永远向外人敞开，陌生人来访，不问来路，坐下就可以吃饭。

20 世纪 80 年代，我在云南某座山中游走，腹中饥饿，走进一户村民家，屋内漆黑，土墙开裂，梁柱上挂满乌黑的烟灰。火塘微光照亮被穷困大水冲光了的屋子，屋内除了空箩筐和草墩，就是几张没有表情的脸。我问有吃的吗。人家默默看我，弓身就从墙角小罐里摸出 4 个鸡蛋，全部敲开，炒了一碗饭给我，那是我吃过鸡蛋最多也最香的饭，感动了好久。

古代，富人行善非常多见，开仓济贫和资助穷困乡邻，是一种传之久远的习俗。富裕是文明的基础，衣食足而知荣辱，穷困会造成人生混乱，长期和过度贫穷，自尊丧失，居无庇护之所，病无求医之处，无法上学，未能开蒙启智，贫穷将代代延续。

台湾艺术家蒋勋说，你没有穷过，就不会知道穷有多么可怕。穷可以让人性丧失，文明崩溃，社会不安。蒋勋生于战乱，少年时代缺衣少食，他说早年常听到家中米缸刮底的空洞声音，那声音制造出的巨大虚无，让他夜晚噩梦纠缠。

所以，致富之路，也就是文明发展之路，贫困必须改变，扶贫非常重要。但是，扶贫需要耐心和方法，不是送钱后一走了之。扶贫是一种文明塑造，更是生活智慧的输入。它要带来的变化，不只是穷人口袋里有钱，是愚钝变得聪明，懒散变得能干，迷糊变得有了人生小目标。

现在，石梯村富裕了，每家都能拿出几万元，文明程度就有了很大提升。我在石梯村结识的小蔡伍、大蔡伍、徐小龙、排忠华等村民，都很文雅客气，反应敏捷，有生活规划。小蔡伍只读到小学四年级上学期，但他现在跟我讲，自己的孩子一定要多读书，他甚至跟我谈起了选什么好中学让孩子读书的问题，石梯和大谷地村，也已经有好几家村民的孩子在上大学。无法想象，5年前，他们的人生只被如豆的煤油灯照出一小团光亮。

观鸟，促成了这些生活变化。鸟在天上飞翔，客人在远方遥望，树在山岗伫立，彼此不相干，把这些元素汇拢，进行有效推广，盈江县的名声就传开了，鸟鸣山中的美景，渐为外界所知，各地游客兴致勃勃到来，急不可耐，越来越多。

盈江县的观鸟旅游，从2016年起步变化，2017年客人暴涨，此后，每年年底11月到次年5月的观鸟旺季，深山中幽静的洪崩河小街嘈杂喧哗，人满为患，石梯村驶入大量汽车，操着各种口音的观鸟爱好者在村里匆匆来去，兴高采烈，花花绿绿的迷彩服和冲锋衣身影，晃动在密林深处。

令人高兴的是，友善平和的村民，很愿意接受规范的市场秩序，现在，村里的各种收费都已经标准化，小到森林观鸟棚里吃快餐，那饭菜，也不再由各家自己做，是由村委会聘来的专业厨师烹制，统一销售，以保证卫生和质量标准。观鸟有涉及的其他收费项目，也都规定得有理有据，规范得井井有条。

于是，石梯村的扶贫观鸟经济学，就比较容易粗略算一个下面的营销账了。

机场接送客人。一部分观鸟爱好者，由外地或县城里的鸟导租车送入山中，送人的费用村民不收，只收山中的观鸟服务费。一部分观鸟爱好者，直接联系山中的村民，由山中的村民做鸟导，亲自驾车去腾冲市机场接来。有的观鸟爱好者先去保山市的百花岭村，再转场盈江县石梯村，村民鸟导会应约驾车去百花岭村接，去腾冲市和保山市的百花岭，路途 200 公里以上，每车 800 元，返回时送机场，再收 800 元。

村委会规定，观鸟棚机位价，鸟塘每天每个机位 60 元，犀鸟窝的机位价，每天每人 100 元。由村委会售票，提留 10 元，用于管理和帮助村中老弱病残。州自然保护区管护局的张副局长告诉我，2019 年 2 月，他去现场观察，大谷地村一个双角犀鸟观测棚里，放了 35 个小凳，1 个凳子 1 个机位，收费 100 元。棚内爆满，有 10 个机位轮转了第二次，棚子的机位收入 4500 元，大约估计，那天棚里有 6000 元左右的进账，因为有人离开后，还有人不断进来，观鸟季节，犀鸟棚都是满员。

村委会食堂制作并出售的快餐 20 元一份，食堂收费 13 元，村民给森林里观鸟的游客送餐 7 元。观鸟旺季，村民一天送进森林里的快餐，多达 50 份，有人一天赚取送餐费 350 元。

观鸟爱好者在村中留宿，有大量消费。村民家的农副土特产销售，也能增加收入。观鸟爱好者离开现代城市，热情洋溢地来到深山，就是因为持有环保观念，尊崇自然，热爱绿色生态食品，也就钟爱村民自种自制的土特产，来客多，村民家的农副土特产品销售就多。

中国的观鸟人群，相当一部分为退休人员，年龄偏大，进村观鸟和拍鸟，有人力服务需求，比如背摄影器材。密大告诉我，他接待过的一个客人，80 高龄，仍然进森林看鸟和拍照。尽管那位老人身体很健康，但毕竟 80 岁了，密大必须帮他背器材，还要随时陪伴，不敢大意。村民背器材进山，每人每次 100 元。有些村民家大人太忙，孩子上阵，为客人背大包，一天三四趟往林中跑，为家中增添了不少收入。

诸如此类收入相加，一个观鸟季，每户村民，平均赚取 8 万—10 万元，石梯村已在中国观鸟界获得名声，一个观鸟旺季长达半年，180 多天时间里，三分之二的天数来客爆满，场面壮观。

2019 年，进入盈江县石梯村的中外观鸟人，约 2 万人次，若每人在此消费 3000 元，一年进入的资金，就高达数千万元之巨。事实上，所有到来的客人，在山中平均住宿四五天，最长的住十来天，吃住行和观鸟服务，加上机场的长途接送，每人的消费，远不止 3000 元。

从前，藏于深山的石梯村村民，日落即睡，围火而卧，无钱可挣，全村的贫困发生率 50%。现在，徐小龙一个念头，改造一下自己家的餐厅，就花去 2 万元。2019 年，石梯村全村脱贫，只剩 1% 贫困，这 1% 的贫困人口是病残人员，村委会已做出专门的照顾安排。

景颇族村民，村委会主任排忠华对我说：活了大半辈子，没想过有一天自己也能做老板！排忠华说的是客栈老板，是在家中接待客人住宿，赚取费用。我去找排忠华，看到他家门前山坡上推出的平地院场里，建盖了一个大院子，院中有 3 幢房子，其中一幢是客栈，跟徐小龙家一样，酒店设施样样齐全，符合城里人习惯。

观鸟旅游中，交通服务的需求量很大，村民纷纷考驾照。从前，大谷地村只有一辆摩托车，车身捆满了铁丝，防止行驶中散架。后来大谷地村整体搬迁，村民住进县城，鸟塘和果林却在山中，于是村民结队买车，方便进山劳动和做鸟导。一年之中，大谷地全村购汽车 21 辆，占这个村人家的半数。

小蔡伍是大谷地村最早买车的村民，观鸟客人多了，公路修通，小蔡伍见机行事，赶紧考驾照，凭着聪明的脑袋，文化课一次就过。2017 年，云南大理的观鸟爱好者李总，鼓励小蔡伍买车，毫不犹豫地借他 3.5 万元，小蔡伍买了一辆国产东风 330 面包车，借的钱当年还一半，次年还完。小蔡伍

黑颈长尾雉

色彩斑斓的舞者，优雅而高贵，举手投足，气度不凡，回眸一望，百花盛开。

黑鹳

水中的舞者，长脚踏出浪花步，红嘴吟唱天地歌，两翅拍击，岸边芦苇齐摇。

说：大谷地村里，我姐夫的车子最贵，是 11 万元的长安车，其他村民买的是三四万元或五六万元的车子。

石梯村一个村民，70年代考入体校，离开了家乡，他说：以前回村看父母，进山要走路，山上有一种虫子叫“抱母鸡”，叮着一下人，就完蛋了。那虫子钻进人身体的肉里，出不来，身子会发炎肿胀，相当可怕。那时一边费力爬山，一边要防着被“抱母鸡”虫叮到，累得气喘，一不小心，虫子还是落到身上了，叮得那个疼啊，流着眼泪还要走路。所以，他说，以前上山和下山，是脚走路，现在，是屁股走路，什么意思？屁股坐在车上，人也躲在车里面啦，“抱母鸡”虫再也不会掉到身上了。

石梯村买车的村民也多，排忠华原是村里唯一买摩托车的人，现在鸟枪换炮，他又买了辆五菱越野车，并在家中的院场里，花万把块钱盖了个车棚，崭新的白色越野车静静地停在车棚里，窗玻璃泛射出闪亮的自信。

没有买车的石梯村村民，大多数买了摩托车，外出购物和干活，骑着摩托车来去，接待单个的观鸟客人，也可以用摩托车送去森林，或骑着摩托车去给森林里观鸟的游客送饭。

我住在石梯村徐小龙家，他家院场门口是进村道路，不时有村民骑着摩托，载着家人呼啸而过。驾车的男人目不斜视，表情专注，坐在身后的女人，花头巾飞起来，远看似一只鸟，摩托车马达强有力的轰鸣，回荡在空旷的山梁中。

三十二、扶贫观鸟环保学

从前，云南某些山区民族，有过密枝节的习俗，密枝节来自村后的一个密枝林。那里的一片树林，被老规矩严守，生长得郁郁葱葱，永远禁止砍伐。

每年，村民会在密枝林里做庄严的祭祀，是时，人畜才可进入，其他时间，任何人和牲口，均不得在密枝林里出现。林中的树木高大森然，气氛肃穆，令人敬畏。

这就是最古老朴素的环保管理与认识，高原山区，人与树林共存，树林给山区居民带来了生存的保障，所有资源都在树林中，树砍光了，人就跟着死光。人类早就在生命史中积累了一种认识，知道自然不可对抗，中国文化中有“天人合一”和“道法自然”等说法，其中也包含了生态环保理念。

密枝林全年禁止人畜进入，是人类自我约束的示范。无数事实证明，人类活动进入，自然生态就会受干扰，人类进入的数量和活动过度，对自然的干扰就很大，甚至会造成严重破坏。观鸟旅游推广开以后，盈江的葱绿森林中，每年有长达半年的时间，汽车呼啸而入，河边喧哗沸腾，山村人头攒动，涌进大批陌生人，让人担忧。

小心保护自然生态及地球生命史上一些侥幸遗留的生命，不只是工作责任，更是人类共有的使命。所以，观鸟旅游的推广，最初让盈江自然保护区管护局很担心。人类文明史上的太多教训是，财富的追求，会使人贪欲膨胀，造成自然生态被破坏。云南鸟类学家长期对盈江当地森林中的犀鸟一无所知，就是因为犀鸟数量减少，减少的原因，跟森林里曾经出现过的林业开发史有关，也跟很多年前未能防范到位的森林偷伐有关。

但是，盈江县在推广观鸟活动之初，对环保就保持了高度警惕，做了越来越多和越来越具体的限制。严禁森林砍伐是铁律，不必说，还从源头管控，为进山的游客办出入证，村民鸟导凭证接待，安排吃住行。村民在林中建鸟类观测棚，不得挖地，通往观鸟棚的小路只能割少量杂草，捡去拦路的乱枝，森林中的观鸟棚，有环保测评后的整体数量控制，不得超过。

法律非常重要，但处罚并非万能。自然保护区的一位专职人员对我说，一片自然保护区的原始森林几万亩，派士兵每人守卫一棵树，也许能万无一失，否则太难。他的解释说明，最深刻有效的管护，建立在人的思想深处，有了环保观念，事情就好办。

现在，村民很快建立了环保观念，并能严格遵守。从前，村民以狩猎为生，打鸟是家常便饭，晚上进树林打鸟，电筒照上去，站在树上的鸟动也不会动，弹弓一下一个，一下一个，有鸟掉下来，别的鸟还不会惊飞，可怜的小鸟，不明白夜晚很危险，死之将至。现在说到鸟，村民满脸幸福与感激，好像说的是家里能干的兄弟，或漂亮的姐妹，爱护之情，溢于言表。

两年前，有村民在山中发现可疑行迹，跟踪查看，原来有人在林中捕鸟，马上行动，把捕鸟人围堵在林中。那是两个外地人，刚在林中张开一张鸟网，就被村民拦住了。用网捕鸟很残忍，鸟无法觉察，撞上去后羽毛被网丝缠住，慌乱挣扎，很快就气绝身亡。村民没收了捕鸟人的网，打电话报警，两个来路不明的捕鸟人被森林公安抓获。

如果把抓获捕鸟人的事件，理解为维护私利——你捉鸟破坏我的资源，该抓，那么，村民自我卸网，任鸟在自家果树上啄食，就是出自深刻的爱鸟之情和由此产生的坚定环保思想。以前，村民种果树，比如种植荔枝，要防止飞鸟啄食，采用的办法是，用纱网罩住整棵树。那纱网，对鸟的伤害非常大，类似一张捕鸟网。鸟落下来，会挂在网上挣扎至死。观鸟旅游做起来后，村民都把自家果树上的护网取掉了，他们认为鸟是自家兄弟姐妹，吃点荔枝没关系，尽管吃。

盈江县成立观鸟协会，很多人入会；德宏州成立的自然生态保护志愿者服务队，队员也不少。这类人，文化素质很高，能理解和传播环保价值观，

花冠皱盔犀鸟

◇　犀鸟界的“颜值担当”，但叫声沙哑、粗短似犬吠，它裸出的喉囊，雄性亮黄色或橙黄色，雌性则是蓝色。

他们还是摄影家，跋山涉水拍出的自然生态照片，能深入人心地传播环保观念。

我看到的一幅黄嘴河燕鸥照片，极具诗意：黄嘴河燕鸥在河流之上张开翅膀滑翔，结实灵巧的长嘴微微张开，似在吟诵，似在嘀咕，似在赞叹，舒展的双翅像一对音符，凝固在空中，锐利的眼睛里泛射出闪亮深情的光芒。

黄嘴河燕鸥是全球罕见的鸟种。2019 年，盈江县出现了 7 只黄嘴河燕鸥，通过严密保护，24 小时监控观察，在安全距离处做了护栏，防止牲畜和猫狗进入，并协调上游水利机构谨慎放水，避免冲坏黄嘴河燕鸥筑在河滩沙洲上的巢。精心保护中的黄嘴河燕鸥，迁徙时增加为 13 只，成功育出了 6 只小鸟，地球上的一个濒危鸟种，那年增加了 6 个小生命。

黄嘴河燕鸥的稀少，跟人类越来越多的电站修建有关。那种鸟只把卵产在河滩沙洲上，遍布全球的电站修建工程，使很多河流的水位改变，破坏了黄嘴河燕鸥的栖息地。2020 年，黄嘴河燕鸥重返盈江县，只来了 5 只，数字更少，令人揪心，个中原因不得而知。在盈江县护鸟人的再次精心监护下，黄嘴河燕鸥离开时，带走了6只小鸟，从比例上看，数量增加了一倍多。

更有一个不可思议的场景被人看到。2019年10月，曾经极为罕见，连鸟类学家也找不到的犀鸟，忽然大批从缅甸入境，飞入中国盈江县，时间恰是观鸟季。那天，云南德宏州的几个本土生态摄影家，正在山上拍鸟，忽然天空中飞来大群犀鸟，他们一时发蒙，明白后赶紧掉转镜头，心潮起伏追踪拍摄。接下来的场面更令他们惊诧：犀鸟一群群地出现，持续不断，总共百余只，陆续落入了石梯村附近的茫茫森林中。

20世纪60年代，时有三五只的小群犀鸟，出现在德宏州人群稀少的乡镇，如遮放镇、畹町镇等乡村的田边地头，但从未有人见过几十上百只犀鸟从空中持续飞过。所以，那天摄影家拍到的视频，被中央电视台在新闻联播里播出，电视画面中，云南西部的宽阔雨林和连绵群山，有犀鸟成群结队飞过，非常震撼。

一年后的2020年3月，有人看见的场面，再次刷新了纪录：大群犀鸟，又从缅甸飞来，进入了中国云南的德宏州，多达140多只，单群犀鸟如此浩大，极度罕见。

犀鸟生蛋育儿时，一公一母生活，几个月后育了儿飞走，其实是群居，几十上百只犀鸟聚集。哪里安全，哪里食物丰盛，就成群飞向哪里。这段时期中，犀鸟不住洞，是蹲在树上生活。

德宏州的中缅边境地带，遍布大榕树，榕树上的一种果实犀鸟最爱吃，那种果子当地人叫黑栗果。140多只犀鸟，持续从瑞丽江的缅甸一方飞越而来，是因为中国境内的黑栗果刚刚成熟。毫无疑问，敏锐而聪明的犀鸟，获知中国境内生存安全，就无所顾忌，大批飞入。140多只犀鸟并非大群忽然而至，是分时段出现，早上飞来一拨，下午飞来一拨，晚上，又陆续飞回缅甸去。

发现这大群犀鸟的人，拍摄了图片和视频，传出去又引爆国内观鸟界。

2017年，盈江县自然保护区管护分局，曾请韩联宪教授做一个调查。2018年，一年的观察记录期结束，获得的成果是，盈江县的花冠皱盔犀鸟数量，已多达50—80只。

盈江县的野生动植物种群都在恢复。前两年，国内专家认为，因为人类持续并大量捕杀，穿山甲在中国的野外功能性活动已经灭绝，可是，2019年，盈江县的森林中，3次监测到了野外的穿山甲活动，红外相机拍到的一段穿山甲活动视频，非常珍贵。

2020年6月，安放在盈江县深山树林里的红外相机，又拍到3只云豹同框出现，以前拍到1只云豹，已是重要记录，这次拍到3只同框出现，极为振奋人心，说明云豹的小种群可能已在森林中恢复。

如上记述，是常识意义上的环保进步，水更清，树更绿，鸟更多，天更蓝，非常美好。另有一种独特的生态环保之情，表现在某些人无善无恶的平静生活中，比如移居盈江县的湖南青年小乐，他不为证明一种思想，不为挣很多钱，只为了每天感受到山风拂面，闻到青草气息。他是一只真正特立独行的鸟，穿越中国大地，落在了盈江县的大榕树上，啄食着黑栗果，快乐地鸣叫。

三十三、小乐飘然而至

小乐全名曾祥乐，1990年出生。我最初去盈江县调查寻访，通过小班的口，知道了小乐的故事，立即跟他联系，请他来到酒店。小乐是江西赣州人，出生于乡村，在湖南读大学，学公共事业管理，毕业后远赴北京，在《中国国家地理》杂志做新媒体工作。那份杂志主推户外运动，介绍环保知识，倡导自然观察，小乐因此结识了一批北京的观鹰爱好者，埋下了人生转折的重大伏笔。

山斑鸠

◇ 人们对它的印象，通常闻其声不见其身，鸣声低沉，重复多次。

小乐告诉我，北京的观鹰爱好者于每年春秋两季，聚集在京郊的百望山，心潮起伏地观看老鹰迁徙的壮观场面，那里的山谷里，有一条猛禽迁徙过境的最佳观测路线。小乐是单纯快乐并向往自由的青年，回忆起那个让他最早爱上观鸟的事件，不禁满脸泛光。

他的介绍让我增长了知识，从前我只知道大雁会迁徙，后来昆明飞来海鸥，便知道海鸥也会迁徙。那天坐在盈江县的酒店房间里，听小乐描述老鹰迁徙，我才知道会迁徙的候鸟极多，包括了老鹰。想象中大群老鹰张开宽大翅膀，飞过北京郊区的天空，场面之浩大雄伟，令我神往。

我后来查阅资料，获知北京的户外运动爱好者最喜欢“香八拉”这条线路，即从香山前往八大处的户外活动线，这条线靠近市区，交通方便，风景优美，古迹多，沿这条路线前进，经过好汉坡，可以到达一个叫打鹰洼的地方。

好汉坡地名雄壮，打鹰洼更有杀气。打鹰洼这个地名，是人类早期捕鸟驯鹰史的见证，记录下了草原游牧民族长期猎鹰驯鹰的喜好。北京曾是古代契丹和女真族的都城，即辽国和金朝之都，这两个游牧民族都爱驯鹰，猎人与鹰的感情很真诚，捕鹰事件却是鹰的不幸遭遇。

早年猎鹰量大，猎人前往北京郊外的百望山洼，在老鹰迁徙线路上等待，当老鹰利用山洼的上升气流滑翔，成群结队飞过时，就动手捕猎。现在猎鹰被禁止，人们只能在春秋两季去北京的百望山公园遥望，向苍茫天空送去崇敬的目光，远望群鹰连接成线，从半山的天空中雄伟飞过。

小乐告诉我，大部分猛禽是候鸟，夏天会离开南方的迁徙之地，返回北方繁殖。这些肉食大鸟喜欢北方，是因为那里人迹罕至。但北方的冬天冰冻三尺，万物萧条，鹰迁徙南方，才能获得食物和温暖。

盈江县冬天的农田旁，也有迁徙而来的老鹰站在树上，密切注视在田里犁地的人，待犁头翻起的泥土下蹿出老鼠，老鹰就从田边的树上飞下来啄食。夏天到来，北方冰雪融化，万物生长，那些迁徙的鹰就从盈江县的天空中消失，返回俄罗斯的西伯利亚。

听小乐讲得头头是道，我请他解释自己爱鸟的原因。他迟疑一下，自我分析认为，因为幼年生长在乡村，与自然较为接近。我认为这个回答只有一半正确，他和父辈的乡村生活经历中，应该充满了一些饥饿记忆，在那些饥饿记忆中，大自然给村民提供的美感，多半与食物有关，能吃的就是好东西，动植物皆如此。这也是中国乡村包括城市平民，长期缺乏动物及生态保护意识的重要原因，饥不择食，对自然环境会造成相当程度的破坏。

小乐出生于改革开放之后，中国乡村的生活变得富足，但饥饿记忆沉淀于血液，不会很快流失，还会附着在身体里，不知不觉地干扰他的行为。观鸟这种爱好，无用而怪异，在中国是一个新玩法，很难在他的生活中自然而然地产生。他的根本改变，来自大学毕业后的职业经历。

恰是因为大学毕业去北京的《中国国家地理》杂志工作，使小乐获得了最新的国外观鸟信息，接受了先进的环保思想，从而激活了幼年乡村生活中积累的自然情感，精神有了升华，爱上观鹰观鸟及自由行走的旅行生活。

观鸟的鲜活玩法，保持了与大自然最近距离的快乐交融，其中的知识与思想，让他着迷并高度兴奋，自由宽松和无拘无束的乡村记忆被唤醒，这使他在北京城里的谨严规范工作中，渴望出走，外出玩一次自然观察旅行。

他通过研究，获知云南鸟资源丰富，2014 年决定出行，暂时离开北京的《中国国家地理》杂志，来云南做边境观鸟的自然环游。上网查信息，他获知了打广告愿做鸟导的云南盈江县人小班的电话，两人相识，成为好友。

2015 年，小班被早局长发现，调出电视台，专门负责盈江县的观鸟工作推广，欲创办首届观鸟节，邀请小乐做志愿者。小乐十分兴奋，欣然赶来，爱上了鸟资源极其丰富的云南盈江县，从此留下，成为盈江新移民，跟小班共同创办了盈江县观鸟协会。

小乐在云南还收获了爱情。他的妻子也是外省人，在云南西北部的迪庆高山植物园工作，同样喜欢漫游，迷恋大自然的风清气爽。小乐跟她在云南德宏州的一个生态志愿者活动中相识，结伴来到盈江县，结婚生子。几年之中，小乐已在国内观鸟圈有了名气，现在妻子暂时在家做全职母亲，小乐做鸟导，快乐而充实。

小乐这个鸟导，包括他的妻子，来盈江定居，不是为了挣钱。小乐在北京，有固定工作和稳定的工资；他的妻子学建筑设计，也曾在北京一位建筑教授工作室里工作，收入可观，前景很好。可他们双双放弃中国一线城市的生活，走进云南乡村，亲近高山深处的原始森林，选择了另一种日子。

小乐是大学生，做鸟导做得跟村民不同。村民是观鸟地的原住民、旅游向导、生活服务员和劳动力提供者。小乐在网上打广告，建个朋友圈，带团出行，专业讲解，安排吃住行。

他是观鸟专家和摄影家，对以鸟为线索的所有动植物及其生活环境，不断进行专业研究，熟悉观鸟地的自然地理面貌、气候特征、鸟类分布、独有的两栖类爬行动物甚至特殊昆虫。

小乐告诉我，这几年拼命学习，仿佛重修了一个专业。他熟悉盈江县的鸟和动植物，还研究了整个云南高原的地理气候和动植物分布，曾经带自然观察旅行团去过最神秘遥远的云南怒江州独龙江乡，那里曾因交通封闭长期与世隔绝，空寂的山坳翻过去就是西藏，玩自然观察旅游很刺激。

2020 年，小乐带着妻子和刚出生的儿子，从盈江县城搬走，住进石梯村了。不是偶然去住，是长租了一个农户的家，大兴土木装修，要盖自己的家。

我获知这个消息，非常激动，赶紧与他联系。

可是，小乐的电话打不通，我发他微信，也没回音，问小班，小班给了我坏消息，他说因为疫情，小乐无事可干，正准备带老婆孩子回湖南看家人，忙着收拾东西，可能见不到了。

我很失望。

幸好，当天晚上，小乐回我的微信了，说在石梯村里等我，见了面再走。

我高兴坏了，马上离开县城进山，直奔石梯村，当晚住小龙家的客栈，第二天见到了分别一年的青年鸟导小乐。

小乐果然成为石梯村里的新农民了，他租的农家住宅，差不多在村子尽头，从小龙家去，要走1公里多路。我打电话联系上小乐，他就开车来，接了我过去。上次采访，他说自己买了辆二手车，这次坐进了他的车，我开了眼界。车是辆皮卡，翻山越岭，过河涉水，拉货拉器材，非常轻松。轮胎很大，车身较高，钢件厚实，车厢后座和后备仓里丢满了东西，各种工具、各种大小材料在车里散乱摇晃，一看就是忙装修正要开始新生活的架势。车的后座上丢了一个相机包，里面是相机，一旁的圆形长包里，装的可能是长焦镜头。

我坐小班的车，首先看到的也是相机、长焦镜头和脚架。这是观鸟爱好者的生活标配，拍鸟动作要快，镜头要长，尤其是野拍，鸟拍翅起飞，眨眼消失。

石梯村新建了整个村子，村民家的住房都漂亮和干净，小乐租的这户村民家的房子，也在施工队进村新建村子时盖成了新房，小乐再来，进一步装修，不太费多少力。他按照自己的想法，按照妻子的设计，在院场一侧新建了一间宽大厨房，厨房装了一个时尚的吊轨移动门，看上去很新奇。厨房地上丢满杂物，围成一圈的厨柜灶台和洗菜池，体现出与乡村不同的现代城市风格，以及散漫优雅的民宿气息。

为了不耽误小乐回湖南老家，我打开录音笔，马上开始采访。

小乐告诉我，早听村里人说，有户人家的房子闲着，那户村民在洪崩河小街住，做些小生意，很久没回石梯村了。他有出租房子的意向，但无人问津，谁会去高山的村子租一个房子住呢？

小乐并没想过要来村子里安家，他做鸟导东跑西跑，干完活回城里的家，很好的。可新婚之后，儿子出世并长到了1岁，他忽然间有了新念头，就像那次决定离开北京，漫游中国边境线。人很奇怪，一个想法冒出，看到的事物就跟着变。比如爱情，忽然不爱了，马上觉得对方丑，或者吃饭难看，或者走路太慢，或者钱太少很穷，或者钱太多愚蠢。诸如此类，随之带来一系列生活行动。

小乐也这样，新念头萌生，就发现城里的房子小，想换房找不到合适的，目光穿过客厅的窗玻璃，投向了城外的高山，想起石梯村那户村民要出租的房了了。几天后，小乐开车上山，进了石梯村，去那户村民家看了，觉得房子很好，是村里改造后建的新房，那户村民基本没住过，就高高兴兴地下山，跟妻子商量。过几天，小乐再上山，马上与村民签协议，在村干部见证下，签下了长达30年的租期。哈哈！ 30年啊，那时，小乐60岁了，他的孩子在石梯村长大，会不会变成一个村长呢？

村子改造时，可以帮村民盖私人客栈，个人出一部分钱，政府再补助，那户村民多年在外做生意，无回村经营的打算，就没有盖客栈。现在，小乐租下房子，计划自己盖客栈。

他告诉我，客栈不会盖很多，两间就行了，接待两个人就可以，多了管不过来。这让我很吃惊。他的这个话，包含了并非想让我明白的另一个意思，那就是他住进深山的村子，不是为了辛辛苦苦地赚钱，是为了做鸟导方便。做鸟导，对他而言，既是一份工作，更是一份生活。他从没想过为了赚更多钱，就把生活搞乱，只想过得自由而快活。

他从去年底开始装修房子，没钱请工人，很多活自己做，乡村长大的孩子，动手能力很强，妻子正好建筑设计专业毕业，能出主意。他开车跑材料，自己动手做，一两个月后，像个装修师傅了，什么都会干。时间到了观鸟旺季，鸟导工作忙起来，很多外省朋友给他打电话，加上钱不够，他就转而去做带团出行观鸟的工作，装修时干时停。幸好，那户村民家住房很新，进度慢，并不影响一家三口居住。比起县城的住宅，乡村的房子宽敞很多，怎么乱，都能转得过身来。

有村民看了小乐正在建盖的小客栈，很惊讶，说非常漂亮，要学着做。他们带来新的美学观念，村民一下子就看懂了，真令人高兴，文明已在这个寂静山村里发芽生长。

小乐说：房子搞好，可以种点菜，养几只鸡，准备把妈妈从湖南的村子里请来，或者请爸爸来，他们应该可以来一个，要留一个在湖南守家。

说话间，小乐的妻子进厨房来了，她是一个非常清秀的姑娘，一声不响，飘然而至。长头发，瘦削的身子，身着米灰色的麻质长腰裙，一手弯在胸前，环抱着 1 岁的儿子，一手拿起厨房台子上的水瓶。我向她提问，她不慌张，不热情，也不拒绝。我问的话都回答，但问一句答一句，表情淡然，身上透出一种超然物外的仙气。

小乐的妻子说话声音很低，语速慢，思想却很坚定。短句子，表达肯定，不愿深入讨论的感觉。她眼睛不看我，目光从我的头顶越过，软绵绵地投向门外被雨雾罩住的山梁。

我问她：搬来村子喜欢吗？这里宽敞，生活轻松得多了。

她淡淡地说：雨下得太多了。

我说：小乐是农村长大的，会很适应这里，你可能困难些。

她平静地说：我也是农村长大的，不过我家农村靠近县城，现在都没有地了。

我说：那你会喜欢这里的。

她又重复说：雨下得太多了。

我哈哈一笑说：热带雨林区，一下半年雨，我算是领教过了。你今后有什么打算呢？

她看一眼怀中的孩子说：什么打算？陪着他长大吧。

哈哈！这是多么实在，又多么轻盈虚幻的一个计划啊。孩子才 1 岁，从现在起到孩子 20 岁，有非常美丽而巨大的生命空间等待填满。但是，陪 1 岁的孩子长大，确是一个年轻母亲最诗意的回答。

她能说什么呢？她告诉我自己学建筑设计，却不想生活在大城市，跟着北京大学的建筑老师在工作室里干，却向往寂静无人的云南高山草甸，她没有理想，也没有我这种老一套的生活规划猜想，只想真实地活在无拘无束的自由空气里，其实什么也不用想，静静地迎接每天的时光。

我对她的理解对吗？我不知道，也许她的丈夫小乐也不知道。

小乐插话说：我老婆现暂时不工作，孩子小嘛，原来她是有工作的，等小孩大点，她想干什么就干吧。

我再寻找，小乐的妻子已轻飘飘地离开，无声消失在门外了。

我忽然在想，这对小夫妻，其实是可以编一个电影故事的。

三十四、萤火虫幻影

小乐不是商人，是自然观察爱好者和研究专家，把爱好变成工作，让他倍感幸福和极度痴迷。他在不带团挣钱的闲暇日子里，若干次深夜进入森林，只为拍摄一只独特的猫头鹰或一只罕见的青蛙，也曾经长时间趴在地上拍摄昆虫。

他身兼自然观察专家、向导和旅游服务人员，做全包服务，收费安排全团人员的吃住行，每年带五六个团，都是小团，七八个人，甚至两三个人，赚的钱够用，就行了。他没有成立公司，目前无做大做强的雄心，只图快乐。观鸟旺季到来，他非常忙碌，一次次带团出行，消失在深山丛林中。旺季过去挣不到钱，他更兴奋，自由奔跑，反复进山，寻找昆虫和两栖爬行类的奇异物种，拍摄破茧出壳的昆虫或成功捕食的蜘蛛。

小乐正在做的昆虫观察和拍摄，让我想起去年来盈江寻访的一次见识。那天小班驾车带我去洪崩河寻访，途中遇见他的一个朋友，一个 90 后的小伙子，那人来自云南蒙自，非常清瘦，说话绵软，却思路清晰。午餐时聊天，小伙子告诉我，他的工作是带人观虫，可以称为“虫导”。

哈哈！我惊讶地说，你这个职业很有意思！

年轻的虫导朋友向我解释说，他此次来盈江县的洪崩河，是考察和探索这里的旅游路线，他现在的工作，是带孩子们进入野外环境，观察昆虫并观察自然。从他平静的语气和自信的表情看，做这个工作不难，至少能养活自己，我很惊喜。说话间，一个小小的黑影从空中掠过，虫导青年丢下筷子追出去，返回时，手背上爬了一只虫，那是一只身形和颜色十分奇异的大虫，他说出的虫名我不懂。

认识那个虫导小伙子之前，我读到一个信息：日本发展出的一个新型自然观察旅游项目，是寻找并观赏苔藓之美。说的是日本的旅行社专门组织爱好者外出，观察河畔和山间的苔藓。文中配了一幅图：一群人戴着遮阳帽，专心致志地站在一道石坎边，埋头观看似乎并不存在的东西。我当时看到那幅图，很不理解，曾哑然失笑。

后来，坐在遥远的洪崩河中缅边境小饭馆的餐桌边，我与那位虫导青年相遇，听他一番介绍，恍然大悟，理解了日本人苔藓旅游项目的重要性及其趣味。再百度查问，获知最微小的植物青苔，非同寻常，由散发在空气中的孢子进行繁殖，只有茎和叶，无根。它无处不在，却对生存环境要求很高，是地球史上最古老的生命之一，似蕨非藻，形态千变万化，全世界有苔藓约23000种。

日本人的苔藓之旅，是一种高深的生命观察，也是一种对自然之美的欣赏。生命之美，不只体现在体形大、外表斑斓夺目和声音之美妙动听，还体现在形体小、颜色单一并沉默无声；不只体现在奔跑，还体现在沉睡；不只体现在凶猛，还体现在温柔；不只体现在粗壮并千年存活，还体现在纤细且随风而逝。

采访村民小蔡伍，他也提到了昆虫，让我极其吃惊。村民能明白观鸟，做成鸟导，已经了不起，但鸟导毕竟与人类的玩鸟趣味接近，容易学会。提及昆虫观察，就非常理论化了，没想到他说得很自然。

小蔡伍告诉我，观鸟产业很好，但不能破坏环境，发展有很大限制，现在做鸟导的人越来越多，竞争很激烈，已经喂成功的鸟塘里，新鸟比较少了。因为不能去森林茂密的保护区做鸟塘，还因为鸟塘太远游客走不动。最好的鸟塘，要在靠近公路的林子边做，但鸟很聪明，少来公路边，特别是一些珍稀鸟，它们躲在密林深处，或者高山之上，远避人类。有些鸟飞来，也不吃食，只吃些杂草中的花蜜，喝点水，很快就飞走了。所以，他认为，鸟导会越来越难做，要开发些新的自然观察项目。

小蔡伍坐在徐小龙家餐厅的圆桌边平静讲述，这个善于独立思考和观察的青年，智慧远超出我的估计，他做村干部真是太合格了。他的最新计划是，要跟着小乐学昆虫知识及昆虫拍摄技术，他告诉我，看到过有人用微镜拍虫，普通的一个小虫，拍出来比鸟更好看。

从2019年起，小乐扩展研究范围，开始拍虫，小蔡伍知道后，很感兴趣，经常跟着小乐跑。拍小动物跟拍鸟有时间区别，拍鸟是白天，拍虫子是晚上。小乐带着游客进山拍虫，是夜间出发，进入森林，纯粹野拍。没有观测棚，没有固定的人工投喂点，只有野外的搜索与发现之乐。但也有方便处：小动物不容易被惊动，一旦找到，可以放心拍摄，反复试验。小蔡伍看到小乐拍的青蛙、蜻蜓和极小的蜘蛛，不只漂亮，而且惊心动魄。

小蔡伍说：我看到那个虫子，特别有灵感，一下子就兴奋了。

他说出灵感这个词，不假思索。

小蔡伍接着说：有人爱拍野生大动物，比如熊、豹、鹿、豹猫等，他也有些心动，想研究一下这个项目。大动物的拍摄非常困难，除了动物的安全和人的安全问题，关键是大动物行踪不定。

铜壁关这片原始森林中，偶有大动物从公路穿过，或意外进入鸟塘被人拍到，但要摸清它的行走路线，准确等到它出现并进行成功拍摄，概率非常小。可小蔡伍愿意尝试，他已经在做试验了，前久，他曾在豹猫可能经过的森林线路上，放置了些老鼠和小鸡。几天后，他高兴地发现，食物被动物吃掉了，证明那个线路上，确有大动物来过，是什么动物？动物是在一天中的什么时段来的？他不清楚。

小蔡伍讲得津津有味，他的讲述让我联想颇多，世界范围内的自然观察活动，已发展得极其丰富，分类很细，生态摄影家也各有所好。有人专拍单一动物，比如豹子，比如蜘蛛，甚至蚂蚁。这种风习进入中国，引发了某些城市青年的小动物拍摄爱好，一批中国年轻人，正把小资趣味、技术迷恋与自然观察结合起来，掀起萤火虫拍摄风潮。

极其渺小且白天无法看见的灰暗小虫，被一帮中国的城市青年追捧，在夜间拍出惊人之美，甚至拍出了灵魂出窍的飘逸幻景，是非常有趣的。他们已总结出一小套萤火虫拍摄的专业技术程序：要有电筒、红色玻璃纸、蜡烛、毛绒玩具或怪相木雕道具，七七八八一堆，然后必备相机脚架。还要带驱蚊止痒药，拍萤火虫的最佳季节是夏天的 6 月，户外蚊虫比人类更活跃。

萤火虫之光很微弱，像梦中幻象，即使夜间拍摄，也很容易一闪而逝。要提前吃晚饭，黄昏前到达现场，另外，环境很重要，拍摄成功一幅萤火虫摄影作品的重要条件，是正确选择一个好地点，这跟拍鸟类似。拍鸟不是拍动物科学图谱，是拍自然之美、情感之美。鸟展翅飞翔在壮阔山河的背景上，拍出的作品最好，抓住鸟在轻盈花草和透明小溪边嬉闹的瞬间，拍出的作品，也很生动。

拍萤火虫，另有一种思路和主题。自带亮光的小昆虫，是自然界的生命奇迹，它的关键是光。拍萤火虫是为了拍光，夜间拍萤火虫，要描绘出无声上升的诡异夜色，表达摄影家对幻影异光的想象。所以，萤火虫拍摄爱好者喜爱的经典地点，是古寺或陈年旧屋。

我看到的萤火虫作品是，夜间的古寺，老门紧闭，月光无声，古道残破，来路不明的细碎光亮飘浮在空中，似外星人突降，也似某些生物的灵魂在游荡。有人拍古墓前的飞舞萤火虫之光，展现出了聊斋故事的场景。

爱好搞怪构思的年轻人，来到盈江县的深山，会有什么发现呢？

三十五、我看到了犀鸟

行文至此，全书将结束，最后讲一件于我而言非常重要的事。

2020年6月，我在盈江县高山的森林里，亲眼看到了野生犀鸟。

那是非常幸运的经历，可我并没有准备要看，更没想到会看到犀鸟。

事情发生在我进入盈江县的第二天，前一天我在德宏州府的芒市结束采访，碰见盈江县委宣传部冯部长在芒市，就乘坐他的车，于次日晚上天黑时到达盈江县，住进了熟悉的诗蜜娃底酒店。冯部长在酒店大堂安排人明天送我去石梯村采访时，有人幡然猛醒地提醒他说，何海燕明天要进山。冯部长大喜，赶紧叫人联系。

我不认识何海燕，只想着有人送我上山进村，就行了。第二天清晨6点，我提着行李箱下楼，在酒店大堂见到了准时出现的何海燕，非常吃惊，我以为是女士，没想到是一位结实的壮汉。

何海燕驾驶自己的私车，带着我和出版社的小王，于早晨6点的黑暗中，从县城的酒店出发，绕几条道路，驶出城外，停在一个加油站门边。我以为何海燕要加油，没想到是为了吃早点。天色微亮，加油站边一个小棚里，卖早点的女人已经摆开了桌椅。何海燕告诉我，这个女人做的米线和饵丝，味道比较好。

那就是盈江县城的特殊生活，好吃的早点，可能在城外加油站的路边小棚里。

何海燕精干健康，已提前退休几年。他身穿迷彩服，一身户外运动的打扮，脸晒得很黑，表情舒坦，眼睛很干净，被森林雨水反复冲洗过的感觉。车上的交谈中，我知道他是昆明师范学院1978级数学系的毕业生，大学时参加摄影小组，学会拍照、冲胶卷和放大相片，从此保持着这个爱好。

20世纪80年代，是一段特殊历史，最神奇并永远令人感动。那时理想主义高涨，年轻人以穷为荣，拒绝物质，高谈阔论，疯狂买书，崔健的摇滚歌曲《一无所有》，唱出了那个时代的光荣主题。从盈江县去昆明读书的大学生何海燕，也就更穷，但这不会让他羞愧，也丝毫不能阻止他学习摄影的奢望。他在盈江县当然是见过照片的，但肯定没想过有一天自己会拿起相机拍照，进大学发现有学生摄影小组，马上报名参加。

相机买不起，胶卷也很贵，不要紧，那个时代，所有人都训练出了足够多的省钱智慧。他从昆明师院的大门出来，走 1 公里路，去到文林街的新建设照相馆，可以租相机，再买便宜的大盘胶卷，回来用床单蒙上宿舍窗户，躲在被子里，可以卷出几百个胶卷。

毕业后回故乡盈江县，何海燕分到中学，教书 20 年，业余时间玩摄影，之后调到宣传部，做专职摄影师。从大学时算起，何海燕的摄影之路，已走过 40 年岁月，我认为他是德宏全州资历最深的摄影家之一。他叹息道，早年拍风景，后来拍新闻，忽略了人文历史和社会事件，现在改了拍鸟，才找到感觉。

他提到了犀鸟，告诉我自己最近正在拍鸟，已在接连一个多月的时间里，每天驾车进山，持续观察一只将要出洞的小犀鸟。并说树林里的那个窝，母犀鸟已经出洞了，按正常规律推算，半个月后小犀鸟就应该出洞。可是时间过去一个月，母犀鸟每天守在洞口，公犀鸟飞来飞去地觅食，就是不见小犀鸟出洞，不知道会不会发生意外。

何海燕没说要带我去看犀鸟，我也没提出任何想看犀鸟的要求。我在一年之中前后三次来到盈江县，听到的犀鸟故事太多。那些故事中，看犀鸟很辛苦，拍犀鸟更辛苦。犀鸟窝藏在森林的纵深处，或者陡峭的山坳中，难以到达。如果季节不对，到达了现场，也看不到犀鸟。

去年 6 月，我上山去石梯村采访，人家就告诉我观鸟季节刚过，不凑巧。今年又是 6 月，我坐在何海燕的车上，听他说自己要去森林里拍小犀鸟出洞，感觉很虚幻，与己无关。

黑鹇

◇ 国家二级重点保护动物，其实它并不“黑”，相反还很“炫”。在环境好的山林，黑鹇的繁殖很快。

一路聊天，追忆何海燕的大学生活，感叹时光飞逝。不觉间天色大亮，汽车已在山上盘旋约一个小时。忽然何海燕小声嘀咕，怎么就有人来了？我循他的声音看去，发现车窗前方的公路边，停了好几辆越野车。深山老林的公路边，清晨停了几辆汽车，是有些奇怪。更奇怪的是，何海燕减缓车速，把车子靠边，停在了那些汽车之后。

他说：下车。

我懵懂下车，以为是休息。

何海燕打开汽车的后备厢，取出相机包对我说：走吧。

他转身钻进了公路侧面的树林，我慌忙跟上。这时开始下雨，热带雨林地区的雨季就是这样，雨说来就来，一天几场。先是飘下雨丝，后来就落下响亮饱满的雨点。树林里枝干密集，叶片重叠，藤条杂乱，纠结缠绕成一把高高张开的巨伞，遮挡住了天空中急速坠落的雨点。我听见头顶一片密集响亮的噼啪嘈杂声，看到雨珠不断滴下，再看到脚下的腐叶和烂泥已经变湿，滑腻难行，无法站稳。何海燕熟门熟路，稳健地朝前走。我弓下身子，手脚并用，连滚带爬地紧追，只怕他走远，把我丢在大雨滂沱的森林中。

这是要去干什么？何海燕没有解释，他钻进森林，拔腿就走，没有告诉我要去哪里，就那么理直气壮地在雨中的森林里前进。我心里发蒙，甚至有些着急，这可要耽误时间了，我要进村去采访的呀。

一直往下，越走越低，脚下烂泥极滑，鞋子被泥糊满，每一步都心惊胆战，随时可能跌倒，坐下去一滑到底，坠入某个黑洞。如此艰难地走出 100 多米远，面前透来亮光，出现一个拐弯的小路，几块栈道似的木板搭在地下，脚步轻松了。我长出一口气，拉着身边的树干和枝藤摸过去，踏上木板朝前走，竟然看见一个棚子，走进去，只见棚子里坐了 4 个人，原来是个观鸟棚。

观鸟棚我去年看过，那次小班带我去盈江县海拔最低的那邦镇，一个村民女人领着我出门，走一段路，钻进了路边树林中的一个小棚子，里面坐了5个人，人人身穿迷彩服，面前各架一个长镜头相机。棚子前面是一排小窗口。粗大的长镜头瞄准窗外的树林，几只小鸟在一个长满青苔的水池边跳跃。小班低声告诉我，那是八色鸫，非常珍稀的鸟种。我没听懂，只听见一阵密集的相机连拍，快门清晰地咔嚓咔嚓响，战场上子弹横飞的感觉。

这个棚跟那个棚一样，也坐满人，但棚里很安静，几个人在说闲话，窗外空荡荡，没有树林，只有空气和远方模糊的山脉。几根大树的枝丫长长地伸在空中，在苍茫雨幕里轻轻摇晃。何海燕老师告诉我，那几棵粗壮的枝丫，就是长在悬崖上的一棵四数木的树枝，犀鸟窝在这棵树上。

这就是大名鼎鼎的犀鸟观测棚。

原来是来看犀鸟。

但窗外的树上并无犀鸟，老犀鸟早上飞走觅食，尚未归来，小犀鸟在树洞里，也许今天，或者最近的某一天，大树树干的犀鸟窝里，小犀鸟会挣扎出洞。棚里的观鸟客人，都在等待那个重要时刻。他们架起的长镜头相机，像一些小型的导弹发射架，或说更像火箭筒发射枪。事实上，最大的长焦镜头比火箭筒还粗壮，相当威武，某个时刻到来，摁响快门，可以轰然拿下1000米外的目标。

我大为振奋，又很疑惑，试探着问：会有老犀鸟飞来，落在那几根树枝上？

何海燕点头说：是的。

我问：现在怎么办？

等呀，他微微一笑说。

原来，他们就这样一个多月地每天赶来，在山上森林的棚里等待。

我也只有等。等是一种美，也是生命的真理。地球的生命史，人类的生命史，都是在无穷无尽的等待中完成的。等待公平，等待正义，等待发财，等待报应，等待出生，等待长大，等待爱情，等待成功。

等待也是一种危险人生，苦苦等待，到来的可能是一场空。何海燕和观鸟棚里的几个人，也许，最后等来的，是鸟去树空，一无所得，这完全有可能。但人类迷恋等待，也能接受等待后无所得到的伤害，是因为期望落空也是一种美，没有惨烈打击的期望落空，就没有千古流传的得到之绝美。

我在棚里找一只小凳，呆呆地坐下等待。

坐了半小时，窗外风景不变，树枝上仍然空空荡荡。雨越下越大，棚顶被雨点敲击得很响，在棚子里说话，要大声喊叫。我渐渐有些明白了，刚才何海燕开车进山，途中停了一下，带我走到路边一个搭了木板和围栏的观景台上，指着极远处山崖上的一棵树说：往前看，悬崖边，这个角对着的一棵树，那里就有犀鸟窝，我们要去看的是那个犀鸟洞。可我看不见他说的那棵树，也不理解他的话，只想着赶快进村子，没想到他会带我来观鸟棚里等待犀鸟。

可能，他以为我就是应该先看犀鸟，再上山进村。一个作家来采访观鸟事件，连路边的犀鸟棚也不进，算什么采访呢？这是理所当然的过程，不必解释。

我万分感谢他的安排。

何海燕也找了一个凳子，坐在我身边，他告诉我，这个棚架在悬崖上，窗外是几百上千米的深谷，再没有路，谷底是拐弯而来的洪崩河。

这就是犀鸟的选择，专挑悬崖绝壁处落脚。

我伸头朝窗外看，地势极险，木棚小窗正面的棚壁，几乎靠近了悬崖边，下方是陡直的深谷。洪崩河从河谷前方流来，雨季的浊流翻越河床上七突八翘的史前巨石，撞出隆重沉闷的响声。暴雨倾盆，灰色的雨幕从天空绝高处长长地垂下。

棚子最远处，洪崩河的另一侧，是缅甸，卧着一座山峦。山上是莽莽苍苍的丛林，一条模糊的土路，细线般缠在山腰，可以看见一辆汽车小虫子似的在雨中缓慢爬行。

雨幕的飘摇中，伸在悬崖半空的四数木树枝上，还是空无鸟影，犀鸟说法似为谣言。坐在棚中闲着无趣，我就跟身边守着相机的观鸟朋友聊天，人家告诉我，这是今年新发现的一窝犀鸟，春节过后，村民看到一对犀鸟飞来这棵树上停留，非常惊喜，就每天跑来，悄悄蹲在树林里观察。

奇怪的是，犀鸟接连几天飞来，始终不进洞。有一天犀鸟飞走了，几天不归，村民很着急，想爬树检查。大树长在悬崖边，攀爬很危险，但村民认为犀鸟不进洞，原因一定是树洞有问题，就冒险爬树查看，果然，发现了树洞里黄鼠狼作乱的痕迹。村民把洞里的杂物丢弃，用砍刀把树洞修大，大约一周后，犀鸟再飞来，愉快地接受了村民赠送的新居，钻进了树洞。

村民鸟导最大的幸运，是这个犀鸟窝离公路极近，观鸟游客沿公路驾车过来，下车进树林，往下走约 100 米，就可以进棚了。因为，公路在这里拐了一个大弯，车道刚好靠近山谷悬崖边的树林，非常方便。

这个观鸟棚视线极好，悬崖边的窗户空无遮挡，窗户离犀鸟窝也很近，约 30 米，是整片林区最佳。村民在林中其他地方找到的犀鸟窝，四周树密叶多，棚子所在位置，距离犀鸟窝都在 50 米以上。

用村民鸟导密大的话来说，这真是银行，一个大银行。

可是，疫情挡住了人类生活的脚步，盈江县的边境线上四处设卡，外省和外国人不准过境。那天坐在棚中的摄影家，都是云南本地人。我身边一位是德宏州的干部，他喜欢星空摄影，拍鸟是为了收集些电脑加工的素材。

雨还在下，我们的棚子位置低，暴雨中倾泻的山洪，从我身后的岩石凹陷处流下，像一条绵延不断的小河，流水拐几道弯，从小棚一侧跌入悬崖下方。

那个观鸟小棚，并不是四面围起的房子，是把朝向悬崖外大树的一方用木板隔挡，开一排观看的小窗，上方再搭一个顶，就完了。我们的身后，包括两侧，都是裸露的岩石和山壁，保持着自然原样，我也就能看见身后山岩处流下的雨水。

如果，我身后不是岩石，是泥土堆积的山坡，或者树很少，缺乏泥土的聚拢内力，持续下暴雨，山体塌方就不可避免，我们会滚下深谷消失，无影无踪。这片山崖，就会成为一个小小的纪念碑，让人偶尔追忆起几个不知名的人物。

但我们没有离开，也不会离开，进了小棚，没看见犀鸟，人就不会离开。刚才说过，等待是一种美，即使期望落空，人类也有准备，习惯了。人在等待中会有力量，我们也一样，对身后那片雨中山坡里蕴藏的危险，视若无睹。

我跟神秘的星空摄影家聊些话，听着空气里无边无际的苍茫雨声，看着观鸟棚窗外悬崖处空荡荡的树枝，一时沉默，很恍惚，也很空虚。两个小时过去，快到吃中饭时间，肚子有些饿，除了嘈杂雨声和永远不停的暴雨，天地空无。

一个叫密二的中年村民男子，冒雨送来了一堆快餐盒饭，盒里是米饭和青笋炒肉片，肉片炒得老，青笋咬不动，却是我吃过的最美味午餐。我正细嚼慢咽地品尝美味，有人惊叫一声“来了”，丢下饭盒，趴到了相机上。

那是森林中极其重要的时刻，我却没反应过来，脑袋混沌，只想着吃饭。看身边的几个人都全神贯注地摆弄相机，我才恍惚意识到发生了什么大事，赶紧放下饭盒，也凑近窗口看，却没见任何活物，只看见灰色天空中的绵绵雨丝。

怎么啦？我问，看什么呢？小犀鸟出洞了？

身边的人说：什么小犀鸟？是大犀鸟。

我问：大犀鸟来了？在哪里呢？

星空摄影师给我指点，我就朝被雨幕抹花的树枝上一寸一寸地搜寻，果然找到了犀鸟。灰黑色的一个身子，蹲坐在凌空轻摇的树枝上。传说中的大鸟，万众瞩目之鸟，就这样在山上的雨中悄然归来，默默出现，一声不响。

三十六、犀鸟在银河系的星空

我的心怦怦跳。

我无法描绘那个特殊时刻，没有锣声，没有鼓声，没有掌声，没有欢呼，没有尖叫，只有平静的呼吸。没有满脸的泪水，只有瞪圆的眼睛，以及密集雨声中咔嚓咔嚓的快门响动。

窗外无边的大雨，就是一种欢呼，是天地间最隆重的迎接。

我也掏出手机，朝树上的犀鸟拍照。

老犀鸟觅食回来了，小犀鸟今天会不会出洞呢？

这个雨中的疑问，无人能给出答案。

我正杂乱地思索，忽然，蹲在雨中树枝上的犀鸟飞起，张开带有一点弧形的宽大翅膀，亮出了几种鲜艳色彩，拍翅飞几下，远远地停在了另一棵树上，过一阵又飞来，落在离我们稍近的四数木枝丫上。

从此它蹲着不动，雨水哗哗地从天降落，犀鸟一动不动，半小时中，没有任何动作。在棚里远远地观看，认不清正面或反面，也看不出脑袋和翅膀，只看到树枝上一个黑色的节，高高突起，毫不显眼。

有人低声说，又来一个。我急忙目光扫射，看到一只犀鸟扇动着大翅膀，从窗外风景的右侧飞来，落到离这只犀鸟几米远的更高树枝上。

妈呀！还真是一对。

坐在我旁边的星空摄影家说：隔得太久了，早上回来过一次，过3小时才来。

我问：是因为下雨吗？

他说：可能吧。

其实谁也不懂，我身边的何海燕咔嚓咔嚓猛拍，我举起手机，把一高一低蹲在雨中树枝上的犀鸟拉近，拍了几张，看不出什么效果，只能拍出树上结出的两个大果子。

雨继续下，没有要停的意思，两只犀鸟一高一低地蹲在树上，我忽然若有所悟，明白了犀鸟为什么这样呆笨。它身子不动，脑袋里一定在飞快运转。对面悬崖处的这个棚子，肯定是它心里的一个巨大问号，它飞回来，并不靠近犀鸟窝所在的那棵树，只站在旁边的树上，就是在静静地观察我们的小木棚。

这是人与鸟的对峙。

这时，一只犀鸟转动脑袋，侧面的剪影衬在天幕上，勾画出一张宽而粗大的弯嘴，我赶紧拍几张照片。

忽然下面这只犀鸟动起来，在树枝上轻轻跳跃，它不是像鸡一样一步一步地伸出脚趾走路，是像小鸟轻轻跳跃，很快乐的感觉。这只犀鸟沿着树枝，朝站在高处的另一只犀鸟同伴跳去，我觉得这只主动靠近的犀鸟，大约是公鸟，公鸟也许总是要讨好母鸟的。

眼看这只蹦蹦跳跳的犀鸟快要靠近上方高枝上的犀鸟了，忽然，上方的犀鸟飞起来了，下面的犀鸟拍翅紧追，也凌空飞起。犀鸟飞翔，确实很漂亮，一对翅膀宽大有力，张开后，略显圆弧形，拍击的动作较缓慢，有些滑稽，很卡通。大雨哗啦地下，我身边的一整排长镜头相机，又快门猛摁，导弹再次发射。

我半忧半喜。喜的是高山悬崖处的暴雨中，亲眼看到了传说中的犀鸟；

忧的是在野外的森林里观看犀鸟，人太辛苦。我的观鸟体会，可以归纳一下：

观看和拍摄犀鸟，有几难。一是等鸟飞来，时间长。犀鸟清晨出去觅食，回来的时间很晚，空等两三个小时都有可能。二是等鸟摆造型，很难。要眼不眨地盯紧，犀鸟落到树上，经常背对人站着，即使面对面，一团黑影，也不生动。等它扭头，能看到粗壮的大嘴巴，会稍好。三是拍到最好的犀鸟照片，很难。最好的观看和拍摄，要等到犀鸟起飞。翅膀张开，黑黄白颜色亮出，很丰富，姿势也壮阔。我使用“壮阔”这个词，是因为犀鸟体形大，翅膀张开很显眼，跟浩瀚的森林有一种天然呼应。

但等待犀鸟起飞，要格外专注。你不知它何时出现那个动作，忽然它飞起来了，稍有疏忽，就会消失，镜头前就空了，无处追踪。如果下大雨，遇上我所亲历的那个上午，就更麻烦。犀鸟始终蹲在树上不动，它不只是在观察我们的小棚，确实也是在避雨，不便行动。

观看犀鸟的最后一难，是路途之遥、地点之险。犀鸟怀有对人类的高度不信任，它的大多数栖息选择，都是人迹罕至之处，悬崖或深谷。这些地点，都有自然力在限制人类行动，观犀鸟有危险，务必小心。

我这样想着，窗外天空中的一对犀鸟，双双飞回来了，两对大翅膀，在雨中有力挥动。一只停在树枝上，另一只停在四数木一个突起的树节上。那个树节相当于门槛，刚才何海燕指给我看过，鸟窝的树洞，是树枝断落造成的空洞，藏于这个树节的背面，从小棚的方向看得不太清楚。

犀鸟落到鼓起的树节上站稳，歪着大脑袋，朝我的方向张望，我心底忽然升起了浓浓的欢喜。它是在向我致意，还是朝我投来怀疑的目光？

我希望它们保持怀疑，保持对世界的警惕，这样才能得到长久的安全，树洞里的小犀鸟也才能安然出窝，一家三口犀鸟，才能平安地飞回森林深处，汇合它们的犀鸟群。

半天时间已过，我要离开了，于是告辞。

何海燕带我走出小棚，一路攀爬，返回公路，坐车朝山上的石梯村驶去。

我未能看到小犀鸟出洞，但何海燕看到了，一个多月后，网上一片惊呼，中央电视台播放了画面，那电视画面，就是何海燕相机拍摄的视频。

云南盈江县的摄影家何海燕，于 2020 年 7 月初，在盈江县铜壁关自然保护区热带雨林里，成功拍到了小犀鸟出窝的生动视频，他一下子在中国获得了广泛名声。我赶紧在微信上查找，并向他表示祝贺，他回复了我一连串表达快乐的汉字，文字是沉默的，我却听到了比笑声更响亮的欢笑。

他等的时间太久，也太有耐心，不是在山中树林里等 2 个月，是从 19 岁上大学，等到了退休之后这个热带雨林的夏天。1979 年，何海燕背井离乡，去昆明读大学，从文林街的老相馆走出来，身上挎着一个租来的旧相机，从那时起，他就在默默等待。2020 年秋天，他相机里的好画面惊动了中国，我为他激动。

我在网上的视频画面里，看到何海燕接受采访，还看到了熟悉的青年朋友小班，小犀鸟出窝，他也在场，于是我想起了在观鸟棚里结识的其他朋友，想起了那位神秘的星空摄影家，他坚持到最后，也拍下了新生命问候世界的瞬间吗？还是失去耐心走了？

我在观犀鸟时，与星空摄影家相识，是意味深长的奇遇。这两种观察看似不相干，其实有共通之处。但那天在盈江县山上的森林里，最初听说星空摄影，我非常不解。

棚子里雨声太吵，我疑心听错了话。曾经好奇地问，什么叫星空摄影？

他告诉我：不像自然观察拍地上的动植物，更不像传统摄影拍风光和人文历史，或者拍社会事件，星空摄影拍的是银河系。

他一本正经地解释，满脸严肃，我听了想笑。如此不着边际的摄影，居然有人玩，这个人就坐在我身边，世界真复杂，又让我长见识。

我问：银河系怎么拍？不靠谱啊？

他不笑，目光盯牢了我说：拍流星雨，很清楚很好看的。

我一下子被他的回答拉回粉红色的晃荡现实中，想起若干年前有过几位招惹得小女生很花痴的年轻男歌手，他们唱的歌好像就是什么流星雨？似乎还有类似电影上映，片中的小男生，经常约清纯女孩去看流星雨。

我问：拍流星雨有什么讲究的？

他说：要晚上拍，晚上才看得见星星。

这跟拍萤火虫类似啊！我恍然大悟地笑了，难怪小男生爱哄骗小女生去看流星雨，原来是晚间出行，方便作案呢。

可我这位拍摄星空的神秘朋友，人近中年，表情严肃，脸上和额上悄悄爬出了几条皱纹，略显沧桑。他过了小男生年纪，还拍流星雨，肯定不是为了骗小女生夜间出行。

我问：为什么要拍流星？

他说：不全是拍流星，是拍星空，拍银河。

这更遥远，完全听不懂了。

我问：银河怎么拍？有什么特殊装备？

他说：要天文摄影的镜头，相机感光度要高，还要赤道仪，定位在离赤道较近的地方。最好的拍摄地点是高原，海拔越高，空气越纯净。

多么孤芳自赏的摄影爱好。

那天晚上去到村子，住进徐小龙家的客栈，我上网查阅，百度哗啦出来一片信息，真有星空摄影的群体。他们展示的作品单纯而喧闹，黑乎乎的楼房被一圈轻薄光亮笼罩，勾画出模糊轮廓，楼房黑影的最上方，星光灿烂，密集的浅白色细碎星光中，几颗大星星的红黄色光芒格外刺眼，仿佛静寂夜空中敲响了隆重的锣声。

白天，在观鸟棚里，那位星空摄影家努力解释，我听不明白，也无法理解他的爱好，山上的树林里信号不好，上网慢，手机查不到解释，我只好含混地送他一些不要钱的赞美。

现在知道了星空摄影的玩法，我仍然不明白，他一个拍银河系的星空摄影家，跑来拍犀鸟干什么？

我忽然想起来，在山上，那位星空摄影家告诉我，这种摄影，玩的是后期。拍下银河系星光，组合其他摄影，比如飞鸟，比如小虫，比如一幢高山上孤独的房子等，在电脑上后期加工，制作出一幅全新作品，才算完成。

显然，他要把犀鸟放进银河系，让犀鸟的大嘴，叩击充满疑问的宇宙星空，体现某种思索。如果那样，我会很赞赏，认为他完成了杰作。星空就是疑问，我曾于很多年前，结识一位天文观察的爱好者，一天晚上，我们站在夜空下，他教我认识星座，我抬头在天幕上搜寻，忽然感到恐慌。浩瀚的宇宙中，地球极其渺小，连灰尘也算不上，我算什么呢？我自以为是地抬头看什么呢？地球生命的意义是什么呢？

疑问是世界的本质，小犀鸟出窝，从树洞里最初探出来的大嘴，也是一个问号，这个新生命，也用它的弯嘴，在向世界叩问。

盈江的热带雨林，让我收获不小，这份收获，却是始于高黎贡山。那晚，我坐在昆明家中的书房里，跟何海燕微信联系之后，思绪杂乱，回忆悠长。十多年前，我去攀爬高黎贡山，未想到那座孤寂的深山会发源出云南的户外观鸟活动，更没想到，这种活动会传至盈江县，让热带雨林深处的村民受益，让山中的动植物得到很好的照顾。

我忽然想起一个小植物，它在缓慢爬动，极似我心里的回忆思绪。

那次，我沿高黎贡山的林中小道，向山顶部攀登，路边一块大石头吸引了我的目光，我看到平滑的石面上，孤零零爬着一条长长的细藤，那是我所见过最细的藤种，比头发稍粗，叶片无比微小，像彩色液体在石面上溅出的极细碎点。长长的细藤从石头下方冒出，追寻着森林上方的光线，固执地往上延伸，沿光滑的石面曲折攀爬。

那石头光溜溜，石面上除了一根纤细藤条，空无一物，没长任何苔藓，细藤条短节上，生出了一对对左右伸开的龙爪似小脚，小脚末端有更细微的脚趾，那脚趾坚定张开，从上到下，牢牢趴紧石面，支撑着整株藤条一毫米一毫米地攀升。它就是在朝上张望，也是在攀爬中提问，是疑问给它力量，让它慢慢爬高并长大。我为光溜石面上细藤的漂亮惊讶，更为纤细中体现出来的强大生命之美震撼。回忆中静默无声的细藤条，在我心里爬动，激起了犀鸟鸣叫般的巨大回响。

跋

飞行是不可思议的能力。鸟会飞，成为地球上最神秘的生命。飞行在高空，视域扩展，看见了地上行走者无法看见的迹象，鸟就具有了巫性、事件的预见性和启发性。一般人认为孔雀很漂亮，我第一次听到孔雀的鸣叫，大吃一惊，那是嘶哑、凄厉而无比空旷的鸣叫，把那声音理解为孔雀在做出某种预言，发现危险的警告，毫不为过。犀鸟也如此，它被人类通俗地描绘为爱情鸟，雌雄厮守，模样也长得卡通。其实犀鸟也是巫师，站在大树的最高处，发出粗壮而冷峻的鸣叫，摇撼整座森林。

乌鸦有极高智力，八哥是小一号的乌鸦，也极聪明。鹦鹉会患抑郁症，心事重重。我长久观察城市里生活的麻雀，发现它们在田野和森林消失后，快速连接现代人类文明，在城市的塑料、水泥、钢铁、路灯、拥挤的汽车和密集的人群间闪烁穿行，活得有惊无险，很强悍。

我这本书写的是鸟。中缅边境的盈江县高山原始森林，很多鸟生息其中，国际流行的观鸟玩法进入中国，也进入云南西部深山，人与鸟的关系发生重大变化，鸟改善了众多高山居民的生活，人们对鸟充满感激。

我为了写好这部书，三次从昆明飞云南西部的中缅边境。进入高山村寨，寻访几十个当地人，了解他们的生命史，也了解山和河流包括森林的历史。在森林中经历暴雨倾盆的时刻，整理出 20 多万字的录音文字，再阅读和研究自然知识，写和修改，再改，把书稿谨慎交出。

很多人为这部书的写作出力，跟我一起经历这次自然观察和生命调查，告诉我很多可靠知识，编辑王绍来陪我一起进山。我把这些朋友写入书中，表达感谢，也是记录事实。云南人民出版社为这部书倾尽心力，设计得非常用心和大胆，我很感动，也很幸运。同时还要感谢陈建伟、孙晓宏、郑彬、何海燕、杨家康、班鼎盈慷慨提供了照片和宋威、汤贺然、杨振伟帮我绘制的图画。

人类最伟大的写作，都与爱和美有关。山上的那段日子很美，暴雨、群山、河流、浓雾，无影无踪又无处不在的鸟，极其隆重像一场大戏的热带原始森林，时时在我眼前晃动。

2021 年 1 月 12 日昆明大溪地